D1721897

Oxana Wassjakina

DIE STEPPE

Blumenbar

Oxana Wassjakina

DIE STEPPE

ROMAN

AUS DEM RUSSISCHEN
VON MARIA RAJER

Die Originalausgabe unter dem Titel
Степь
erschien 2022 im Verlag Nowoje Literaturnoje Obosrenije, Moskau.

Das Motto von Walter Benjamin stammt aus:
Walter Benjamin, Einbahnstraße. Suhrkamp Verlag, Berlin 2001

MIX
Papier | Fördert
gute Waldnutzung
FSC
www.fsc.org   FSC® C083411

ISBN 978-3-351-05116-7

Blumenbar ist eine Marke der Aufbau Verlage GmbH & Co. KG

1. Auflage 2024
© Aufbau Verlage GmbH & Co. KG, Berlin 2024
www.aufbau-verlage.de
10969 Berlin, Prinzenstraße 85
© New Literary Observer/Новое литературное обозрение,
Moscow, 2022
Der Verlag behält sich das Text- und Data-Mining nach § 44b UrhG vor,
was hiermit Dritten ohne Zustimmung des Verlages untersagt ist.
Satz LVD GmbH, Berlin
Druck und Binden CPI books GmbH, Leck, Germany
Printed in Germany

www.aufbau-verlage.de
www.blumenbar.de

Gekettet an die Mündungen osmanischer Kanonen,
schüttelt die Steppe Kettenglieder ab,
beäugt die Hügelgraber und zerstört sie,
entwurzelt in der Dunkelheit die Zunge
und zieht die Schlinge stetig enger,
durch die sich mühevoll ein Laster schleppt.

Alexej Parschikow, »Die Steppe«

Das scheinbare Schweigen der Steppe ist ihre Stimme…

Wera Chlebnikowa

TORSO. Nur wer die eigene Vergangenheit als Ausgeburt
des Zwanges und der Not zu betrachten wüsste, der wäre fähig,
sie in jeder Gegenwart aufs höchste für sich wert zu machen.
Denn was einer lebte, ist bestenfalls der schönen Figur
vergleichbar, der auf Transporten alle Glieder abgeschlagen
wurden, und die nun nichts als den kostbaren Block abgibt,
aus dem er das Bild seiner Zukunft zu hauen hat.

Walter Benjamin, »Einbahnstraße«

1

Ich habe die Steppe aus dem Flugzeugfenster betrachtet. Weißt Du, wie sie aussieht? Wie ein sehniges Stück gelb gewordenes Fleisch. Kupferfarbene Linien durchziehen wie dicke Schlangen den Sand, graue Flüsse durchziehen den Sand. Steppe ist nicht Wüste, in der Steppe sieht man Leben. Graue und blaue Gräser. Zirpende Insekten, kalte Nattern; im Wolgadelta sind die Würfelnattern flink.

Mir kam die Steppe wie ein weicher Bauch vor. Aus der Führerkabine von Vaters Lkw sah ich, wie sie dalag und ihre winzigen Erhebungen bewegte. Die Steppe – das ist Sand durchsetzt von Gräsern und kleinen weißen Blumen. Bloß nicht von der Betonstraße runter, sagte Vater, ziehst du nach rechts oder links, fahren sich die Reifen fest und du bist Geschichte. Vollbeladen machst du besser gar keine unnötigen Bewegungen, vor allem wenn du mit Stahlrohren beladen bist: Du bist schwer, beschleunigst schnell, und wenn du vom Gas gehst, rollst du noch aus und kommst sehr lange nicht zum Stehen.

Genau so, mit Stahlrohren beladen, war er einmal bei Tagesanbruch nach Wolgograd unterwegs. Der Morgen in der

Steppe ist blendend rosa. Licht durchflutet den gesamten Raum, denn in der Steppe kennt es keine Grenzen. Erschöpft von der Nacht nickte Vater ein, sein Wagen rollte geradeaus über die Straße, während sich der Schlaf wie eine große, warme Hand über ihn legte, um ihm kurz darauf einen Stoß zu versetzen. Vater erwachte vom Knirschen und Quietschen. Sein Wagen fuhr noch, aber langsam. Er sah in den Rückspiegel, auf der Straße lag ein großer weißblauer Flatschen aus Metall. Zwei betrunkene Polizisten waren nach durchzechter Nacht mit zweihundert auf die Gegenfahrbahn gerast. Im Morgengrauen war niemand auf der Straße gewesen, nur der stahlrohrbeladene MAZ mit meinem schlafenden Vater in der Kabine. Der kleine flotte Mercedes war unter den Lkw gerutscht, hatte ihm einen leichten Schlag gegen den Rumpf verpasst, war zusammengefaltet worden und hatte die schlaftrunkenen, vom Rausch erschlafften Männerkörper in seinem Inneren zerquetscht.

Für Vater hatte der Vorfall keine Konsequenzen, es war klar, dass nur der Mercedes sich so eine Wendigkeit erlauben konnte. Damals war Vater schon fast taub, und der Krach hatte ihn zwar aus dem Schlaf gerissen, aber kaum erschreckt. Später sagte er ganz ungeniert: Jetzt habe ich es euch für alle heimgezahlt. Er fand es gerecht, dass die zwei Polizisten durch seinen MAZ zu Tode gekommen waren. Schuldig fühlte er sich nicht, ihn traf ja auch keine Schuld: Selbst, wenn er gebremst hätte, wäre sein Laster weitergerollt, und ausweichen konnte er auf dieser Straße nicht. Zwei weitere Polizisten kamen zum Unfallort und zuckten mit den Schultern: Pech gehabt. Sie überprüften Vaters Papiere, den Lieferschein für die Rohre und sagten noch mit Bedauern, wäre mein Vater eine halbe Stunde später aufgestanden, hätten sich ihre Wege nicht gekreuzt. Die Abzweigung zu dem Ort, an dem die beiden unter den Laster geratenen Polizisten hatten übernachten wollen, war nur wenige Kilometer entfernt. Vater schnaufte und dachte, Pech hatten sie gehabt, weil er gar nicht geschlafen hatte und weil sie Arschlöcher gewesen waren.

Wenn man Hühner transportiert, fährt man zum unablässigen Gegacker. Man verlädt sie bis unter die Plane, stapelt die flachen Käfige übereinander. Unterwegs krepieren sie und verfaulen in der Hitze. Bei Ankunft liegen in der unteren Käfigreihe lauter schlaffe weiße oder gelbe Körper, tot oder ganz kurz davor. Die halbe Ladefläche bedecken stinkende, dunkle Flecken und weißgrauer Vogelmist. Mit Wassermelonen ist es auch nicht besser, an Schlaglöchern platzen sie und laufen aus. Dann gammeln sie und stinken. Nach solcher Ladung muss man zum Besen greifen und den nassen Bretterboden sorgfältig fegen und anschließend noch mit hohem Wasserdruck die eingesickerte Feuchtigkeit vom Mist, Blut oder faserigen Fruchtfleisch herausspülen. Am liebsten fuhr Vater Rohre. Rohre krepieren nicht und werden auch nicht schlecht, so seine Meinung. Man holt sie, und ab geht die Fahrt, und wenn man Pause macht, braucht man sich um Planenschlitzer nicht zu sorgen, Rohre sind zu schwer. Dafür wurde ihm mal der ganze rohrbeladene Lkw geklaut, aber das erzähl ich dir ein andermal.

Früher war die Steppe ein Garten. Die Menschen hatten Bewässerungsanlagen gebaut und pflanzten in der Steppe alles an, was sie wollten: Sonne gibt es in der Steppe reichlich, deswegen konnten sie dreimal pro Sommer ernten. Purpurrote fleischige Ochsenherz-Tomaten, orange Kürbisse, Gurken, Weizen. Das alles gab es in der Steppe. Schaut man sich heute um, könnte man meinen, da wäre weit und breit nur Salzboden, auf dem blaue Wölkchen von Alhagi-Sträuchern schweben. Aber so ist es nicht. Gibt man der Steppe Wasser, ist sie zu vielem fähig.

Später verschwanden die Menschen. Na ja, was heißt, sie verschwanden ... Sie hörten auf, sich um den Boden zu kümmern. Es kamen andere Zeiten. Die Sowchosen fielen wie Zwiebelschalen auseinander. Aber die Rohre von den Bewässerungsanlagen sind geblieben. Nun gehören sie niemandem mehr. Sie liegen da wie Krempel, aufbewahrt in Sand und Steppengras.

Wie sich jemand die Rohre einfach nehmen kann, fragst du, tja – indem er sie klaut. Das Land gehört ja niemandem, es wächst nichts darauf, die Rohre verkommen bloß. Also bestellen listige Geschäftsleute über eine Speditionsfirma einen Lkw, der kommt zum Feld, an dem ein Bagger die am Außenrand verlegten Rohre aus dem Sandboden hebt. Dann werden sie verladen und nach Moskau transportiert, um sie von dort nach Astrachan weiterzuverkaufen. Einmal brachte Vater so eine Ladung zum Lager nach Moskau, nicht weit von der Kaschirka. Da stand er ein paar Tage und wartete darauf, dass man ihm sagte, wie es weitergehen soll. Bis man ihn eines Morgens anrief und es hieß, bring sie zurück nach Wolgograd. Man hatte neue Dokumente ausgestellt, die Gewinnspanne erhöht und ihn wieder auf den Weg geschickt. Dorthin zurück, wo man die Rohre ausgegraben hatte. So wird aus nichts, aus rastloser Bewegung, Geld gemacht. Einmal fragte ich Vater, ob er das nicht unheimlich fände, sinnlos Rohre nach Moskau zu kutschieren, nur um sie dann wieder zurückzubringen. Nein, sagte er, Hauptsache das Geld stimmt.

Die Speditionsmitarbeiterin Raissa rief Vater an und sagte: Es gibt Rohre. Wir fuhren zu der Einsatzstelle bei Kapustin Jar. Wir hielten mitten in der Steppe. Keiner kam, heute nicht und morgen auch nicht. Aber jemand rief an und sagte, man komme in zwei Tagen, es war wohl was mit den Maschinen, entweder waren sie kaputt oder man hatte sie nicht rechtzeitig geklaut. Wir fuhren zum nächstgelegenen Markt und kauften Wodka, eine Stange Zigaretten, ein paar Dosen süße Kondensmilch, Dosenfleisch, zwei Roggenbrote und Bier. Das Bier trank ich auf dem Weg zum Parkplatz aus, solange es noch kalt war.

Ich fragte Vater gleich, wie lange wir warten müssten. Er wusste es nicht. Niemand wusste es. Alles hing vom Zufall ab, und dadurch wurde die Zeit groß, unkontrollierbar und zu nichts nutze. Das Warten wurde interessanter. Ich aß die Brotrinde auf, die ich in die Kondensmilch tunkte. Danach kochte ich Nudeln auf dem Gaskocher. In der Steppe liegt alles offen, man ist wie nackt in ihr. Der graue Laster stand mitten in der Ebene, die von Disteln und Wermutkraut überwuchert war, wir wohnten fünf Tage in ihm, bis ein Kran kam, um die Rohre zu verladen.

Warten hieß in dieser Welt, einer Welt der ausgedehnten grauen Weite, die Ereignisse voranzutreiben, ihnen den eigenen Willen aufzuzwingen. *Warten* war etwas Verbotenes. Man musste einfach leben. Es galt, jede Minute zu durchleben, die Nahrungsaufnahme, die Notdurft. Einfaches Essen ruhig und aufmerksam zu zerkauen, die von der Feuchtigkeit in der Nacht klamm gewordenen, knisternden Winston zu rauchen. Und das alles mit Genuss. Das Leben ist kurz, sagte Vater, kaum bist du aus der Muschi, schon geht es Richtung Grab. Am ersten Tag sprang ich aus der Kabine und ging von der Straße weg auf den Horizont zu. Ich lief geradeaus, um den Laster außer Sichtweite zu bekommen, aber er blieb immer hinter mir. Ich lief und lief, doch er verschwand nicht. Irgendwann ging mir die Kraft aus, ich zog die Hose herunter und hockte mich hin. Ein Urinstrahl kullerte zwischen meinen Sandalen, sammelte kleine Splitter toter Gräser und den weißen mehligen Staub in sich auf. Abends ist der Himmel in der Steppe lieblich, mal taubengrau, mal zartrosa wie eine Zunge. Lange weiße Wolken sind wie Laken an dem hellen Himmel aufgespannt. Windstille, alles erstarrt, die Zeit steht still, sogar die Wolken ruhen über der Erde. Allmählich wird es dunkel, und nur die Dunkelheit zeigt an, dass sich hier, in der Steppe, etwas verändert.

Ich ging zurück, der Laster wurde immer größer. Später lief ich nicht mehr in die Steppe, ich hockte mich zum Pinkeln einfach hinter einen Reifen, wo Vater mich nicht sehen konnte.

In der Steppe kommt alles um vor Langeweile. Wir aßen verkochte Muschelnudeln und tranken Wodka. Es herrschte brütende Hitze, weswegen ich nicht betrunken wurde, sondern nur blöde und schweigsam. Auch Vater machte der Wodka mürrisch, er motzte eine Weile herum und schlief auf der abgewetzten Liege ein.

Tagsüber überdeckt das grelle unbezähmbare Licht den Steppenlärm. Du schaust in die Weite, und dir bleibt nur, zu staunen – über die Unendlichkeit der Steppe und darüber, dass sie dir ständig, ständig in die Augen kriecht. Da ist kein Ort, an dem man ihr entkommen könnte, du musst sie aushalten, begreifen, akzeptieren, wie sie ist: groß, etwas verwaist und eintönig.

Die Nacht in der Steppe ist ohrenbetäubend laut. Sie ist schwarz und voller Gezirpe, das dir mit tausend Nadeln in den Körper sticht. In so einer Nacht zu schlafen fällt sehr schwer, sie greift dich förmlich an. Die Steppe bei Nacht ist eine Armee von Bogenschützen, die mit ihren elektrischen schwarzen Pfeilen auf dich zielen.

Die Gräser raunen immerzu von schrecklicher Gefahr, die Grillen kreischen, und die Schwüle der Nacht lässt dich deinen eigenen Körper riechen. Es ist, als würdest du mit Blut übergossen in der Steppennacht; der überwältigende Duft von abkühlendem Wermut und Schierling vermischt sich mit dem Schweißgeruch und anderen säuerlichen Körperflüssigkeiten. In der Steppennacht erfährst du deinen Körper auf kargen, abgewetzten Laken. Das macht schreckliche, quälende Kopfschmerzen. Der Wind trägt Brand- und Kotgestank heran. Die Steppe greift dich an, und du liegst wie nackt da, im Fahrerhaus eines Lasters, schaust aus dem schwarzen Fenster.

Insekten zirpen in der Steppe, doch du siehst sie nicht. Vögel fliegen in der Steppe, balzen und verschwinden in den Himmel, in die weite Stille. Es gibt nichts in der Steppe, woran der Blick sich halten könnte, dort gibt es nur die Weite. Manchmal trägt der Wind Überreste eines Plastikbechers heran, du hebst sie auf, und sie zerfallen in der Hand wie uraltes Pergament. Alles in der Steppe zerfällt und verwest. Vater warf seine Zigarettenstummel und Limoflaschen direkt aus dem Fenster, ich fragte, wieso, und er erwiderte, die Steppe nimmt es sich.

Die Steppe nahm sich wirklich alles, ich habe keine Ahnung, wo es blieb. Alles in ihr zerfiel und starb, als wäre sie ein vernichtendes Geräuschfeld, das jedes hineingeratende Objekt auf molekularer Ebene zerstörte.

Vater liebte die Steppe. Vermutlich, weil sie ein vollkommen gleichgültiger Raum war. Sie hörte nicht auf, und jede Gefahr war schon von Weitem zu erkennen. In der Steppe lebten kleine Kreuzottern und Nattern, aber sie fürchteten den Lärm und blieben im Verborgenen. Manchmal sah man einen Steppenroller. Im Wind wirkten seine Bewegungen tierhaft, und auch er selbst schien wie ein atmender Körper. Aber er war tot, auch wenn er mit seiner Bewegung trockene weiße Samen säte.

Weißt du, Vater hatte nichts außer der Steppe, die er als sein Zuhause betrachtete, er liebte sie für ihre Weite. Er besaß nichts. Der Stellplatz für den Lkw in einer Garage gehörte nicht ihm, sondern irgendeinem Bekannten. Um ihn zu nutzen, musste er zu seinem kleinen, zerkratzten Samsung greifen und SMS schreiben. Er wusste nicht, wie man Leerzeichen setzt oder zwischen Groß- und Kleinbuchstaben wechselt, deswegen waren seine SMS durchgehend klein geschrieben und durch Punkte getrennt. Wie eine Fahrradkette. Bekam er keine Antwort, rief er an und fragte, ob es freie Plätze gibt. Man sagte nie nein, und er brachte seinen MAZ auf den Stellplatz, um ihn zu putzen und zu reparieren. Und was zu reparieren gab es immer, das kannst du mir glauben.

Auch der MAZ gehörte ihm nicht. Er hatte ihn zum Arbeiten von jemandem geliehen. Für einen eigenen Laster hätte er viel Geld gebraucht, und er war immer abgebrannt. Er mochte die Weite, weil man nicht zahlen musste, um sie bei sich zu haben und sie ohne Ende zu betrachten. Die Weite gab es umsonst, Vater konnte nämlich wirklich nicht verstehen, wie die Welt so geizig zu ihm sein konnte.

Es hieß, dass bald das System »Platon« installiert werden sollte, dann müsste er nicht nur das Logistikunternehmen, sondern auch den Staat bezahlen. Wofür?, fragte er, angeblich wollen sie für das Geld die Straßen reparieren, die meinen, wir würden sie mit unserem Gewicht zerstören. Aber wofür sind die Straßen sonst da, wenn nicht dafür, dass wir darauf fahren. Und wem gehört die Straße? Die gehört dem Staat, also dem Menschen, dem Autofahrer und dem Trucker. Ich bezahle Raissa und bin beim Fernfahrerbüro gemeldet, dort zahle ich schon Steuern. Warum soll ich auch noch für die Straße zahlen? Wenn wir in die Oblast Wolgograd kommen, siehst du selbst, was sie da für Straßen haben. Wolgograd nenn ich nur Wichsergrad, weil dort die Bullen hundsgemein sind und die Straßen keiner repariert – die pfuschen nur. Wenn ich mit meinem Kumpel über diese Straßen fahre, kann ich mit den Reparaturen gleich wieder von vorn anfangen. Man muss die Dinge richtig machen, so dass es auch hält. Nicht so wie diese Wichser. Sobald wir in die Oblast Wolgograd kamen, fing Vater an, derb zu fluchen. Aber ich merkte den Unterschied selbst an meinem Hintern: Die Straßen waren so kaputt, dass Vater alle siebzig Kilometer stehen blieb, um sich vom Geruckel zu erholen. Bei dem Geruckel wollte man nichts essen, und Rauchen war absolut widerwärtig. Aber wir rauchten trotzdem eine nach der anderen. Nicht aus Lust, sondern aus Langeweile und Ohnmacht gegenüber den Wolgograder Straßen.

Die Jungs bei den Garagen sagten, dass Vater nach der Fernfahrer-Reform nicht nur anderthalb Rubel pro Kilometer wird zahlen müssen, sondern auch noch ein System eingerichtet werden soll, das die Erholungs- und die Arbeitsphasen der Trucker kontrolliert. Damit würde man ihn überwachen: Wie lange er fährt, wie lange er Pause macht. Arbeitet er zu lange, erhebt das System automatisch ein Bußgeld. Ich bin doch selbstständig, sagte Vater. Ich kann mir keine Pausen leisten, ich kriege keinen Stundenlohn wie die Jungs von *Maqnit*, die fahren deutsche MANs, die können schlafen, wenn sie es müssen, essen und scheißen, wenn sie es müssen. Bei denen hängen Kameras in den Kabinen. Da läuft alles nach Plan wie bei den Kaninchen. Und ich sag dir, die lassen sich Zeit. Die schlafen, und die Firma zahlt. Ich kann das nicht. Meine Stunde Schlaf, die kostet. Wer weniger schläft, der fährt mehr, der bringt auch seine Ladung schnell ans Ziel und kann wieder zurück. Und Raissa fragen, wie es um neue Ladung steht.

17

Warum muss ich, ein freier Mann, fahren, wenn es mir einer sagt, und halten, wenn es mir einer sagt.

Vater war nicht geizig, Geld war ihm für nichts zu schade. Er konnte bloß nicht damit umgehen. Für den MAZ zahlte er fünfzehn- bis zwanzigtausend pro Monat und legte noch mal genauso viel für Reinigung und Reparaturen hin. Papiere hatte er für den MAZ keine. Wie auch für seinen neuner Lada nicht. Er hatte sich den Wagen einfach von einem Bekannten geliehen; jeden Monat gab er ihn für kurze Zeit zurück und legte etwas Geld drauf.

Einmal war er nach drei Touren nach Hause unterwegs, er legte seinen Lohn unter die Hülle des Beifahrersitzes und kurbelte beide Fenster herunter. Es war Frühling. Weißt du, wie die Steppe im Frühling blüht? Du atmest den Wermutduft ein, und bist hin, die Steppe erfüllt dich ganz. Und dann sind da noch die rosa Büsche mit den kleinen Blüten, die wie rosa Wolkeninseln aussehen. Du atmest den Duft ein und spürst keine Freiheit, nein, es ist, als atmetest du Schwermut. Eine traurige Verwaistheit. Vater hatte alle Fenster heruntergekurbelt, um die Steppe einzuatmen, um diese Verwaistheit zu fühlen. Hatte den Kassettenrecorder eingeschaltet, einen CD-Player besaß er nach wie vor nicht, im Handschuhfach waren die Goldenen Hits von Michail Krug. Die legte er ein und fuhr vergnügt vor sich hin. Er fuhr und sang ... oder jaulte vielmehr freudig. Irgendwann sah er aus dem Augenwinkel orangefarbene Vögel aus dem

Fenster flattern. Es war die Steppe, die unter der Sitzhülle des Beifahrers seinen Lohn herausriss. Wo will man die Fünftausenderscheine suchen? Die Steppe hat sie sich genommen.

2

Ich habe dir gesagt, dass die Steppe aus dem Flugzeugfenster wie ein weicher Bauch aussieht. Aber in Wirklichkeit ist sie harter, vom Wind zusammengepresster beiger Sand. Sie ist gewaltig. Du betrachtest sie aus dem Fenster, und sie erscheint dir freundlich, du bittest sie: Versteck mich doch in deinem weißen Gras hinter einem Hügel, und sie lockt dich mit ihrer Bauchfalte. Du läufst und läufst zu diesem Hügel, und dann entpuppt er sich als flach und hart, und da ist nichts, um sich zu verstecken.

Das Plastikband einer Musikkassette hat sich an einem scharfen, festen Halm verfangen und pfeift im Wind. Ausgeblichen von der Sonne ist es blau, der Halm nickt. Menschenhaft ist dieses Nicken, schicksalsergeben. Alles hier bewegt sich, ist irgendwohin unterwegs. Die Wolken werden vom Wind getrieben, der Wind jagt ein Stück Plastikflasche über den Sand. Jemand hat es als Schippe verwendet. Das Plastik schleppt sich vorwärts, und du hörst das unendliche Rascheln aller Dinge, die dich hier umgeben. Das Rascheln wendet sich an dich, aber dich hört es nicht. Die Blindheit der brutalen Natur des Südens macht Angst. Hab keine Angst.

Wie bin ich darauf gekommen, dass die Steppe ein freundlicher weicher Bauch wäre? Wir waren zwei Tage von Astrachan nach Moskau unterwegs. Vater hatte eine Tour, er fuhr leer nach Moskau, um dort Federvieh zu holen. Wir fuhren leer, aber der Wagen war keine Leichtigkeit gewohnt und widersetzte sich unserer fröhlichen Bewegung. Der Kumpel, wie Vater seinen Laster nannte, soff immer wieder ab, und irgendetwas in ihm klopfte.

Wir hätten einen Tag brauchen sollen, aber wir brauchten zwei. Vater hatte mich und meine Geliebte Lisa mitgenommen. Lisa war eine kleine Frau, weswegen wir sie hinten in der Schlafkoje sitzen ließen, und wenn wir eine Polizeikontrolle passierten, zogen wir den Vorhang zu, um sie zu verstecken. Als wären wir zu zweit unterwegs. Denn drei Insassen waren in einem MAZ verboten.

Lisa wollte eigentlich nach Moskau, um ein Studium an der Hochschule für moderne Kunst zu beginnen, aber dann bat sie, dass wir sie schon in Uljanowsk absetzten. Dort erwartete sie jemand. Und ich wollte nach Moskau, um am Literaturinstitut zu studieren. Die Fahrt sollte von Stolz gekennzeichnet sein, aber da war nur eine zerknautschte Beklommenheit.

Vater mochte Maxim Gorki. Nach Gorki war das Institut benannt, an dem ich kreatives Schreiben lernen wollte. Vater sagte, Gorki sei ein Barfüßler gewesen, wie er selbst und alle seine Freunde. Ich fühlte mich unwohl dabei, mich als eine Barfüßlerin zu betrachten. Ich fühlte mich unwohl wegen meiner Armut und Unbehaustheit. Ich fühlte mich unwohl, weil Vater sich Gorki so kompromisslos aneignete. Er glaubte, Gorki sei ein ehrlicher Mann von unten gewesen – war er ja auch. Gorki empfand sich bis zuletzt als arm und konnte mit seinem Besitz nichts anfangen. Er konnte nur Dinge verschenken. Vater war genauso, er wusste nicht, wie man von seinem Geld lebt. Er kannte nur das Leben auf Rädern.

Was ein Leben auf Rädern heißt, fragst du. Vater sagte, dass jedem Trucker, der was auf sich hält, eine Anderthalbliter-Flasche Wasser und ein paar Tropfen Spülmittel genügen, um sich zu waschen. Am liebsten war ihm natürlich Fairy. Die grasgrüne Flüssigkeit roch streng und schäumte gut. Mit Fairy wusch er sich, Geschirr und alles, was in seinem Wagen war und gewaschen werden musste. Das war sein begrenzter, karger Alltag, einen anderen hatte er nicht. Essen, trinken, einigermaßen sauber sein und fahren.

Er stellte einen zerkratzten Kanister auf die Stufe seines Lasters. Der Kanister hatte einen Metallhahn, um kein Wasser zu verschwenden. Man musste den Hahn vorsichtig aufdrehen und das Wasser tropfenweise nutzen. Sorgfältig seifte er Arme und Gesicht mit Fairy ein, das sich schnell in zähen, homogenen Schaum verwandelte: erst grau an den Unterarmen und dann ganz schwarz vom Öl und Diesel an den Händen.

In der Koje hatte er ein kleines Bett mit einer speckigen gelben Decke, worin er während seiner Touren schlief. Die Koje war für zwei Personen ausgelegt, wie ein Schlafwagen im Zug, denn es ist vorgesehen, dass ein Trucker mit einem Kollegen fährt, der ihn abwechselt und unterhält. Vater parkte auf einem Stellplatz neben Ölweiden, zog die ausgeblichenen Baumwollvorhänge aus alten Laken zu und schlief. Es galt, den Lkw so abzustellen, dass rechts und links neben ihm andere Laster parkten. Sonst bestand die Gefahr, dass nachts ein Kühlwagen von Magnit kommt, und dann war es das mit dem Schlaf. Der Krach ist nicht auszuhalten. Deswegen fuhr Vater an Stellplätzen, wo schon Magnit-Laster standen, gleich weiter. Die veranstalten einen Höllenlärm, beschwerte er sich, in ihren klimatisierten Kojen kriegen sie ja selbst nichts mit. Aber was soll ich denn machen? Ich hab keine Klimaanlage, ich schlaf mit offenem Fenster, um frische Luft zu haben.

Wir waren zu dritt unterwegs und hatten beschlossen, die Nacht nicht auf einem Autohof zu verbringen, der war zu weit weg. Wir hielten einfach auf dem Seitenstreifen. Vater fragte, wie wir schlafen wollen. Es gab nur zwei Betten, und wir waren zu dritt. Ich sagte, wir würden in der Steppe schlafen. Da werdet ihr zerstochen, wandte Vater ein. Ich sagte, macht nichts, wir ziehen uns den Schlafsack über den Kopf. Er wühlte auf seinem Bett herum und gab mir eine helle Fleece-Decke, die wir uns unterlegen sollten, damit es nicht so hart war.

In der schwarzen Nacht schlenderten wir schweigend durch die Steppe, die im Dunkeln strahlte. Die Steppe glitzerte und wirkte wie ein Meer aus giftiger schwarzer Flüssigkeit. Wie Erdöl. Und sie kreischte. Auf der Suche nach einem guten Schlafplatz liefen wir immer weiter.

Aber es gab keinen geeigneten Platz. Und je weiter wir in die Dunkelheit der Steppe vordrangen, desto unheimlicher wurde ihre Grenzenlosigkeit. Erschien ein Platz zunächst eben, stellte sich bald heraus, dass die Fläche von harten grauen Grasbüscheln durchsetzt war. Irgendwann waren wir zu müde, um weiterzugehen, und beschlossen, uns einfach etwas freizuräumen.

Lisa hielt die Taschenlampe, die andauernd ausging. Ihr Licht stieß auf kleine Steppensteinchen und Hügel, deren schwarze Schatten in dem fahlen gelben Licht noch schwärzer wirkten. So schwarz, als hätte man sie aus der Hülle der Welt ausgeschnitten.

Die Sterne spendeten kaum Licht. Und die Scheinwerfer des MAZ richteten ihre Strahlen auf die Straße. Unsere Schatten waren unheimlich und voneinander isoliert. Ich ging auf die Knie und warf große Steine zur Seite. Breitete die dünne Fleece-Decke und den Schlafsack darauf aus. Wir legten uns hin, was nicht einfach war, weil Steine und die Hügel verhärteten Steppensandes in unsere Rücken piekten. Aber ich sagte nichts, weil ich glaubte, dass Lisa, wenn ich ihr gegenüber eingestände, dass es mir zu unbequem war, sie mir diese Schwäche nicht verzeihen würde. Sie sagte auch nichts. Ich weiß nicht, ob es ihr wehtat, auf der dünnen Decke zu liegen. Wir sprachen nicht miteinander. Es gab nichts zu sagen. Wir waren einfach zusammen.

Schweigend lagen wir da, in der schwarzen Steppennacht. In der Ferne war das Rattern des Lasters zu hören, Vater schlief noch nicht. Ich hörte sein freudiges Gejaule, das er von sich gab, wenn er sich vor dem Schlafen wusch. Die Steppe verbreitete den Klang seiner Stimme und den Lärm vorbeifahrender Autos. Sie verbreitete das leise Zirpen der Grashüpfer. Irgendetwas platzte neben meinem Ohr. Ich drehte den Kopf und sah einen großen Käfer. Er war glänzend braun und hart. Hastig bewegte er seine Beinchen auf dem Nylon des Schlafsacks. Sie rutschten auf dem blauen Stoff und er kämpfte hilflos dagegen an wie ein Ruderboot, das gegen den Strom schwimmt. Ich konnte seine Qualen nicht mitansehen und schnippte ihn ins Gras. Dort rappelte er sich nach dem unfreiwilligen Flug summend wieder auf, erhob sich langsam in die Luft, drehte eine Runde und entglitt in die Dunkelheit.

Die Nacht zirpte. Ich lag da und schaute in den von weißem Sternenlicht durchstochenen Himmel. Um ihn zu erfassen, genügten meine Augen nicht. Mein Körper genügte nicht, um ihn einzuatmen. Der Himmel blickte mich mit seinem Dunkel an. Eine klebrig kalte Hand legte sich auf meinen Unterarm. Ich drehte mich um, und mir fiel wieder ein, dass ich die Nacht mit der ruhigen, schweigsamen Lisa teilen musste. Sie hatte die Augen zu, und ich sah die feinen Fältchen auf ihren geschlossenen Lidern. Lisa atmete gleichmäßig, doch plötzlich schlug sie die Augen auf und drehte sich auf die Seite, um mich anzusehen.

Ich wandte mich ihr zu und sah ihr weißes Gesicht mit den schmalen Lippen und der Nase. Sie fragte, warum wir schwiegen. Ich wusste keine Antwort.

Sie legte die Hand auf meinen Bauch und wanderte unbeholfen abwärts unter meine Jeans. Ich fing die Hand ab und schob sie weg.

Ich sprach ständig mit der Steppe. Wenn ich auf Toilette musste, sagte ich: Hallo Steppe, ich komme, um zu pinkeln. Vor dem Schlafen flüsterte ich ihr Dankesworte in einen stacheligen Hügel, aus dem Gras wuchs. Der Hügel hatte etwas von einer großen, leuchtenden Hummel. Er nahm mein Flüstern auf, und das Geräusch verschwand irgendwo in ihm.

Der schwarze Nachthimmel kühlte ab, und alles um uns wurde von kaltem Tau überzogen. Zum Morgen hin erwachten kleine Fliegentierchen, die uns mit den ersten quälenden Sonnenstrahlen überfielen. Sie bedeckten mein Gesicht, und mir wurde die Haut, die über Nacht glänzenden Talg abgesondert hatte, erst recht zu eng. Ich wollte raus aus der blendenden Steppensonne. Aber noch mehr wollte ich raus aus meiner Haut, sie war unerträglich.

Ich fühlte mich wie zerschlagen, mein Bauch krampfte. Auf der hellen Jeans zeichneten sich dunkelrote Blutflecken ab. Die Steppe hatte sich in der Nacht den Preis für die Schlafstätte genommen.

Ich öffnete die Augen. Die Steppe drang als ein unvermeid licher Schmerz in mich. Lisa schlief. Neben ihrem Kopf lag der kleine Schädel eines Nagers. Nachts hatten wir ihn nicht bemerkt und nur durch Zufall nicht zerdrückt. Lisa wachte auf, und ich zeigte ihr den Schädel. Die Knochen des toten Tiers weckten ihr Interesse. Sie pustete Staub und Grashalme vom Schädel, rubbelte mit dem Daumen die sonnenversengten Fleisch- und Fellreste ab. Nun war der Schädel vollkommen weiß, weißer als alle Steine und Gräser ringsum. Lisa legte ihn in ihre Umhängetasche, um ihn später zu malen. Sie stand auf und streckte sich, als wäre der Schlaf in der Steppe tief und erholsam gewesen.

3

Ob Vater wusste, was Lisa für mich war, fragst du. Nun ja, er war kein dummer oder unsensibler Mensch. Er sah, dass zwischen uns was lief. Und einmal überraschte er uns, als wir uns küssten.

Wir lagen auf dem Küchenboden. Das war unser Schlafplatz in Vaters Wohnung. Lisa stützte meinen Kopf mit ihrem Oberarm, ich lag auf ihrer schmalen Brust, so dass ich ihr Gesicht sehen konnte. Dass ich den Geruch ihres Mundes wahrnehmen und ihre dünnen Nasenflügel mit meiner Wange berühren konnte. Sie neigte den Kopf und küsste mich.

Im grellen Sonnenlicht lagen wir in Slip und T-Shirt da. Wie das aussah, fragst du. Es sah wie ein Verbrechen aus. Die Scham brannte sich in meinem Inneren ihren Weg, er wurde immer breiter, bis sich mein ganzer Körper in einen Körper der Scham verwandelte.

Wir lagen da im Morgenlicht, und ihre Achselhöhle roch nach blondem Haar. So riecht nasses Papier. Das alles hatte etwas von unerträglicher, anhaltender Kindheit, die sich plötzlich zwischen uns eingestellt hatte. Dieses Gefühl hielt an und quälte mich. Ich rang nach Luft, ich verspürte den unwiderstehlichen Wunsch, sie zu küssen. Mein Kopf dröhnte von dem drückenden roten Licht. Mein Slip wurde feucht, und das warme klebrige Sekret auf dem Einmäher kühlte sofort ab, als wäre eine junge Wobla darin verendet.

Du fragst, woher ich weiß, wie eine Wobla stirbt, ich sage es dir. Mein Urgroßvater war Fischer. Und zwar einer von der Sorte, an deren Vergangenheit sich niemand erinnert, denn er erzählte nichts von seiner Vergangenheit, er lebte in der Gegenwart wie alle alten Menschen. Niemand wusste, was er in seiner Jugend gemacht hatte – außer, dass die Operation Auguststurm* ihm das Leben gerettet hatte. Alle jungen Männer mussten an die Westfront, nur Urgroßvater schickte man an die Ostfront. Dort kämpfte er und kehrte heim. Sonst kehrte niemand aus dem Dorf heim, nur Urgroßvater und noch zwei junge Männer. Weil man sie in den Osten geschickt hatte, und das war ihre Rettung.

Ich wusste nichts über sein Leben, bloß, dass er im Krieg gewesen war. Wobei ich immer gedacht hatte, er hätte gegen die Deutschen gekämpft. Einmal ließ er mich auf den Rahmen

---

* Bezeichnung der sowjetischen Invasion der Mandschurei im August 1945, Teil des Sowjetisch-Japanischen Krieges. Dieser letzte Angriff der Sowjetunion führte zur endgültigen Niederlage des kaiserlich-japanischen Heeres im Pazifikkrieg.

seines Fahrrads aufsitzen, ich muss fünf gewesen sein, und wir fuhren zum Haus der Veteranen. Im Haus der Veteranen lief ein großer Ventilator, und die Fähnchen auf dem Modell eines Schlachtfelds flatterten im künstlich erzeugten Wind. Urgroßvater saß nicht am Tisch, sondern etwas abseits, und hörte zu, wie die Veteranen wichtige Angelegenheiten besprachen. Als sie sich über etwas ärgerten und fluchten, zischte er sie an, damit sie das in Anwesenheit eines Kindes ließen.

Mich faszinierte das Modell. Da war grüne Pappe anstelle von Gras, und in Brillantgrün getunkte Watte stellte Hügel dar. Auf einem dieser Hügel wehte ein Fähnchen aus roter Seide. Derjenige, der das gebastelt hatte, musste es aus dem fein gemusterten Stoff eines Seidenkleides oder Kopftuchs ausgeschnitten haben. Der Hügel war von Plastikpanzern umstellt. Und das Schlachtfeld war von Kakerlakenscheiße übersät. Der Modellarchitekt hatte mit Tapetenkleister gearbeitet, den die Kakerlaken aufgefressen hatten.

Die Veteranen bewirteten mich mit Tee, Mürbteigkeksen und Beerenkuchen. Im Haus der Veteranen waren alle Veteranen des Kriegs gegen die Deutschen. Nur Urgroßvater hatte nicht gegen die Deutschen gekämpft und deswegen überlebt. Der letzte Veteran des Auguststurms war noch vor meiner Geburt gestorben, und Urgroßvater fühlte sich unwohl zwischen den Helden des Großen Vaterländischen Krieges. Dennoch ließ er keine Veteranenversammlung aus, denn dort wurden wichtige gesellschaftliche Fragen entschieden und Lebensmittelpakete verteilt. An den Diskussionen beteiligte er sich nicht, er nahm bloß sein Paket mit den Keksen und dem Cognac entgegen, setzte sich abseits hin und ließ sich von seinem Schuldgefühl zerfressen, weil er am Leben geblieben war.

Als ich genug gespielt hatte, setzte ich mich auf den Linoleumboden neben Urgroßvater und fummelte an den Aluminiumklammern herum, die an seinen Hosenbeinen klemmten. Ich fragte ihn, wozu sie da seien, und er erklärte, dass Urgroßmutter böse werde, wenn seine Hose von der Fahrradkette schmutzig wird. Ich nahm die Klammern ab, um sie mir genauer anzusehen. Sie waren leicht und erinnerten an dumme kalte Fische. Eine Klammer war fest, die andere ging etwas leichter – mit der klemmte ich mir meine Nase ab, bis sie weiß wurde. Wieder zu Hause, befestigte Urgroßvater die Klammern am Rahmen und stellte das Rad in den Schuppen.

Urgroßvater nahm mich auch im Beiwagen seines Motorrads zum Angeln mit. Einmal sahen wir eine Kröte, die vom Tod auf die Größe einer Wärmflasche aufgedunsen war. Vater war auch dabei. Damals war er noch jung: Er hatte dichtes schwarzes Haar, und alle Zähne waren dort, wo sie hingehörten. Aber erinnere mich später noch mal daran, dann erzähle ich dir mehr von Vaters Körper.

Vater fand also die Kröte, die auf die Größe einer Wärmflasche aufgedunsen war, und rief mich. Wir schlenderten die Küste am Wolgadelta entlang. Alles stand unter Wasser, und wir wateten in unseren Gummistiefel durch eine Suppe aus

Gras. Ich wollte die tote Kröte sehen. Also hob Vater sie über seinen Kopf. Ich wollte hin, aber da war ein Flussarm zwischen uns, zu breit, als dass ich hätte drüberspringen können. Vater sah erst zur Kröte, dann zu mir, und schleuderte sie lachend ins Gebüsch. Du fragst mich, wie sie war, die Kröte. Ich sag es dir: Sie war grau, tot und groß.

Urgroßvater nahm eine Schaufel, und wir gingen zu dem Zaun, wo neben einem Brunnen feuchter unbewirtschafteter Boden war. Das war die wurmreichste Stelle, der Schlauch am Brunnen leckte, und der Schatten der Pappeln vom Nachbargrundstück ließ die Erde nicht trocknen. Urgroßvater grub die Erde um. Ich hockte neben ihm, den Rocksaum zwischen die Oberschenkel geklemmt, und sammelte die Wurmteile in ein Fläschchen von Vitaminpillen ein. Die Würmer wanden sich. Alle glauben, ein Wurm, den man in zwei oder drei Stücke zerhackt, würde auf jeden Fall weiterleben. Aber das stimmt nicht. Du weißt doch, dass es nicht stimmt? Zerhackte Würmer sterben, und sonst nichts.

Wir liefen auf einem Holzweg an Pfirsich- und Apfelbäumen vorbei, wo neben der Banja zwölf Schuppen waren, die Urgroßvater gehörten. Jeden Morgen schloss er die Schuppen auf. Er hatte eine feste Schnur, an der alle Schlüssel für die Vorhängeschlösser hingen. In den Schuppen roch es nach Salz und Trockenfisch, es roch nach Papier, Gras und Staub. In den Schuppen tanzten dünne Fäden von Sonnenlicht, die in den Spalten der verzogenen Bretter ihren Anfang nahmen. Urgroßvater lagerte das grobe Salz mit den schwarzen Pünktchen in einem Fass, und in einer Kiste bewahrte er die Holzstäbchen auf, mit denen er die ausgenommenen Woblas aufspreizte. Alles dort roch nach Fisch und nach stillstehender Zeit.

Aus dem Schuppen nahmen wir eine kleine selbstgebaute Angel für mich, Urgroßvaters große Angel und einen Sack Netze mit. Urgroßvater hatte eine große Holznadel, in die er makellos weißes Nylongarn einfädelte. Mit dieser Nadel flickte er die Netze. Dabei saß er auf einem kleinen Hocker, den Rücken zum Garten und das Gesicht zu den schwarzen Schlünden seiner Schuppen, und sang leise vor sich hin.

Ich hatte Urgroßvater gern. Ich mochte es, die krausen Haarbüschel zu schneiden, die ihm aus Nase und Ohren wuchsen. Abends lagen wir auf einer ausgebreiteten roten Atlasdecke auf dem Boden und schauten »Glücksrad« oder »Erkennen Sie die Melodie?«. Urgroßvater machte sich gern über den Moderator Waldis Pelsch lustig, den er Hampelwaldis nannte. Urgroßvater erstaunte mich mit seiner Betulichkeit und einem Leben, in dem alles seine Ordnung hatte. Nachmittags ging er nach einem deftigen Essen ins kühle Schlafzimmer, um sich auszuruhen. Dann durfte man im Haus keinen Krach machen. Am besten legte man sich neben Urgroßvaters Bett mit den Eisenknäufen auf den Boden und lauschte seinem Schnaufen. Urgroßvater schlief, und das helle Karohemd bewegte sich an seiner Schulter. Ein weißer Lichtstrahl fiel durch die geschlossenen Fensterläden auf seine entspannte Handfläche, und von draußen drang das Kreischen zweier streitlustiger Schwalben in dem Kirschbaum am Zaun herein.

Urgroßvater nahm zwei Angeln, Netze, einen kleinen Leinenbeutel mit Brot, das Fläschchen mit den rosa Würmern und eine Metallbox mit Angelzubehör. Mich setzte er in den Beiwagen seines roten Motorrads, und wir fuhren zu der Fährstelle.

Über Bord toste das braune Wasser, aufgewirbelt von der Fähre, und ich schaute aufmerksam hinein, als müsste sich darin etwas Wertvolles entdecken lassen: ein großer Fisch oder eine Wasserleiche.

Urgroßvater und ich saßen auf einem kleinen Steg und warteten darauf, dass einer anbeißt. Bald spannte ein hungriger Fisch, der sich ein Stückchen Wurm am Haken geschnappt hatte, mit einer leisen, festen Bewegung, die Angelschnur, und ich entdeckte eine grau glänzende Wobla oder einen Flussbarsch, die ich aus den Wasser zog. Der Fisch zappelte in meinen Armen, aber mit ein paar geschickten Handgriffen zog ich ihm den dünnen, spitzen Haken aus dem klebrigen, zuckenden Maul.

Wenn wir einen Fisch gefangen hatten, entschieden Urgroßvater und ich über sein Schicksal. War es ein großer Fisch, landete er in dem hellen, zerkratzten Eimer mit trübem Flusswasser. War es ein junger Fisch, ließen wir ihn frei, damit er noch ein bisschen weiterlebt.

Gegen Mittag wurde das Wasser im Eimer warm, und die großen, träge gewordenen Woblas starben in der Hitze. Die kalten, metallisch schimmernden Fische waren von Schleim überzogen. Kalter Schleim, er roch leicht salzig nach Blut und Jod.

So riecht Scham. So riecht meine Scham. Jeder hat seine eigene Scham, meine riecht so: nach rosa Fischblut, Jod und getrockneten Äpfeln. Nun frage ich dich: Wie riecht deine Scham? Auf einem Sofa mit einer sehr ordentlich ausgebreiteten grünen Tagesdecke zeigte ich im orangefarbenen Schummerlicht einer Gartenküche dem Nachbarmädchen Nastja, was ich zwischen den Beinen habe. Wir waren zwei gleiche Kinder. Dünn, fröhlich, in weißen Baumwollslips. Aber ich hatte ein Loch zwischen den Beinen. Es tropfte immerzu und verlangte danach, ausgefüllt zu werden. Es war wie der zerkratzte Eimer mit dem trüben Flusswasser. Das Loch roch nach Salz, Salz glänzte auch an den grauen Fischflanken. Die Fische hingen wie eine Girlande und leuchteten in der heißen, stehenden Luft. Das Fischinnere, von Urgroßvaters Holzstäbchen aufgespreizt, war noch frisch und rosa wie meine kindliche Vulva.

Nastja schaute in mich, ohne den Blick abzuwenden. Ich hatte den Slip nicht ausgezogen, sondern nur den Hintern angehoben, ihn bis zu den Knien heruntergezogen und die Beine gespreizt, so weit ich konnte. Nastja schaute in mich, und das glühende Gefühl, mich jemandem zeigen zu können, erregte mich als Fünfjährige. Im Kindergarten zeigte ich mich auch

35

anderen Mädchen, und sie ließen mich schauen. Eine von ihnen durfte ich sogar zwischen den Beinen anfassen: Sie war rosa und roch säuerlich, was mich in Aufregung versetzte.

Die dichten Strahlen der untergehenden Sonne, die durch die Vorhänge in die Küche fielen, verwandelten sich in feste, zärtliche Tentakel. Hemmungslos liebkosten sie meinen Körper.

Dann sagte Nastja, sie wolle Familie spielen. Sie näherte sich meinem Gesicht und ließ sich mit ihrem ganzen Körper auf mich fallen. Ich sah ihr in die Augen, ihr braungebranntes Gesicht war vollkommen ruhig. So ruhige Gesichter haben Menschen, die viele Stunden an etwas arbeiten, dass sie perfekt beherrschen.

Ein dichter, saurer Geruch lag über allem. Ich war dieser Geruch, und es verzückte mich, dieser Geruch zu sein. Mir war heiß von ihrem Körper. Mir war heiß von der Nähe ihres Körpers. Der ganze Raum hatte sich in körperliche Nähe verwandelt. Und mein kindlicher Körper war plötzlich die gesamte Welt.

Vater kam rein, um uns zum Essen zu holen, es gab Fischpastete. Mit dem Hecht, den Großvater am Morgen mit seinem Netz an Land gezogen hatte, als wir alle noch schliefen. Er hatte den Fisch noch lebend heimgebracht, voller Seetangfetzen und Schleim. Vater trat auf faulende, vom Baum gefallene Äpfel, ging vorbei an versehentlich zertretenen Fröschen, vorbei am Kürbisbeet, das von der untergehenden Augustsonne beleuchtet wurde. Er trat auf Klee und üppigen Wegerich. Unter seinen

Füßen zusammengedrückt, entfalteten sie sich sofort wieder, sobald er den Fuß anhob, und nahmen ihre ursprüngliche Form an. In Erwartung des nächtlichen Taus hatte sich das Grün entspannt, es raschelte und knatschte unter seinen Füßen.

Alles war grün. Alles war golden. Ich war Gold. Ich hatte seine Schritte nicht gehört. Ich hatte nicht gehört, wie die Tür knarrend aufging. Über Nastjas Schulter sah ich Vaters Kopf. Er sagte, es sei Zeit zu essen. Dabei schaute er über unsere Köpfe hinweg. Nastja rutschte von mir weg. Das schneeweiße Unterhemd, das bei unserer Fummelei hochgerutscht war, fiel wieder hinunter und bedeckte ihren prallen Kinderbauch.

Vater stand in der Tür und wartete auf uns. Zwischen seinen Fingern zwirbelte er die Fäden des uralten Türvorhangs. Wir setzten uns auf, richteten unsere Unterhemden, ich zog meinen Slip wieder hoch. Dann gingen wir in den Garten, wo alle schon am Tisch saßen, um die Pastete zu essen. Vater war gut gelaunt, er zeigte uns die Schüssel des Igels, der schon alle Gräten und roten Krebsschalen daraus weggeschleppt hatte. Später zeigte er uns auch den Igel, wie er gerade ganz hinten über ein Erdbeerbeet tapste.

Wir erwarteten die Nacht, um die Grillen zirpen und die kleinen Igelkrallen über die mit Ölfarbe gestrichenen Verandabretter klackern zu hören. Wir erwarteten die Nacht, und meine Scham war bitter wie bernsteinfarbener Hechtkaviar.

Jetzt lagen wir auf dem Küchenboden, und Lisas Achselhöhle roch nach blonden Härchen. Ich war kein fünfjähriges Mädchen mehr und Vater keine dreißig. Alles war anders. Er war für sein Alter ungewöhnlich grau und alt, sein in der Jugend praller, brauner Kopf ähnelte einem feuchten Papierfetzen. Die Symmetrie seines Gesichts war weggeglitten, und in seinen Mundwinkeln, die auch beim Lächeln unten blieben, sammelte sich trockener weißer Speichel.

Das Licht war viel zu groß. Es drang durch die Tüllvorhänge in die Küche und flutete alles: den Gasherd, den klapprigen Tisch mit der abgenutzten Plastikdecke, die Waschmaschine. Das Licht fiel auch auf den Boden, auf dem wir uns in morgendlicher Erregung quälten. Es roch nach dem staubigen Teppich und dem kalten Fett, das an der Seitenwand des Kühlschranks klebte.

Die Haut an ihrer Nasenspitze war von der Sonne des Vortages leicht rosa. Mit ihrem Handrücken streifte sie meine Lippen, und ich roch Farbe. Der Farbgeruch vermischte sich mit dem Geruch nach Schweiß, Staub und Fett. Zeit verging, aber ich wollte nicht aufstehen. Ich wollte nichts, dass diese stumme Fummelei verhindert.

Aber der Morgen schritt voran. Vater wachte auf und schaltete im Nachbarzimmer den Fernseher ein. Der plärrte los und verschlang die Stille, die uns umgeben hatte. Das Licht kippte und veränderte seine Beschaffenheit und Dichte.

In kleinen Mietwohnungen wie der von Vater gibt es keine Privatsphäre. Die Riegel an den Badezimmertüren sind unbrauchbar, weil die Türen von der Feuchtigkeit aufquellen und sich nicht schließen lassen. Man benutzt Lappen, die an den Klinken hängen, um die Türen zuzumachen, wenn man sich waschen oder auf Toilette gehen möchte. In solchen Wohnungen leben alle nebeneinanderher. Vollkommen fremde Menschen tun sich zu Haushalten zusammen, um erzwungenermaßen das Leben zu teilen. So ist auch mein Vater mit einer Frau zusammengezogen. nicht aus Liebe, sondern aus Bequemlichkeit und Ausweglosigkeit. Jeder Mann braucht eine Frau, die auf ihn wartet, für ihn kocht und wäscht und seinen Sexualtrieb befriedigt. Die beiden mieteten eine Einzimmerwohnung und lebten zusammen, wenn er von einer Tour nach Hause kam. Eine Zeit lang wohnte ich ebenfalls dort. Und als Lisa kam, war auch für sie noch Platz. Vier Fremde also, und eine dreifarbige dürre Katze.

Ich sagte zu Lisa, Vater sei aufgewacht, und bat sie, etwas von mir wegzurücken, damit er unsere Nähe nicht sah. Lisa erwiderte, wir könnten noch ein bisschen liegen bleiben, er sehe fern. Aber Vater stand bereits in der Küche. Wegen des keifenden Fernsehers hatten wir nicht gehört, wie er aufgestanden und über die zu einem Läufer zusammengelegten Teppichstücke zu uns gekommen war.

Vater stand in der Tür und sah unseren flüchtigen Kuss. Er sah gleichsam durch ihn durch. Als wäre hinter unseren Köpfen, Lippen, Nasen und Haaren etwas, das seinen Blick fesselte. Ich blickte in seine glänzenden Augen unter den hängenden Lidern. Eine Augenbraue lag tiefer als die andere, genau wie ein regloser Mundwinkel. Ich rückte von Lisa weg und lächelte ihn an. Vater sagte, ich solle ihm Eier kochen und Kaffee aufsetzen.

Ich stand auf und zog die Shorts an, die auf einem Hocker mit Häkeldeckchen lagen. Alles war kalt, da war keine Luft zum Atmen. Mit einem Blick bedeutete ich Lisa, unser Bettzeug wegzuräumen. Aber Lisa verstand meine Blicke nicht. Sie lag da und schaute mit ihren kalten grauen Augen neckisch zu mir hoch. Sie mochte meinen Vater nicht. Und ihm war sie egal. Sie war einfach noch ein Mund, den er von seinem Lohn zu stopfen hatte.

Manchmal fragte Vater Lisa etwas. Warum sie sich die Haare abrasiert habe oder wovon Künstler leben. Lisa antwortete ihm widerwillig. Für sie war er ein dummer Arbeiter. Wenn Lisa malte, linste er auf ihre Bilder und sagte, mit der Zunge schnalzend, man erkenne was. Vater bat sie, seinen Kumpel zu malen, aber Lisa machte keine Auftragsarbeiten. Sie machte Kunst.

Ich schämte mich vor meinem Vater für Lisa. Für ihre Ignoranz. Dafür, dass sie sich nicht die Mühe machen wollte, für einen Erwachsenen bequem und verständlich zu sein. Ich schämte mich vor Lisa für meinen Vater. Weil er so direkt, beschränkt und ungehobelt war. Er hatte etwas von einem alten, von Krankheit und Zecken zerfressenen Waschbär. Er war nicht gut darin, seine Gefühle zu erklären.

Immer schon schämte ich mich für meinen Vater.

4

Wenn ich von fremden Menschen spreche, dann mache ich dir nichts vor. Vater war ein vollkommen fremder Mensch für mich, ich meine, wirklich fremd. Er war allein, wie ein Felsblock am Straßenrand. Du kannst den Felsblock sehen, kannst ihn streicheln. Aber du kannst ihm nichts sagen, und wenn du es doch tust, wird er dich zwar hören, aber nicht antworten.

Die Welt erwidert nichts, daran habe ich mich gewöhnt. Die Welt ist ein Steingarten. Die Vereinzelung meines Vaters enttäuschte mich. Er enttäuschte mich. Und gleichzeitig faszinierte er mich mit dieser Vereinzelung.

Es war der harte Sommer von 2010. Er holte mich am Bahnhof in Wladimir ab. Ich erkannte ihn sofort. Zum letzten Mal hatte ich ihn 2000 am Bahnhof in Astrachan gesehen. Er war eine Minute vor Abfahrt gekommen, obwohl er eigentlich versprochen hatte, Mutter und mich zum Bahnhof zu bringen. Mutter rauchte nervös auf dem Bahnsteig, als er auf sie zukam. Ich sah es aus dem Zugfenster. Es schien die grelle Astrachaner Sonne, die alles Lebendige zu Boden drückt und alles Tote noch toter wirken lässt. Mutter stand in dieser Sonne. Ihre gebräunte Haut schimmerte golden. Vater kam wippenden Schrittes mit einem seligen Lächeln auf sie zu. Er hatte irgendwelchen Süßkram und einen Bund getrockneter Wobla mitgebracht.

Er war völlig zerstört. Sein Körper hatte ein behäbiges Eigenleben, während sein Gesicht zu schlafen und gleichzeitig in einer anderen, uns unzugänglichen Welt zu wachen schien. Dieser Sommer war nicht sein erster auf Heroin. Ich weiß nicht, wann er damit aufgehört hat, nach diesem Tag habe ich ihn zehn Jahre lang nicht gesehen. Vielleicht ist er vom Heroin losgekommen, als sein Kindheitsfreund, mit dem er es immer gekauft und gespritzt hatte, eines schrecklichen Todes gestorben war. Mir sagte damals niemand, woran er gestorben war. Er war gestorben und fertig.

Vater hatte immer Drogen genommen. Wenn Mutter nicht zu Hause war, schloss er die Badezimmertür mit einem Handtuch, damit ich als vierjähriges Kind das Chimka, in Lösungsmittel ausgekochtes Cannabis, nicht roch. Ich konnte es trotzdem riechen, während ich mit dem gestohlenen Videorekorder etwas schaute. Ich hatte eine Kassette mit einem Film, in dem zwei Köter und eine Siamkatze mit Menschenstimmen sprachen. Mein bekiffter Vater und seine Freunde fanden das lustig. Ich fand es auch lustig, denn ich wollte den Erwachsenen mit meinem Scharfsinn imponieren.

Früh an einem trüben Morgen stand Vater auf dem Bahnhofs-platz von Wladimir. Ringsum war alles grau. Waldbrände wü-teten, dichter schwerer Rauch waberte in der Windstille. Vater stand da in einem zur Hälfte aufgeknöpften Hemd mit kurzen Ärmeln, Baumwollhose und schwarzen Schlappen ohne So-cken. Eine verknotete Plastiktüte in der Hand. Seine dunkle Stirn glänzte in der kaum durch den Rauch kommenden Sonne.

Ich muss dir von Vaters Körper erzählen, ich habe es nicht vergessen, aber jetzt ist noch nicht die Zeit dafür.

Ich trat zu ihm, er drückte mich mit einer kargen Um-armung an sich. Er sah mich an, wie Eltern Kinder ansehen, die ohne sie aufgewachsen sind. In dem Versuch, nett zu sein, legte er mir die Hände auf die Schultern und bemerkte mit Erstaunen, wie groß ich doch geworden sei. Ich war zwanzig. Ich war nicht *groß*, ich war erwachsen.

Er fragte, ob ich Hunger hätte. Wir gingen in ein Bahnhofs-café und bestellten Spiegelei mit flüssigem Eigelb, Tomaten-salat und zwei Tassen Kaffee. Das ölige braune Granulat des Instantkaffees klebte am Rand des Plastikbechers, und es ge-lang mir nicht, es mit einem Plastikstäbchen abzukratzen. Das war ein Grund zum Schweigen. Ich wusste meinem Vater nichts zu sagen, er pustete schweigend auf seinen Kaffee, um ihn abzukühlen. Er ließ Heißgetränke immer abkühlen und trank sie lauwarm. Darin erkannte ich mich wieder.

Die Ähnlichkeit zwischen uns war offensichtlich. Ich war eine ungeschickte junge Frau mit Plattfüßen. Sein Gang war genauso watschelnd. Ich sah ihm in die Augen, und er schaute mit meinen gealterten Augen zurück, die von der Zeit ausgeblichen waren. Sein Mund war wie meiner, nur zahnlos. Er hatte in den zehn Jahren, die wir uns nicht gesehen hatten, nicht aufgehört, mein Vater zu sein. Er hatte längst sein eigenes isoliertes Dasein, aber das Material, aus dem er bestand, war mit meinem identisch. Heute Morgen habe ich in den Spiegel geschaut und gesehen, dass sich meine Lider langsam senken. Sie sehen aus wie ein geblähtes Segel. Jetzt ähneln meine eingefallenen Augen noch mehr denen, die ich im Bahnhofscafé in Wladimir gesehen habe.

Als wir den Kaffee ausgetrunken hatten, fragte ich ihn, wo sein Lkw sei; er sackte greisenhaft in sich zusammen und erwiderte, große Autos dürfen nicht mehr in die Stadt. Der Kumpel steht an einer Umgehungsstraße auf einem Stellplatz für Trucker, aber wir müssen noch einen Fotoapparat kaufen, sagte er. Um uns herum war alles eingehüllt in beißenden Rauch. Zentralrussland verglomm und warf einen hässlichen, stickigen Schleier in die Luft.

Wir verließen das Café und steckten uns Zigaretten an. Ich verstand nicht, wozu wir einen Fotoapparat brauchten, aber ich traute mich nicht zu fragen. Vater winkte ein Schwarztaxi heran, und wir fuhren zu *Eldorado*. Merkwürdig, dass ich die ganze Zeit darüber nachdenke und mich nicht sattdenken kann: Es gibt so viele Orte auf der Welt, und sie bleiben immer an der Stelle, wo wir sie verlassen. Alles kann sich ändern oder sogar zerfallen, aber ich sage dir mit Gewissheit: Der Ort bleibt. Wenn wir gehen, bleibt er, und wenn wir wiederkommen, ist er immer noch da. Alles kann sich so verändern, dass du an einen Ort nicht mehr gelangen kannst – jemand kann ihn kaufen oder einzäunen. Aber noch viel schlimmer ist, dass du vielleicht nicht wiederkehrst, weil du gestorben bist. Denn der Tod bedeutet, dass alles bleibt, nur du nicht, aber das weißt du ja. Und alles dauert schmerzfrei in die Zukunft fort. Mit der großen Gleichgültigkeit von Orten.

Eldorado, dieser Riesenladen für Elektrotechnik, ist immer noch dort, wo er war. Ein trostloses Geschäft für Billigkram, aber du kennst die Dinger. Dass er immer noch dort ist, weiß ich, weil ich mit meiner Frau im Frühling in Wladimir war. Wir haben darauf gewartet, dass eine Pizzeria aufmacht. Es war ein Märzmorgen mit Nieselregen. In der Sonne war es heiß, aber im Schatten noch recht kalt. Ich sah zu, wie sich auf dem Asphalt eine schwarze Pfütze aus geschmolzenem Schnee ausbreitete. Alles funkelte, es war Frühling. Ich hob den Blick, um mich umzusehen, und entdeckte diesen schäbigen Supermarkt. Den gleichen, in dem Vater und ich eine kleine schwarze Olympus-Kamera für 2500 Rubel und eine Speicherkarte gekauft hatten. Mich hatte noch gewundert, dass die Speicherkarte halb so viel wie die Kamera kostete.

Vater drückte mir schweigend die Tüte mit dem Fotoapparat in die Hand und blickte auf meine Kleidung. Ich trug eine dicke Jeans und Sneakers. So geht das nicht, sagte Vater, es ist heiß, und je näher man Astrachan kommt, desto stärker knallt die Sonne. Er winkte wieder ein Schwarztaxi heran, und wir fuhren zum Markt.

Ich besuchte Vater, weil ich ihn sehen musste. Mutter sagte, er sei ein verfickter Nichtsnutz, und warf mir vor, wie er zu sein. Ich hatte gedacht, Vater würde mehr von einem Bruder haben als von einem Vater. Aber Vater war ein fremder Mann, zu dem ich in den Lkw steigen und mitfahren sollte – nicht, weil ich es wollte, sondern weil er es so entschieden hatte. Nun tat ich alles so, wie er es entschied: Ich musste die Speicherkarte in den Fotoapparat einlegen und Vater neben einem Denkmal für Andrej Rubljow fotografieren. Danach musste ich mich neben das Denkmal stellen und lächeln, solange er ein Foto schoss.

Auf dem Foto trage ich kurze Shorts mit Hawaiimuster. Die Shorts hatte Vater mir auf dem Markt in Wladimir gekauft. Er war lange die Stände mit Unmengen billigen, giftig riechenden Synthetik-Klamotten abgelaufen, bis er an einem stehen blieb. Auch ich blieb stehen, sofort kam eine drahtige Verkäuferin in einem rosa Basecap mit fahlen Strasssteinchen zu uns. Auf Vaters Wunsch griff sie zu einer Holzstange mit Metallhaken an der Spitze und holte einen Stapel bunter Shorts herunter. Ich fand alle furchtbar ordinär, aber Vater bestand darauf, dass ich mir welche aussuchte. Neben den pinken, lila und orange-blauen Mustern, kamen mir die weiß-grünen zurückhaltend vor, für die entschied ich mich. Vater zog ein paar schweißweiche Scheine aus der Brusttasche seines Hemds und bezahlte 250 Rubel.

Ich musste gleich vor Ort meine Jeans auszuziehen und in die neuen Shorts wechseln. Vater bestand darauf, also tat ich es hinter einem Holztresen, auf dem lauter T-Shirts mit Putin oder einfältigen Scherzen über Bier und den russischen Charakter lagen. Vater entdeckte ein T-Shirt, auf dem Putin mit einem Gewehr über der Schulter auf einem Bären saß und quer durch den Wald auf uns zu galoppierte. Das amüsierte ihn. Er zeigte mit seinem kräftigen Finger darauf, und ich sah, dass jeder Nagel von einer schwarzen Linie umrandet war – Schmieröl, das sich eingefressen hatte. Das ganze Relief seiner Haut war mit Schmieröl ausgefüllt. Seine Kleidung roch nach Diesel, und auf dem Hemd und den Shorts zeichneten sich raue weiße Ränder ab. Salz von seinem Schweiß. Vaters Körper war wie ein fahler Salzboden: hart, voller Narben, Salz und Schmieröl. Er war vorzeitig gealtert. Vater lachte über einen Spruch, den er auf einem T-Shirt gelesen hatte, und ich sah, wie sich neben den eingefallenen Augen tiefe Furchen bildeten. Sein Mund war dunkel, er hatte praktisch keine Zähne mehr.

Auf einem ausgetretenen Pappfetzen stehend, sah ich, dass Vater endgültig gealtert war. Er sah nicht wie ein vierzigjähriger Mann aus, er wirkte wie ein siebzigjähriger Greis. Alles an ihm war schwerfällig. Er erinnerte an einen durch Blitzeinschlag getöteten Baum, der auf einer Straße lag. Mein Blick wurde von ihm angezogen und wollte ihn gleichzeitig meiden.

Ich stand neben einem Plastikstuhl im schmalen Gang zwischen den Marktständen und merkte, dass von der Hitze und dem Rauch mein ganzer Körper angeschwollen und klebrig geworden war. Als ich die Shorts angezogen hatte, kam ich mir unanständig nackt vor inmitten dieser Haufen billiger Synthetik-Klamotten. Vater lachte, er sagte, ich solle ihm folgen, ich verstaute meine Jeans in der Eldorado-Tüte und folgte ihm, ich fühlte, wie meine klebrigen Oberschenkel aneinanderrieben.

5

Ich erinnere mich an die endlose fahle Steppe und außerdem noch an das feuchte Wolgadelta und den trüben gelben Bachtemir. Weißt du, wie das Bachtemirwasser war? Es war dicht wie Stoff, weil Schlick vom Grund aufgewirbelt wurde. Dort fuhren Fähren und Boote. Fische durchkreuzten den Fluss und wühlten den Grund auf. Der ruhige, gelbe Bachtemir floss ins Kaspische Meer.

Ich ging beim Steg in den Fluss, ich hielt mir die Nase zu, schloss die Augen und legte mich auf das gelbe Wasser. Weißt du, was ich hörte? Ich hörte das Wasser über den schlickigen Grund rauschen. Das Wasser war mächtiger als alles andere und rasselte wie eine alte blindwütige Kette. Ich bekam Angst. Ich stellte mich hin, da stach mir ein schwarzer Muschelsplitter in den Fuß. Von dem Wasser, das ich in die Augen bekommen hatte, schien alles trüb wie das perlmuttfarbene Innere einer Qualle. Sonne fiel auf das Wasser, aber das Wasser schluckte sämtliches Licht und die ganze Wärme. Der Grund war kalt. An den durchsichtigen Härchen meiner Arme klebten beige Sandkörner und dunkles

Wassergras, ein Geruch nach faulen Algen drang zu mir herüber.

Ansonsten weiß ich nichts über die Gegend. Ich weiß nur, dass sie fruchtbar ist. Maulwurfsgrillen vernichten Ochsenherz-Tomaten. Im kühlen Tau der Nacht platzen süße Aprikosen auf von ihrer eigenen Überfülle. Alles schwillt in dieser Feuchtigkeit. Die Wunde vom Muschelsplitter wollte lange nicht heilen und eiterte. Meine Haare musste ich zu einem festen Zopf zusammenbinden, damit sie nicht an einem Ast hängen blieben und sich keine Algen darin verfingen.

Einmal zog Urgroßvater mit seinem Netz eine Wassernuss-Pflanze an Land und gab mir die stacheligen braunen Früchte. Man konnte sie nicht essen, Urgroßvater brachte sie als kleine Souvenirs vom Angeln mit. Die feuchten Wassernüsse glänzten und sahen aus wie Käferköpfe, und wenn sie trockneten, wirkten sie wie aus Leder. Sie rochen nach Schwermut und piekten. Zerbrechliche Muscheln gab es. Wenn das Wasser zurückging, entblößte es die Küste, und sie war mit weißen, lila und blauen Augen toter Muscheln übersät. Ich lief über den Sand und sammelte sie – Kegelschnecken, Kammmuscheln – in eine feste Plastiktüte. Wenn ich genug hatte, befestigte ich die Tüte an meinem Gürtel, setzte mich zu Urgroßvater aufs Motorrad, umfasste ihn an der Taille und hörte die Muscheln zwischen uns knacken. Zu Hause streuten wir die Muschelscherben im Hühnerstall aus, damit die beigen und weißen Legehennen sie pickten. Die Scherben waren himmelblau und zart wie dünner Mondstein, aber das Blau verschwand schnell unter dichtem Vogelkot.

Ansonsten erinnere ich mich an nichts. Ich schrieb einem Freund, der in dem Buchgeschäft *Falanster* arbeitet, und bat ihn, mal nachzuschauen, was sie über Astrachan dahaben. Er fand ein Wörterbuch »Der Dialekt der Astrachaner: Lexik, Redewendungen, Sprichwörter, Texte.« Das Buch ist so alt, dass die Leute im Geschäft ein Kreppband auf den Buchrücken geklebt und den Titel mit einem blauen Kugelschreiber draufgeschrieben haben. Als sie es mir verkauften, entschuldigten sie sich für den Zustand. Aber mir geht es um die Buchstaben.

Vater hat auch immer gesagt, Hauptsache er hat Buchstaben vor Augen. Jeden Morgen hielt er mit dem Lkw vor einem Kiosk und kaufte sich druckfrische Zeitungen: »Argumenty i Fakty«, »Express-Gaseta« und unbedingt noch ein Lokalblatt, etwa die »Wolgogradskaja Prawda«.

Die Zeitungen las er nachmittags in der Schlafkoje, während er auf einem Streichholz herumkaute. Oder beim Mittagessen auf dem Lenker ausgebreitet, Seite für Seite. Ich weiß nicht, wie viel er verstand, denn bei der Lektüre aß er und hörte Radio oder eine Kassette mit den Songs von Michail Krug. Bei der Arbeit als Fernfahrer war er auf dem linken Ohr fast vollständig taub geworden, deswegen drehte er das Radio voll auf, damit ihm kein Wort entging und er über jeden Witz der Moderatoren schmunzeln konnte.

Ich betrachtete Vater, einen mir vollkommen fremden Menschen. Sah zu, wie er aß und schlief, versuchte, sein Bild in mich aufzunehmen, um zu verstehen, wer er ist und wie es kommt, dass er mein Vater ist. Aber es gelang mir nicht, Vater passte nicht in mich, er löste nur Schwermut und Verwirrung in mir aus.

Als Ex-Junkie gönnte er sich regelmäßige Auszeiten. An solchen Tagen fuhr er nirgendwohin, sondern schloss sich in der Wohnung ein oder traf sich mit anderen Fernfahrern, um sich schnell zu betrinken. Seine Kollegen kannten diese Angewohnheit und brachten ihn mit seinem grauen »Neuner« heim, zu dritt trugen sie ihn in die Wohnung. In diesen Momenten wurde sein kleiner, stämmiger Körper ausgesprochen schwer, sodass drei Riesenkerle ihn mit Müh und Not von der Bank hoben, auf den Rücksitz wuchteten und in einem Konvoi aus drei Autos nach Hause fuhren. Am Hauseingang luden sie ihn aus und schleppten ihn zu dritt in den vierten Stock. Während Vater zu Hause langsam zu sich kam, wankte er wie ein Braunbär durch die Wohnung. Er stolperte über den Teppich, fiel, lauthals fluchend, hin, stand wieder auf. Nachdem er genug herumgeirrt war, schlief er ein und schrie die ganze Nacht im Schlaf. Ich weiß nicht, was er träumte, er brüllte und jaulte wie ein gequälter alter Hund.

Am nächsten Morgen war er wieder ganz frisch. Als hätte sich ein schwarzer Schlund in ihm, der bekommen hatte, was er brauchte, wieder nahtlos geschlossen. In der Früh ging Vater seelenruhig Bier holen und verbrachte dann den ganzen Tag vor dem Fernseher. Er aß fette Suppe und trank dazu Kefir. Auf der Couch döste er, mit der einen Hand die Haare um seinen Bauchnabel zwirbelnd, mit der anderen die Fernbedienung bewachend. Der Fernseher keifte die ganze Zeit; wenn Vater zu schnarchen anfing, versuchte ich ein paarmal, die Lautstärke zu mindern. Aber sobald der Ton leiser wurde, öffnete Vater die Augen, drehte sich mit dem gesunden Ohr zum Fernseher und bat mich, die Glotze anzulassen.

Gegen Abend, wenn sich die Fahne von dem Wodka des Vortags und dem Bier am Morgen gelegt hatte, stieg Vater in das kleine Auto – so nannte er seinen »Neuner« – und fuhr an die Wolga-Promenade, um den Tag ausklingen zu lassen. Er bewegte sich durch die herausgeputzte Menschenmenge wie ein Fisch durchs Schilf. Sie war für ihn etwas Totes und Unverständliches, aber er wusste, sie zu überwinden. Beim singenden Springbrunnen angekommen, schaute er lange in das lila Licht, von dem der Brunnen angestrahlt wurde, und tänzelte krächzend zur Plastikmusik. Der Springbrunnen beeindruckte ihn nicht, aber erfreute ihn mit seiner Heiterkeit.

Ich habe mich immer gefragt, für wen die Stadtverwaltung diese peinliche Deko aufstellen lässt: armselige Musikspringbrunnen, kleine Statuen von Damen mit Hündchen oder Dickwänsten auf Bänken, deren Bäuche so oft getätschelt werden, dass sie glänzen. In Nischni Nowgorod steht im Stadtzentrum eine Statue der Märchenziege Deresa, ihr blankgeriebener Rücken leuchtet in der Sonne. Jeder muss sein Kind auf ihren Rücken setzen oder selbst hinaufklettern. Der Springbrunnen spielt »It's a beautiful life« von Ace of Base in Dauerschleife, aber durch das Plätschern des Wassers hört man nur die kreischend hohen Töne. Der Springbrunnen wurde zum Vergnügen erbaut; ist er auch grotesk, verpflichtet er doch durch seine pure Existenz dazu, Freude zu empfinden. Und Vater freute sich. Auch die Menschen um ihn freuten sich und fotografierten den singenden Springbrunnen mit ihren Smartphones.

Vater fragte mich, ob ich den Fotoapparat dabei hätte, ich sagte, nein. Ach, wieso denn?, seufzte er enttäuscht. Wir hätten ein Foto vom Springbrunnen machen können. Ich zog mein kleines Tasten-Nokia aus der Tasche, das einen Fotoapparat hatte, und sagte, ich könnte ihn mit meinem Handy fotografieren und das Bild später auf den Computer übertragen oder ausdrucken, wenn er möchte. Das freute ihn, und er stellte sich gleich neben den Brunnen. Ich öffnete die Handykamera und schaute auf das Display. Im Schwarzblau der Astrachaner Nacht leuchtete ein lila Fleck. In dem lila Leuchten konnte man Umrisse von Vaters Hemd und seines runden braunen Kopfes erkennen. Eine Reflexion der LED-Strahlen auf seiner Stirn war auch zu sehen. Aber das Bild als Ganzes funktionierte nicht, es war keine Freude darin. Ich schoss ein Foto und zeigte es Vater. Das wird nichts, sagte ich, zu dunkel; die Handy-Kamera ist zu schlecht. Vater schaute sich das Foto an und brach in Lachen über die peinliche Aufnahme aus. In seinem Lachen hörte ich die Enttäuschung über eine versäumte Chance. Macht nichts, sagte Vater, nächstes Mal denkst du dran, dann machen wir ein Bild am Brunnen.

An einem Schießstand gab er einem Jungen hundert Rubel und bekam ein Luftgewehr. Krächzend zielte er und traf drei von fünf Dosen. Die runden Metallkugeln klackerten gegen das Blech der leeren Dosen, Vater warf jubelnd die Arme in die Luft und schüttelte die Fäuste. Der Junge vom Schießstand würdigte Vaters Leistung mit einem Mickey-Mouse-Schlüsselanhänger. Er drehte den Schlüsselanhänger zwischen seinen Fingern und gab ihn mir. Peinlich berührt nahm ich die Trophäe entgegen. Er konnte mich nicht als Erwachsene behandeln, in seiner Wahrnehmung war ich immer noch ein kleines Mädchen. Am Eisstand kaufte er mir ein Milcheis im Becher und zwei Flaschen Bier für uns beide. Ich schaute ihn an und versuchte zu verstehen, wie er – als der, der er war – wohl meine Gegenwart empfand. Die Wolga floss langsam, gegen Abend wurde sie emaillefarben und still. Ich befestigte den Anhänger an meinem Schlüssel, und schon schaute Styropor heraus. Meine Beklemmung wuchs. Alles, was Vater tat, was er sagte und erwarb, war wie dieser schäbige Anhänger aus Synthetik. Wir tranken schweigend unser Bier aus, dann rief Vater seinen Kumpel Kolja an, damit er uns mit dem »Neuner« nach Hause fuhr.

Vater erzählte gern, wie er ganz am Anfang seiner Fernfahrerkarriere ein paarmal in Petersburg war. Dort machte er einen Ausflug nach Peterhof und ließ sich neben einer als Hofdame verkleideten Statistin und ihrem hoch aufgeschossenen Kollegen mit falschem Schnurrbart à la Peter der Große fotografieren. Auf dem Bild sieht man ihn vor einem Springbrunnen, mit einer Hand berührt er die atlasweiß behandschuhten Fingerspitzen der Dame, mit der anderen den Griff des Spazierstocks Peters des Großen. Vater trägt ein sauberes, gebügeltes T-Shirt in Sandbeige und eine frische Leinenhose, aus der Brusttasche mit Reißverschluss schaut eine Schachtel roter BOND hervor, an der Wölbung der Tasche erkennt man, dass Vater dort außer den Zigaretten noch zusammengerollte Geldscheine aufbewahrt. Das ist alles, was er hat: ein Lkw, der ihm nicht gehört, der auf einem Stellplatz an einer Umgehungsstraße parkt, und eine Rolle Scheine für seine Tour. An der Kleidung zeichnen sich noch die Knicke ab, wo sie zusammengefaltet war. Das Outfit hatte während der gesamten Fahrt von Astrachan nach Petersburg im Schränkchen unter seinem Schlafplatz gelegen, damit er es an seinem freien Tag anziehen und sich das prächtige Schloss ansehen konnte. Er lächelt für das Foto, ich kann sehen, wie stolz er ist. Alles um ihn ist kostbar und erhaben. Vaters Körper, hineingepflanzt in diesen Kontext, wirkt eher wie ein Fehler. Er ist ein Bühnenarbeiter, gleich fällt der Vorhang, und die gepuderte Dame und ihr Gefährte beginnen ihr höfisches Leben, damit sich die anderen an der

Schönheit weiden und stolz sein können, an diesem Luxus teilzuhaben. Vater sagte, er hätte hundert Rubel für das Foto gezahlt, und noch mal fünfzig für einen zweiten Abzug. Beide Fotos hat er seiner Mutter, meiner Großmutter, geschenkt.

Vater sagte, früher hätte er die Angewohnheit gehabt, sich während langer Standzeiten in der Steppe Auszeiten zu gönnen. Die gab es auch, als ich mitfuhr. Um die Rohre zu holen, warteten wir fast eine Woche in Kapustin Jar, außerdem standen wir drei Tage am Rybinski-Stausee. Vater erzählte mir, dass er seine Touren allein macht, um Geld zu sparen. Ein Partner kostet: Er braucht was zu essen und Gehalt, aber er nützt nicht viel, außer, wenn er den Lkw bewacht, während man schläft.

Vor etwa fünf Jahren hat sich Vater bis zur Besinnungslosigkeit besoffen, während er in Wolgograd auf seine Ladung wartete. Aufgewacht ist er im Straßengraben. Lkw und Papiere waren weg. Und er stand da in Shorts und Gummischlappen. Der Lkw hatte ihm noch nie gehört, um ihn zu kaufen, hätte er fünfhunderttausend Rubel gebraucht, und wo sollte er die hernehmen, wenn doch schon der Laster fünfzehntausend Rubel für Sprit in eine Richtung fraß. Außerdem war nach den Wolgograder Straßen immer die Radführung hinüber.

Er lief zum Stellplatz und sprach mit den Männern dort. Sie nahmen ihn zum nächsten Stellplatz mit. Ein Lkw ist keine Nadel im Heuhaufen, wenn den einer klaut, findet man ihn hundertprozentig wieder. Ein Lkw ist groß, langsam, und es gibt nicht so viele Straßen, die er befahren kann. Gegen Mittag hatte Vater den Stellplatz, auf dem sein MAZ war, gefunden. Die Ladung war noch da, alles war noch da, aber es war noch nicht wieder in seinem Besitz. Er fand die Leute, die seinen Wagen geklaut hatten, und sprach mit ihnen. Irgendetwas half ihm dabei, Wagen und Ladung wiederzubekommen. Vielleicht seine kriminelle Vergangenheit, und dass er die Sprache der Banditen nach wie vor beherrschte. Seitdem trank er nie wieder, wenn er allein unterwegs war, erst wenn er zu Hause war und den Lkw entladen hatte.

6

Versteht die Erde denn der Körner Zeichen,
die ein Ackerbauer in sie wirft?
Welimir Chlebnikow

Kommt ein Policeman an dein Haus,
krepiert dein Vieh, verdirbt die Milch ...
Kaspiski Grus

Vater liebte die Musik von Michail Krug. Er liebte sie, wie manche Frauen Hochstapler lieben. Bis aufs letzte Hemd ausgezogen, bestreitet so eine Frau immer noch, betrogen worden zu sein. Sie glaubt lieber an das Märchen, das man ihr geschenkt hat, und hofft auf einen guten Ausgang. Vater lebte nach den Prinzipien, die ihm Krug anbot, auch weil sie voll und ganz mit seiner Vorstellung übereinstimmten, wie die Welt beschaffen ist.

Chlebnikow schrieb: »Es heißt, es könnten nur Menschen Arbeitslieder schreiben, die an der Werkbank stehen. Ist das so?

Liegt die Natur des Liedes nicht in der Abkehr von sich selbst, von seiner alltäglichen Bewegungsachse? Ist das Lied nicht eine Flucht vor sich selbst? Ohne die Flucht vor sich fehlt der Raum für Bewegung. Die Inspiration eines Sängers war immer schon ein Verrat an seiner Herkunft. Ritter des Mittelalters besangen das freie Hirtenleben, Lord Byron die Seeräuber, der Königssohn Buddha pries die Armut. [...] Die Tundra im Petschora-Gebiet, die keinen Krieg kennt, bewahrt immer noch die Sagen über Wladimir und seine Recken, die am Dnepr längst vergessen sind.« Ich führe diesen Gedanken fort und sage: Michail Krug, Waldimir Wyssozki und Alexander Rosenbaum waren nie im Gefängnis, Schilo von *Krowostok* war kein Halsabschneider oder Auftragskiller, und die Jungs von *Kaspiski Grus* haben niemanden getötet und nicht mit Drogen gedealt.

Es liegt in der Natur der Zeit, dass sie vorübergeht und die Menschen bleiben, sich selbst überlassen und hineingeworfen in die Zukunft. So ging es auch meiner Mutter nach ihrer Kündigung. Fünfundzwanzig Jahre hatte sie in der Fabrik gearbeitet, aber als sie in eine andere Stadt zog, stellte sich heraus, dass sie hilflos war und für diese Zeit und an diesem Ort zu nichts nutze. Die Fabrik hatte ihre Jugend und sie wie Material verbraucht, ohne ihr beizubringen, wie man in der Zukunft lebt. Sie blieb gleichsam in der Vergangenheit, ohne etwas mit sich anzufangen zu wissen, immer noch im Glauben an die eigene Kraft und Jugend.

Ich gebe dir noch ein anderes Beispiel. Kennst du Goyas Gemälde *Saturn verschlingt seinen Sohn*? Es wird oft mit dem gleichnamigen Bild von Rubens verglichen, aber der Saturn von Rubens ist ruhig; gedankenversunken beißt er in die Brust des Kindes. So essen ältere Menschen, gemächlich und konzentriert. Goyas Saturn ist wahnsinnig, siehst du seine Augen? Sie glänzen in der Dunkelheit. Er hat mit dem Kopf angefangen, deswegen sehen wir einen schlaffen, kopflosen Körper in seinen Händen. Genau so ist auch eine historische Epoche. Sie frisst dich, angefangen beim Kopf, denn am Gesicht erkennt man einen Menschen. Saturn verschlingt den Kopf, um alle individuellen Merkmale zu tilgen. Die Zeit löscht alle Unterschiede aus. Auch die des Geschlechts, auf Goyas Gemälde baumelt Saturns Sohn mit dem Rücken zu uns, wir sehen seinen prallen weißen Körper, aber wir wissen nicht, ob dieser Körper zu einem Mann oder einer Frau gehört. Saturn hingegen, ein wahnsinniger, hagerer Greis, der eher einem Waldschrat oder Dämon gleicht, tritt aus der Dunkelheit hervor. Wenn ich diese Gemälde anschaue, höre ich Knochen knacken und Fleisch reißen. Ich höre entsetzliches Geheul. Saturn gibt Laute von sich, er heult wie ein Gespenst in einem alten Schloss, er jault wie ein kranker Hund, er knurrt und schmatzt. Wenn ich dieses Gemälde ansehe, tritt er hervor zu mir, sein malerischer Körper wird real und fühlbar. Ich weiß, dass ich es bin, die in seinen sehnigen Händen baumelt.

Früher in der Schule haben wir im Biologieunterricht Daumenkino gespielt. Man malt an der Ecke einer Heftseite eine

Figur, auf der nächsten Seite ändert man ihre Körperhaltung. Dafür kann man eine Seite langsam auf einen Bleistift aufrollen und Stück für Stück die Haltung der Figur verändern. Diejenigen, die besonders gut zeichnen konnten, zeichneten mehr als zwei, drei Sequenzen, und es entstanden ganze Welten im Wandel. In diesen Welten rannten Hunde, wuchsen Blumen, legten sich Menschen schlafen oder zerbrachen Flaschen. Bewegung, Entwicklung und Verfall hingen von der Geschwindigkeit des Blätterns ab. Manchmal klebten zwei Seiten zusammen, dann verschwanden ganze Abschnitte, und es hatte schon etwas von einer Montage. Man konnte eine Blume langsam wachsen lassen, wobei die Langsamkeit der Idee einer Blume entsprach: Niemand sieht, wie eine Blume wächst, sie tut es unbemerkt. Mein Vater hat, als er Pionier war, eine Pappelallee hinter unserem Haus gepflanzt. Aus den Setzlingen sind mittlerweile große Bäume geworden, die morgens viel Schatten spenden. Aber ich habe nie verstanden, wie ein Baum wächst. Vielleicht bemerkt man das Wachstum nicht, weil der Baum im Wind, in der Sonne und Hitze ständig seine Zweige und sein Laub bewegt und so das menschliche Auge von seinem Wachstum ablenkt? Im echten Leben sehen wir, dass alles, was fällt, schnell fällt, und noch unauffälliger zerbricht. Bei diesem Spiel konnte man verlangsamen, was allzu schnell passierte: Eine heruntergefallene Flasche zerschellte langsam in viele Splitter. Mit dem Daumenkino wurden Vorgänge zugänglich und umkehrbar.

Doch Folgendes möchte ich dir sagen: Die Hand, die die Geschwindigkeit bestimmt, mit der die Episoden wechseln, bewegt sich schnell, und sie wird immer schneller. So funktioniert Zeit. In den Achtzigern verließ das Werte- und Hierarchiesystem, das in den sowjetischen Straflagern entstanden war, die Grenzen des Lagers und trat an die Stelle der geschwächten Regierung. Wenn etwas geschieht und du dabei nicht an allerletzter Stelle stehst, scheint dir, als wäre es für immer. So denkt der Mensch, wenn er auch nur ein bisschen Macht hat. Ganz gleich, wie er an diese Macht gekommen ist. Aber die Zeit rast und wird mit jedem Schritt schneller. Die Ganoven aus den Lagern herrschten nicht lange. Sie wurden bald von anderen Verbrechern abgelöst. Das Maul der Zeit ging zu, manch einer blieb in einem schicken Sarg auf einem Friedhof liegen, manch einer schaffte noch den Absprung und begann ein Leben in der Zukunft. Mein Vater schaffte ihn. Er verließ Ust-Ilimsk 1999, weil ein Strafverfahren gegen ihn eingeleitet werden sollte. Ich weiß nicht, ob es stimmt, aber Mutter sagte, er sei bei einem Besäufnis in irgendeiner Wohnung eingeschlafen, und aufgewacht sei er auf dem Revier, wo er gefoltert wurde. Aus der Wohnung habe jemand alles mitgenommen, was nicht niet- und nagelfest war. Also sei er mit einer Plastiktüte, in der eine Zahnbürste und Unterwäsche zum Wechseln lagen, schnell ab nach Astrachan. Davon, was Vater nach Ust-Ilimsk verschlagen hatte, erzähle ich dir bei anderer Gelegenheit.

Jetzt erst mal zu den Ganoven.

In der Banden-Hierarchie war Vater ein einfacher Kerl. Solche wie ihn gab es viele: Taxifahrer, Arbeiter, Männer, die nur kurz gesessen hatten und die kriminelle Laufbahn nicht als ihre einzige Option betrachteten. Vater hatte ein Auto – das brachte ihm den Lebensunterhalt ein und war auch sein Lebenssinn. Das Fahren hatte er von Großvater gelernt; in Trudfront hatte dieser ihn einst hinter das Steuer eines Traktors gesetzt und ihm gezeigt, wie man den Motor startet. Mit zwanzig klaute Vater in den Ferien mal Großvaters Traktor und bekam dafür Prügel mit einem Ledergurt, der eine Sternenschnalle hatte. Seinen Armeedienst absolvierte Vater in der Mongolei, dort fuhr er einen Muldenkipper und ruckelte dreihundert Kilometer durch die Wüste, um in Zeiten der Prohibition Selbstgebrannten zu besorgen. Dafür wurde er respektiert. Er war schon immer ein Gruppenmensch, er wollte, dass ihn alle mögen, deswegen auch die Aktion mit dem Selbstgebrannten. Er wusste, wie man verhandelt und wie man überlebt. Mutter sagte, in Ust-Ilimsk habe ihn jeder Hund gekannt. Das stimmt, uns kannten alle: Man grüßte uns auf der Straße, und die Leute in der Schlange in den Geschäften verstummten, wenn Mama kam, um Stehaufpuppen für mich zu kaufen – damals waren sie Mangelware. Erinnerst du dich an Stehaufpuppen? Ich hatte eine kleine und eine große, in blau und purpurrot; wenn sie schaukelten, machten sie so ein seltsames metallisches Geräusch. Das sollte für Spaß und Freude sorgen.

Vater war ein einfacher Kerl in der Ganoven-Hierarchie, zumindest sagte man das. So ganz glaube ich es nicht mehr. Nach seiner Freilassung aus dem Gefängnis war er nachts so gut wie nie zu Hause. Mutter erzählte mir, er sei immer im Morgengrauen vorbeigekommen, um Geld und irgendwelche Sachen dazulassen. Auf unserem Balkon stapelten sich Kisten mit Wodka und Zigaretten. Er ließ eine Rolle Geldscheine da, obwohl man sie sowieso nicht groß ausgeben konnte: Für alles musste man Schlange stehen. Als allmählich Videorekorder und importierte Fernseher in die Stadt kamen, schleppte Vater einen Farbfernseher von LG an, in einer alten Decke eingewickelt. Später kamen ein Videorekorder und eine Dendy-Spielekonsole hinzu.

Ich hatte einen Kinderwagen für meine Puppe und einen schicken kleinen Lammfellmantel. Die Nachbarmädchen mochten mich deswegen nicht und nannten mich Bonze. Und ich schämte mich dafür, etwas zu haben, was andere nicht hatten. Ihr Zorn war vermutlich nicht nur ihrer. Es war auch der Zorn ihrer Eltern darüber, wer mein Vater war. Ihre Eltern waren ehrliche Ärzte und Fabrikarbeiter. Mein Vater war ein Verbrecher, doch in unserem nichtsnutzigen Haus fehlte es nie an Geld, und das war ungerecht. Einmal kamen die Nachbarmädchen zu mir, um sich meinen Kinderwagen anzusehen. Drin lag, fein gekleidet, meine Puppe. Sie tauschten ein paar Blicke und fragten freundlich, ob sie meine Puppe Mascha spazieren fahren dürften; auf ihre Freundschaft hoffend, überließ ich ihnen den Puppenwagen. Da rannten die Mädchen, gellend lachend wie zwei junge Furien, mit dem Kinderwagen die Straße hinunter. Die weißen Kautschukreifen hüpften an den Schlaglöchern, und ich konnte hören, wie auch die Puppe Mascha auf und ab geschleudert wurde. An einem ruhigen sonnigen Tag polterten sie die Straße hinunter und lachten. Enttäuscht setzte ich mich auf eine Bank unter die Pappeln; ich hatte nichts dagegen, meine Spielsachen mit ihnen zu teilen. Mir tat es um die Puppe Mascha leid, die durch ihren Hass zu Schaden kam.

Im Winter 1994 holte mich Mutter vom Kindergarten ab. Sie forderte mich nicht auf, mich zu beeilen, und war auch nicht nervös. Sie tat alles so wie immer – ruhig und streng. Sie reichte mir die Strumpfhosen und die Gamaschen, richtete den hochgerutschten Flanellrock, band mir das Kopftuch um und zog die Kaninchenfellmütze fest, bevor wir in den Frost hinausgingen. Am Eingang erwartete uns ein Polizeibulli. Mutter wies mich an, den Bullen nichts zu sagen, weil sie Vater in den Knast stecken wollten. Ein dicker Bulle stieg aus, hob mich in den hinteren Teil des Bullis hoch, Mutter kletterte selbst hinein. Zwischen dem Fahrerteil und dem Teil für die Verhafteten war ein Gitter, durch das mir der dicke Bulle zuzwinkerte und fragte, ob ich keine Angst vor ihm hätte. Nein, sagte ich. Mutter setzte mich auf ein kleines Kunstlederbänkchen, und wir fuhren nach Hause. Durch das Gitter hinten in der Wagentür sah ich die mit Raureif überzogenen Wipfel der Pappeln. Sie funkelten wie Edelsteine in dunkler Nacht. Im Bulli war alles Staatseigentum, und vor dem Hintergrund der blendend weißen Schneewehen wirkte das heruntergekommene Staatszeug umso schäbiger und brannte in den Augen.

Vor unserer Wohnung erwarteten sie uns bereits wegen einer Hausdurchsuchung. Später sagte Mutter, sie hätten Drogen, Geld und Gold gesucht. Die technischen Geräte interessierten sie nicht, damals hatten alle nur geklaute. Mich ließ man am Couchtisch sitzen; Mutter sagte, ich sollte meinen Pelz und die Gamaschen selbst ausziehen. Sie blieb dem dicken Bullen auf den Fersen und kommentierte alle seine Handlungen. Mutter war nicht ängstlich oder aufgeregt. Vielleicht hatte sie keine Angst, weil sie wusste, dass Vater sich sowieso aus der Affäre ziehen würde. Sie wirkte vollkommen ruhig, auch weil sie wütend auf ihn war, denn Vater war nicht auf die Idee gekommen, das Innenfutter der geklauten Mütze zu kontrollieren, die von der Vorbesitzerin auf dem Markt wiedererkannt worden war.

Die neue Nerzmütze stand Mutter ausgesprochen gut. Sie trug sie mit einem schmalen schimmernden Lurex-Schal. An jenem Tag suchte Mutter gerade Rinderzunge an der Theke aus, da vernahm sie irgendeinen Tumult hinter sich. Als sie sich umdrehte, sah sie eine zerzauste Frau in einem teuren Pelz, die mit einer Hand am Ärmel eines Polizisten zupfte und mit der anderen auf Mutters Mütze zeigte. Die Verkäuferin an der Fleischtheke wischte mit einem trockenen Lappen ein Messer ab und reichte es dem Polizisten. Er bat Mutter, ihm die Mütze zu geben, schlitzte vorsichtig das seidene Innenfutter auf und auf dem Leder kamen Adresse und Telefonnummer der Eigentümerin zum Vorschein. Außerdem bemerkte man zwei kleine Schlitze an den Seiten – da war früher mal ein Gummi angenäht, für den Fall, dass jemand versuchen sollte, der Besitzerin die Mütze vom Kopf zu reißen. Genau das war ihr eines Abends auf dem Heimweg von einer Geburtstagsfeier passiert. Es gab ein Gerangel, der Dieb verpasste ihr einen Tritt in den Bauch und verschwand. Mutter trug die Mütze ohne Gummi, weil sie sicher sein konnte, dass niemand sie beklauen würde. Jeder Dieb wusste, wer sie war, und hätte es nie gewagt.

Sie war wütend auf Vater, weil er so kurzsichtig gewesen war. Wütend machte sie auch, dass die Bullen mit Schuhen über den frisch gewischten Boden liefen und Abdrücke aus Schneewasser vermischt mit Sand und Straßendreck hinterließen. Mutter ging dem dicken Bullen hinterher, den Lappen unter einem Fuß, damit der Dreck sich nicht im ganzen Haus verteilte. Der dicke Bulle öffnete unverfroren den Schrank mit meinen Spielsachen und kippte eine Kiste Klötze auf den Teppich aus. Dann tastete er noch das Schrankinnere ab, holte die Stehaufpuppen und eine Plastikpyramide hervor. Aus der Schublade daneben zog er gebügelte Bettwäsche heraus und warf sie auf die Couch. Im Bad hob er den Spülkastendeckel an und ließ ihn, wütend, weil er nichts gefunden hatte, zurückfallen; durch den Porzellandeckel ging ein Riss und Mutter sammelte die feinen Splitter auf, die wie Muscheln kleiner Flussmollusken aussahen.

Schon in frühster Kindheit wurde mir beigebracht, dass man nicht mit Polizisten spricht. Vater lehrte mich, sie zu hassen, aber sie nicht ins Gesicht Scheiß-Bullen zu nennen, Mutter lehrte mich, sie zu verachten. Man kann wohl sagen, dass wenn irgendein Polizist »Hey« ruft und ein Mensch sich sofort umdrehen möchte, er in einem Polizeistaat lebt. In meinem Fall sah die Sache aber etwas anders aus. Ich hatte Angst vor ihnen, weil ich die Tochter meines Vaters war; sie schmissen meine Spielsachen auf den Boden und benahmen sich, als wären sie die Herren in unserem Haus. Natürlich taten sie das nicht ohne Grund, so stellten sie die Ordnung wieder her. Doch die Sprache ihrer Ordnung unterschied sich nur geringfügig von der Sprache der Verbrecher. Aber ich denke, das weißt du auch ohne mich, ich erzähle dir da nichts Neues. Wenn ich in der Metro oder auf der Straße einen Polizisten sehe, gefriert alles in mir. Diese Kälte ist sehr alt, sie ist ein Teil von mir, seit ich denken kann. Sie breitet sich in mir aus, wenn es an der Tür klingelt oder ich jemanden im Treppenhaus reden höre. Ich habe ständig das Gefühl, dass sie mich holen kommen.

An diesem Tag hätte es durchaus passieren können, dass mich niemand vom Kindergarten abholt. Mutter hatte mich am Morgen hingebracht und sich ein paar Stunden hingelegt. Dann reinigte sie den Fußboden, wischte Staub und putzte das Klo. Sie trug ihren dunkelbraunen Lippenstift auf, tuschte die Wimpern mit der öligen Leningrader Tusche aus der kleinen Pappschachtel und schminkte die Augen mit perlmuttfarbenem Lidschatten. Bevor sie das Haus verließ, setzte sie sich noch in die Küche, um eine zu rauchen. Der Zipper am Reißverschluss eines ihrer Stiefel war abgebrochen, und sie hatte keine Büroklammer oder Sicherheitsnadel zur Hand. Also griff sie, die Zigarette im Mund, kurzerhand zum Besteckkasten und zog den Reißverschluss des hohen Lederstiefels mit einer Gabel zu.

Mutter leerte den Aschenbecher aus und schaute auf die Uhr – die Müllabfuhr sollte um sechs kommen. Bis dahin würde sie es noch auf den Markt und zur Kommunalverwaltung schaffen. Sie schlüpfte in ihren bodenlangen Lammfellmantel, band den schicken Schal um und setzte die neue Mütze auf. Auf dem Weg nach draußen schaute sie noch in den Briefkasten, wo sich eine Benachrichtigung über ein Paket aus Trudfront befand. Großvater schickte uns Wobla, Trockenobst und in einem kleinen selbstgenähten Leinenbeutel aus einem alten Laken den scharfen Knoblauch aus dem Süden. Sie steckte die Benachrichtigung ins Portemonnaie und verließ das Haus.

Es war ein klirrend kalter Dezembertag, alles war weiß, nur hinter der Angara und der schwarzen Linie des Waldes stiegen graue Rauchschwaden von der Holzverarbeitungsfabrik auf.

Das war die Fabrik, in der Mutter arbeitete, aber heute hatte sie frei und kümmerte sich um den Haushalt. Mutter mochte es, mit geschäftiger Hochnäsigkeit den Haushalt zu besorgen; ich beobachtete sie gern, wie sie konzentriert den Schmutz aus den Kerben der Scheuerleisten entfernte und sich dann mit dem sauberen Handrücken den Schweiß von der Stirn wischte. Neujahr stand an, deswegen mussten neben den üblichen Lebensmitteln noch Mandarinen, Knochen für Sülze und Zunge für Aspik eingekauft werden. Am Vortag hatte sie mit einem fetten Kugelschreiber auf der Innenseite der Pappe einer Schachtel roter L & M eine Einkaufsliste erstellt.

Was dann passierte, weißt du schon. Auf dem Markt erkannte eine Frau an Mutter ihre Mütze wieder. Man brachte Mutter aufs Revier und sperrte sie in eine Untersuchungszelle. Die tiefgefrorene Scholle in ihrer Einkaufstüte taute, und streng riechendes Wasser tropfte auf den grauen Boden. Um sechs kam die Müllabfuhr und die Hausbewohner leerten ihre Eimer in den Wagen. Mutter hatte es nicht geschafft, im Küchenmülleimer fingen die Zigarettenkippen an zu stinken. Um halb sieben wandte sich Mutter an den Wärter und bat ihn, jenen dicken Bullen zu holen, einen ehemaligen Klassenkameraden von Vater. Mutter fragte, ob sie Vater gefunden hätten, der dicke Bulle sagte, nein, bei Vaters Garage habe jemand gesagt, er sei in Newon, und in Newon, er sei in Irkutsk. Und wer soll dann das Kind aus dem Kindergarten abholen, wenn Jurka nicht da ist?, zischte sie. Der dicke Bulle fragte, ob es keine

Verwandten gebe, die das machen könnten. Doch, erwiderte Mutter, aber die hätten kein Telefon und wohnten am anderen Ufer. Gut, sagte der dicke Bulle, dann holen wir jetzt das Kind ab und machen auch gleich eine Hausdurchsuchung. Mutter griff sich ihre Einkaufstüten, nahm einen Schminkspiegel aus der Handtasche, prüfte, ob die Wimperntusche dort war, wo sie hingehörte, und zog den Lippenstift nach. Der dicke Bulle wies den Wärter an, den Käfig aufzumachen, sie ließen Mutter in den Bulli steigen und fuhren zum Kindergarten.

Das klingt wie ein Witz oder die Handlung einer Ganoven-Ballade. Denn der dicke Bulle versuchte bei der ersten Gelegenheit auch noch, sich an meine Mutter ranzumachen. Arroganz und Härte gehörten zu seiner Eroberungsstrategie. Entweder wollte er eine Rechnung mit meinem Vater begleichen oder mit allen Kriminellen von Ust-Ilimsk. Aber vielleicht gefiel ihm Mutter einfach, ganz unabhängig davon, wer ihr Mann war und was ihr Umfeld. Sie war eine schöne junge Frau, doch der dicke Bulle hatte keinen Erfolg. Aber das Schlimmste ist, dass ich selbst die Neunziger durch das Prisma von Ganoven-Songs erzähle. Ich bin eine Gefangene dieses Mythos. Vielleicht liegt es daran, dass ich alle Songs von Michail Krug und Iwan Kutschin auswendig kenne. Die Kassetten und CDs liefen ununterbrochen in Vaters kirschfarbenem Lada Samara, wenn er unterwegs war, um etwas zu erledigen, während ich als kleines Mädchen auf dem Rücksitz fläzte. Durch die Heckscheibe sah ich in den Himmel, betrachtete die aufblitzenden Pappelwipfel und die auf- und abschwingenden Stromleitungen, sang mit, wenn »Der Mann in der Wattejacke« oder der Song über den Minirock mit den roten Taschen kamen. Der Sinn erschloss sich mir nicht, aber die simplen, fröhlichen Melodien erhellten die Welt um mich herum. Vater liebte diese Songs, und wir sangen sie zusammen. Er fand das witzig, genau wie alle anderen in seinem Umfeld. Noch auf dem Töpfchen sitzend, hätte ich die »Murka« gesungen, erzählte meine Großmutter, Vaters Mutter, gern. Seltsamerweise sorgte auch das immer für Heiterkeit.

Abgesehen davon gab es nur noch *The Wall* von Pink Floyd und ein Album von Alla Pugatschowa. Die Welt, in der ich aufwuchs, war die Welt von Vaters Bandenkumpels. Sie trugen mich auf ihren Schultern herum, und Vater nahm mich zu ihren Begräbnissen und Trauerfeiern mit.

7

Aus dieser Zeit sind nur ein paar Farbfotos erhalten geblieben. Auf einem davon stehen Vaters Bandenkumpels in einer Reihe vor dem Hintergrund der Ust Ilimsker Berge. Das Gras vor ihnen ist verbrannt, es muss also Anfang Herbst sein. Eine beliebte Freizeitbeschäftigung waren Picknicks am Kraftwerk, wenn das Wasser nach dem Sommerregen abgelassen wurde. Auf einem anderen Foto sitzen Mutter und ich in Vaters Auto. Mutter trägt einen cremefarbenen Blazer, sie hat schlechte Laune, deswegen steigt sie nicht aus. Sie pustet einen dünnen Rauchfaden aus, ihre schmale Hand ruht auf dem Sitz, zwischen den Fingern, die mit lauter Goldringen geschmückt sind, ist eine halbverglühte Zigarette. Unter dem Ärmel schaut ein goldenes Armband hervor und schlängelt sich auf ihre Handfläche. Auf einem anderen Foto stehe ich vor den Massen schäumenden Wassers, das die Staumauer des Kraftwerks hinabrollt. Vater konnte nicht fotografieren, deswegen befindet sich meine Gestalt in Jeans-Schlaghosen und einem reingesteckten Adidas-Sweatshirt irgendwo am Bildrand. Scharf sind der schiefe Horizont und das hinabstürzende Wasser. Wenn

das Wasser abgelassen wurde, schwebten feine Wassertröpf-
chen in der Luft, und es entstand ein hoher Regenbogen über
dem Kraftwerk. Ich erinnere mich an die Feuchtigkeit in den
Haaren und an den Geruch von Algen und Rauch.

Auf dem Gruppenfoto der Bande fehlt eine Person, weil
sie im Juni im Treppenhaus erschossen worden war: Slawa.
Jemand hatte im Dunkeln von oben auf ihn geschossen, ver-
wundet kroch er noch bis zu seiner Wohnungstür. Nachbarn
hatten die Schüsse gehört, aber keiner wagte es hinauszu-
kommen. Jemand rief die Polizei, doch bis sie kam, war Slawa
tot. Er war zwei Treppen hinaufgekrochen. In seiner Hand
lag ein Schlüsselbund mit einem Mercedes-Anhänger.

Michail Slawnikow, von allen liebevoll Slawa genannt, war
ein hohes Tier in der Bandenhierarchie. *Unter ihm* standen
ehemalige Häftlinge, die es im Gefängnis zu etwas gebracht
hatten, und ganz unten einfache Kerle wie mein Vater. Nach
Einbrüchen in die Wohnungen Wohlhabender und illegalen Ab-
machungen wurden Diebesgut, Wodka ohne Verbrauchssteuer-
Etikett, Drogen und heiß begehrte Dollar zu uns nach Hause
gespült wie tote Fische nach einem Sturm an den Strand. Das
waren die Brosamen von Slawas Tisch, aber viel mehr wollte
mein Vater auch nicht. Er hatte den Status eines Grenzgängers:
Er half den Dieben und den Kriminellen, klaute aber selbst
nicht und verkaufte auch keine geklauten Sachen weiter. Nach
seiner Auffassung entsprach das der Lebensweise eines ehrli-
chen Menschen, eines einfachen Kerls.

Slawa war kein Sascha Bely aus der Fernsehserie *Die Brigade* (er hatte eher was von Luka). Am Tag seiner Ermordung war er gerade fünfzig geworden, siebenundzwanzig Jahre davon hatte er im Gefängnis verbracht. Slawas Bande hatte auch nichts mit der Mafia aus der Serie *Petersburg – die Stadt der Banditen* gemeinsam. Seine Männer achteten das Diebesgesetz und arbeiteten nicht mit der Polizei oder der Stadtverwaltung zusammen. Einmal, als wir Mutter von der Arbeit abholten, hielt Vater an, um einen Mann in Wattejacke mitzunehmen, der bei Minus dreißig Grad die Straße entlanglief. Aus ihrem Gespräch verstand ich, dass der Mann gerade aus dem Gefängnis in Ust-Kut entlassen worden und nach Irkutsk unterwegs war. Ust-Ilimsk ist umgeben von Gefängnissen. In den Nachbarstädten Bratsk, Ust-Kut und Angarsk sind jeweils drei. Geh mal auf die Webseite der Strafvollzugsbehörde der Region Irkutsk, und du wirst sehen, dass da ein Gefängnis neben dem anderen ist. Früher gehörten sie zum Gulag-System, seitdem hat sich nicht viel verändert.

Der Mann in Wattejacke war seinen eigenen Worten nach ein einfacher Häftling gewesen und nun auf dem Heimweg zu seiner Mutter und seiner Ehefrau. Er drehte sich zu mir um. Hallo, sagte ich. Mutter drückte meine Hand fest zusammen. Ich konnte fühlen, dass sie nervös war. Der Mann in Wattejacke klopfte seine Taschen ab und gab mir ein abgewetztes Lutschbonbon. Hier, sagte er, danke, erwiderte ich und nahm das

Bonbon entgegen. Die Männer nahmen ihr Gespräch wieder auf. Vater urteilte sachkundig über den Knast in Ust-Kut, sagte, dass die Leute dort wegen jeder Kleinigkeit zum Vieh werden. Wie lange hast du gesessen, fragte Vater, neun, sagte der Mann. Das ist lang, sagte Vater. Nicht länger als das Leben, erwiderte der Mann. Auch wahr, sagte Vater. Als Mutter die Haftdauer des Mannes hörte, umklammerte sie meine Schultern und schob mich näher zur Tür. Vater fragte nicht, wofür der Mann gesessen hatte, das gehörte sich nicht. Es galt, dass ein Mann, der seine Haftstrafe abgesessen hatte, genug bestraft worden war. Vater setzte den Mann an einer Haltestelle für Fernbusse ab und wies ihn noch darauf hin, dass der nächste Bus nach Irkutsk erst in drei Stunden fuhr. Dort drüben gibt es eine Kneipe, sagte Vater, da kannst du dich aufwärmen und ein Bierchen trinken. Er zog einen knittrigen Zehner aus der Tasche und gab ihn dem Häftling. Der Mann in Wattejacke dankte verhalten und nahm das Geld. Aus einer Tüte, die wir von Großmutter mitgenommen hatten, holte Vater noch drei Piroshki heraus, mit Kartoffeln, Ei und Hähnchen, wickelte sie in ein Küchenhandtuch und gab auch sie dem Mann. Dankbar schüttelte er Vaters Hand und steckte das Essen in die Tasche, aus der er mein Bonbon gezogen hatte. An der Bushaltestelle steckte er sich eine Zigarette an, Vater ließ den Motor wieder an, und wir fuhren nach Hause.

Mutter machte eine finstere Miene, was ihm nicht entging. Was soll dieser Schlangenblick schon wieder?, fragte er. Mutter schluckte ihre Wut herunter und presste mit tiefer Stimme heraus, es sei ein Kind im Auto und er ließe einen verfluchten Häftling mitfahren. Wofür kriegt man denn neun Jahre? Für Raub und Mord, antwortete sie selbst, schneller als Vater es konnte. Aber Vater wusste auch ohne sie, was der Mann getan hatte. Das stand ihm ins Gesicht geschrieben. Was, wenn er ein Messer gezogen, uns alle abgestochen und in den Schnee geschmissen hätte? Und mit deiner Karre wäre er zu irgendwelchen Nutten? Frau und Mutter! Schwachsinn! Der Knast ist seine Frau und Mutter. Der räumt gleich die nächstbeste Wohnung aus, haut alles auf den Kopf und wandert wieder in den Knast. Ein Wunder, dass wir noch leben. Solchen wie ihm ist doch nichts heilig. Mit dem Kind hätte er uns nicht angerührt, erwiderte Vater. Überhaupt rührt man seine eigenen Leute nicht an. Auch ein Häftling ist ein Mensch, also reg dich wieder ab.

Slawa wurde auf dem besten Platz gleich neben der Straße beerdigt. Wenn Vater an diesem Teil des Friedhofs vorbeifuhr, hupte er immer, wie um Slawa zu grüßen und ihm als Bandenoberhaupt Respekt zu zollen. Slawas Familie hatte an der Frontseite des Grabsteins ein lebensgroßes Abbild eingravieren lassen. Wenn wir vorbeifuhren, stand er also in lässiger Pose an der Straße und sah uns nach, ganz so als behielte er im Auge, was in der Welt vor sich ging, die er verlassen hatte. Ich habe noch ein Foto von seiner Totenfeier, es liegt auf einem Stapel mit meinen Kinderfotos und denen aus Vaters Jugend, seinem Führerschein und einem Kirchenflyer mit Gebeten zum heiligen Nikolai, dem Wundertäter. Auf dem Foto sind das Grab und ein gedeckter Tisch mit mehreren Flaschen Wodka, Häppchen und Limonade zu sehen. Die Grenze zwischen dem Grab und dem üppig mit Blumen geschmückten Tisch verschwimmt. Das eine geht ins andere über, alle Schätze dieser Welt sind eine Gabe an den Verstorbenen, ein Zeichen, dass man ihn ehrt und seiner gedenkt. Zu beiden Seiten des schwarzen Grabsteins mit dem eingravierten Bild des verstorbenen Bandenchefs stehen sechs ihm hierarchisch nahe Personen. Sie stehen so, dass sie ihn nicht verdecken, im Gegenteil: leicht dem Grabstein zugewandt. So als würden sie neben einer lebenden Respektsperson posieren. Einer von ihnen hält seine Sonnenbrille in der Hand, er hat sie abgenommen, damit man sein trauerndes Gesicht voller Entschlossenheit sieht.

Ich kannte Slawa. Vater nahm mich mal zu einem Bandentreffen mit, als Mama bei einer Fortbildung in Bratsk war. Auf dem Hof vor den Garagen wurden einige Tische in Hufeisenform aufgestellt, daneben auf dem Rasen stand ein Schaschlik-Grill. Offenbar hatte jemand Geburtstag. Während der gesamten Feier saß Slawa am Kopfende. Er rauchte lange, dicke Zigaretten und verscheuchte lässig die Fliegen von den Fleischstücken auf seinem Plastikteller. Es lief Musik, und man trank Wodka. Slawa trank gemäßigt und nickte wohlwollend, wenn sich jemand an ihn wandte. Er wirkte wie ein hagerer Greis mit einer langen schiefen Nase – zumindest auf mich als Siebenjährige. Er hatte kleine braune Augen, die nie lachten, sondern immer nur blinzelten. Slawa machte mir Angst. Durch seine Anwesenheit schien die Luft schwer zu werden. Sie war durchtränkt von Macht und Unterwerfung. Vater führte mich zu Slawa, der drehte den Kopf, neigte ihn leicht zu mir und lächelte nur mit dem Mund. Gehst du schon zur Schule, Mamsell?, fragte er. Nein, tu ich nicht, sagte ich, letztes Jahr haben sie gesagt, ich bin noch zu klein. Macht nichts, sagte Slawa, zu den Behörden kommst du früh genug. Alle lachten verständig. Er nahm ein Stück Kuchen vom Tisch und reichte es mir. Ich nahm es an und ging zur Seite. Ich hatte überhaupt keinen Appetit auf Kuchen, aber Slawa hatte ihn mir gegeben, also musste ich gehorchen. Ich setzte mich auf eine Bank neben den Grill und würgte ihn herunter.

Auf einem anderen Foto posieren einige Männer und mein Vater in einer entspannteren Atmosphäre mit einer größeren Gruppe. Sie haben sich vor Vaters Garage versammelt. Ein paar Dutzend kahlrasierter Köpfe heben sich von einem schwarzen Fleck ab. Schaut man genauer hin, stellt man fest, dass sich einige hingehockt haben, um noch ins Bild zu kommen, manche stehen hinten, manche etwas gebeugt. Bei einem flüchtigen Blick wirkt es aber, als bildeten sie alle einen Banden-Körper. In der grellen Sonne kneifen sie die Augen zusammen, manche lächeln; in fünf Minuten wird die Gedenkfeier vorbei sein, und die Nüchternen, unter ihnen auch mein Vater, werden die Angetrunkenen nach Hause fahren. Dieses Foto habe ich mit acht Jahren aufgenommen; man hatte mir den Fotoapparat anvertraut, damit alle Bandenmitglieder aufs Bild kommen. Wahrscheinlich waren auf dem Film viele misslungene Aufnahmen, und Vater musste, als er sie drucken lassen wollte, den Film lange mithilfe eines dafür vorgesehenen Vergrößerungsgeräts in dem Geschäft *Horizont* durchsehen. Danach bestellte er von jedem gelungenen Foto knapp zwanzig Abzüge und verteilte sie an die Kumpels. Aufgenommen wurde das Ganze mit einer champagnerfarbenen Billigkamera von Samsung.

Auf beiden Fotos ist ein Freund von Vater, den alle nur »der Graue« nannten. Er war tatsächlich grauhaarig, und wenn er lächelte, kamen unter seinen Lippen Goldkronen zum Vorschein. Sein ganzer Mund bestand aus Gold. Der Graue hieß eigentlich Sergej, aber ich nannte ihn Onkel Serjosha. Onkel Serjosha trug mich auf dem Arm, steckte mir Bonbons zu und holte mich vom Kindergarten ab, wenn Vater beschäftigt war. Er fuhr einen weißen Toyota Camry mit graublauer Innenausstattung. Bei der Gedenkfeier schmierte mir Onkel Serjosha ein Brot mit Sprotten und schenkte mir Limonade in einen Plastikbecher ein. Er flüsterte mir ins Ohr, wenn ich noch etwas wollte, sollte ich ihn fragen. Als er sich zu mir beugte, roch ich eine Mischung aus Aftershave, Zigaretten und herbem Männerschweiß. Ich betrachtete seine großporige Haut, über den Sommer war sie braun geworden. An seiner Wange zeichneten sich neben den Bartstoppeln tiefe Aknenarben ab. Von Nahem war er gar nicht so grau – da waren auch einige nicht ergraute Härchen. An der Schulter seines gebügelten Hemdes mit gelb gesäumtem Stehkragen hingen ein paar in der Sonne ausgeblichene Kiefernnadeln. Am Mittelfinger der schweren Hand, die meinen Kopf streichelte, war ein goldener Siegelring. Ich aß das Brot auf einer Bank am Nachbargrab. Bei der Hitze schmeckte die süße Limonade noch süßer. Ich hätte lieber ein einfaches Mineralwasser gehabt, aber obwohl Onkel Serjosha gesagt hatte, ich sollte ihn fragen, war es mir unangenehm, die Erwachsenengespräche an Slawas Grab zu stören. Weil Onkel Serjosha auf dem Foto rechter Hand von Slawas Abbildung steht, ist davon auszugehen, dass ihm in der Bandenhierarchie der zweite Rang zukam. Ich frage mich, ob er wohl ein Mörder war, der nette, liebevolle Onkel Serjosha. Alle Männer auf dem Foto waren Diebe, Mörder, Erpresser und Vergewaltiger. Es waren grausame Menschen. Mitte der Nullerjahre wurde der Graue im Gefängnis ermordet.

Über das Schicksal der anderen Männer auf dem Foto weiß ich nichts. Aber ich vermute, dass sie wie Vater nicht sehr alt geworden sind, und sollten sie doch noch am Leben sein, so ist ihr eigentliches Leben dort geblieben, an diesem heißen Julitag. Die Sonne streckte ihre Strahlen durch die Kiefern- und Birkenzweige. Es roch nach warmer Wurst, Fett, Wodka und welkenden Rosen. Auf den schwarzen, bis zur Brust aufgeknöpften Seidenhemden traten dunkle Schweißflecken hervor. Das ruhige, andächtige Gespräch verschmolz sachte mit den Waldgeräuschen. Jemand lachte leise, die Faust vor dem Mund; die Leute erzählten davon, wie sie Slawa kennengelernt hatten. Vater holte einen weißen Kanister aus dem Auto; aus einer schwarzweiß gestreiften Plastiktüte mit der Silhouette einer Frau mit Hut wurde ein frisches Handtuch herausgenommen. Zwischen den Gräbern stehend, wuschen sich die Männer ihre Hände. Ein schmaler Wasserstrahl kullerte davon und trug kleine Nadeln, Bruchstücke von Birkenblättern und heißen Staub mit sich.

Man munkelte, Slawa sei von den eigenen Leuten ermordet worden. Damals bröckelte nicht nur seine Bande, die ganze Welt war im Umbruch begriffen. Es waren die ausgehenden Neunziger, bald sollte Putin an die Macht kommen. Kriminelle, die sich am Handel mit sibirischem Holz bereichert hatten, legalisierten ihre Geschäfte allmählich, viele von ihnen fanden Stellen in der Stadtverwaltung, was ihnen ermöglichte, das Holz nun nach Recht und Gesetz zu klauen. Aber im Gegensatz zur Ethik der Mafia verbietet es das Diebesgesetz, aus dem Untergrund zu treten und mit staatlichen Strukturen zusammenzuarbeiten. Genau das wurde Slawa zum Verhängnis.

Wenn ein Hund nach einem Stück Fleisch schnappt, schnauft er Staubkörnchen, Sabbertröpfchen und etwas warme Luft heraus. So funktioniert die Zeit, sie schnaufte Vater heraus, und er blieb im kalten Wind der Zukunft stehen. Niemand konnte ihn mehr vor den Bullen schützen, es gab keine Bürgschaft durch die Bande, jeder war auf sich allein gestellt, also floh er aus der Stadt.

Ich bin wie jener besagte Hochstapler, der einer betrogenen Frau das letzte Hemd auszieht. Nur bin ich selbst Betrügerin und Opfer. Dabei bemühe ich mich, diese Zeit nicht zu verklären. Eine schöne Frau mit einem Beutel Mandarinen in einer Gefängniszelle und ein dicker Bulle, der in sie verliebt ist. Ein Polizeibulli vor einem Kindergarten, ein Riss im Spülkasten. Jurka, den man nie erwischt und der seiner Frau eine geklaute Mütze schenkt. Eine Handvoll gestohlenen Goldschmucks, den er ihr bringt, damit sie sich etwas aussucht. Fehlt nur noch das melodische Gefidel und der Refrain: Die Grütze kannst du selber fressen, Bulle. Vater hatte sich rechtzeitig aus allen Machenschaften herausgewunden, wie ein schneller Flussfisch. Er hatte sich herausgewunden, aber die Musik, ein Grundbaustein seines Bewusstseins, war geblieben.

Der Mythos, der den Ganoven-Songs zugrunde liegt, basiert auf der Dichotomie von Eigenem und Fremdem. Die Mutter, die treue Ehefrau und die Kumpels bilden den engen Kreis; die Fremden sind die Bullen und die dunklen Kräfte, mit denen sich das lyrische Ich im permanenten Kampf befindet. Jeder und jede kann sich schnell auf der dunklen Seite wiederfinden, und zwar durch einen Verrat am Helden – das kann ein moralischer oder sexueller Betrug sein. Über all den Konflikten, oder eher etwas abseits, steht die alte Mutter, die den Leidens-weg des Sohnes kummervoll mitansieht und unausweichlich seine Haft und den eigenen Tod erwartet. Das Leben eines Die-bes oder Kriminellen ist zyklisch, auf jedes Verbrechen folgt ein Moment der Seligkeit in einem Restaurant. Ein ruhiges, anständiges Leben ist nicht vorgesehen, das einzig Gute im Narrativ des Ganoven-Songs ist die Ekstase während der kur-zen Zeit der Freiheit und die Macht über die Kumpels oder die Frauen. Der Moment der Freiheit ist auch deswegen so kostbar, weil der Verrat und die Verhaftung von vornherein in diese Existenzform eingeschrieben sind.

Es gibt noch ein weiteres Thema in dem Ganoven-Narrativ: die Reue und die Hilflosigkeit des Menschen gegenüber der Gesell-schaft und dem Schicksal. Iwan Kutschin schreibt und singt darüber Lieder. Hör dir mal *Der Mann in der Wattejacke* oder *Das Schandmal* von ihm an. In Artikeln über Kutschin heißt es, er hätte zwölf Jahre im Gefängnis verbracht, und als seine Mut-ter gestorben sei, habe er nicht hinausgedurft, um Abschied zu nehmen. Das wurde zum Schlüsselereignis in seinem künst-lerischen Schaffen, genau wie der Verrat durch die geliebte Frau, die ihn für einen anderen, besser verdienenden Künstler verlassen hat, als Kutschin bereits Sänger war.

In der Serie *Die Brigade* stirbt die Mutter von Sascha Bely an einem Herzstillstand in dessen schwersten Zeiten. Gewisser-maßen ist der Anschlag auf Bely auch der Grund für den Tod seiner Mutter, aber das bleibt im Film ungesagt. Der Held irrt durch eine leere dunkle Wohnung, seine Worte sind an seine Mutter gerichtet. Der Monolog ist voller Reue, er bittet um Vergebung für seine Lebensweise. Er bittet die Mutter, Mitleid mit ihm zu haben und sich vorzustellen, er sei kein Krimineller, sondern Soldat. Im Krieg wird auch geschossen, sagt er. Die Figur der ewig wartenden Mutter gibt es schon im antiken Epos. Antikleia, die Mutter des Odysseus, stirbt, bevor ihr Sohn aus dem Trojanischen Krieg zurückkehrt. Wir leben in einer alten Welt, alles, was uns umgibt, ist sehr alt. Im Ganoven-Lied verschmilzt in der Figur der alten Mutter Antikleia mit der Muttergottes. Sie ist der einzige Mensch, der den Sohn nicht verurteilt, sie ist die Zeugin seines Leids. Die Mutter wird ihren Sohn nicht wiedersehen, und falls doch, so ist der Abschied nah. Der Sohn wird bald wieder festgenommen werden, trotz seiner Versprechen, ein anständiges Leben zu führen, und trotz ihrer Hoffnungen auf einen Neuanfang für ihn.

In dieser Beziehung erfüllt der Mann eine doppelte Funktion: die des Sohnes und die des Ehemannes. Dieser Mann ist ihr Halt und ihr Untergang. Schau dir *Die Brigade* noch mal an, dort ist diese Ambivalenz des männlichen Charakters sehr gut dargestellt. Bely, Fil, Ptschela und Kos toben, wenn sie unter sich sind, wie Teenager. Sie erinnern an süße Katzenbabys auf einer Sommerwiese. Sie genießen ihr Spiel und ihre freundschaftliche Rauferei, sie balgen sich mit brüderlicher Zuneigung. Aber in dem Augenblick, wenn sie sich verteidigen müssen, verwandeln sie sich in ernste, fest entschlossene Männer. Bely spricht in Aphorismen, was seine Lebensweisheit und Männlichkeit zum Ausdruck bringen soll. Die jungen Männer greifen zu den Waffen, sie alle riskieren ihr Leben für die Ehre. Hör dir den Soundtrack von *Die Brigade* an, das ist doch die reinste Kopie von der Musik bei Ritterturnieren. Bely und seine Kumpels sind stolze Krieger. Aber war ein Ritter denn etwas anderes als ein Verbrecher in Rüstung? An die Ehre und Ehrlichkeit von Rittern glaubte doch nur der verrückte Don Quijote.

Diese Ambivalenz wirkt entwaffnend. Belys Frau verlässt ihn nicht – der Dummkopf tut mir leid, sagt sie. Das schwierige Schicksal ihres Mannes deutet sie als Folge seines schwierigen, risikofreudigen Charakters, nicht als Ergebnis seiner Entscheidungen. Ihr eigenes Leben mit ihm interpretiert sie als Gehorsam im christlichen Sinne, doch als Sascha Bely wankt, verwandelt sie sich selbst in einen Sascha Bely und klärt das gescheiterte Attentat auf ihren Mann und dessen Freunde auf.

In der Ganoven-Ethik wird der Bibelvers, in dem die Sünder Buße tun, auf eigene Weise interpretiert. Diese Interpretation schließt das Recht ein, Menschenleben zu verschwenden – durch Mord, durch ewiges Warten, durch Verbrechen – und dann zu besonders sentimentalen Momenten Buße zu tun, die das Umfeld zu akzeptieren hat. Wie alle brutalen Menschen war auch Vater sentimental. Im Suff weinte er, nannte mich seine Tochter und meine Mutter seine einzige Frau. In seinem betrunkenen Bekenntnis wuchs er über sich hinaus. Er wurde mehr als ein Mensch, das Bekenntnis verwandelte seinen Lebensweg geradezu in etwas allgemein Menschliches. Mich ließ das Pathos kalt, ich schämte mich und fühlte mich ohnmächtig, die Situation aufzulösen. Denn ich war nur der Spiegel für das erwachte lyrische Ich, das in meinem Vater wohnte.

Gleich nach meiner Geburt kam mein Vater ins Gefängnis. Er fuhr Taxi, verkaufte Wodka, und nachts half er Kriminellen dabei, Wohnungen auszuräumen.

Weißt du, ich habe lange darüber nachgedacht, wie aus kleinen Pionieren Diebe und Ganoven werden konnten, und plötzlich wurde mir klar: Ganz einfach. Die Gewöhnung an strenge Hierarchien in Schule und Armee und die Unterwerfung unter das Wohl einer Gemeinschaft tun ihren Teil. Hinzu kommen die Armut und das eintönige Leben. Die Eigenschaften, die ich den Ganoven zuschreibe, haben sie ja nicht von einem Tag auf den anderen entwickelt. Sie hatten sie schon immer. Wen wundert es, wird man mir sagen, das halbe Land war im Knast, und die andere Hälfte waren Wärter. Wie hätte die Sowjetzeit enden sollen, wenn nicht in einem brutalen Chaos? Wir alle sind die Fortsetzung dieser Welt. Und das verursacht mir Unbehagen.

Danach war Vater nicht mehr im Knast, doch ich wuchs mit Mutters ständiger Sorge auf, er könnte wieder in den Knast kommen. Irgendwann hatte er immer weniger mit den Ganoven zu tun, aber er hörte nie auf, ihre Musik zu hören. Aber was soll man auch dagegen sagen? Jeder kennt die Songs *Goldene Kuppeln* und *Kumpels, schießt nicht aufeinander*. Vater liebte die Ganoven-Musik so, wie die betrogene Frau den Hochstapler liebt. In dieser Liebe lag eine herbe Nostalgie. Schließlich war es die Musik seiner Jugend und der Zeit mit seinen Banden-Kumpels.

Der Ganoven-Mythos ist durchdrungen vom russischen Chauvinismus. Ich habe mich immer schon gewundert, wie Ungewissheit und Armut ein Gefühl der Überlegenheit erzeugen können. Aber eigentlich ist daran nichts verwunderlich. Das Leid braucht eine Rechtfertigung. Neben dem Machtkampf im Gefängnis oder in der eigenen Stadt gibt es im Ganoven-Mythos auch noch einen globalen Krieg: zwischen den Russen und allen anderen. Vater verachtete Kaukasier, die internationale Rhetorik der Sowjetunion hatte bei ihm versagt. Einen Mann aus dem Kaukasus konnte er nur in einem Fall mögen: Wenn sie gemeinsam ein schweres Männerschicksal überstanden hatten. Bei der Armee hatte Vater einen Kameraden namens Gaba, einen Burjaten aus Tschita. Vater nannte ihn nie beim Namen, sondern immer nur den Burjaten, aber er empfand große Zuneigung für ihn. Der Burjate und er hatten gemeinsam Selbstgebrannten aufgetrieben. Vor dem Armeedienst war der Burjate von einem Medizinstudium in Irkutsk ausgeschlossen worden. Er war ein sanftmütiger Buddhist; im ersten Semester musste er die Anatomieprüfung mehrmals wiederholen, irgendetwas passte dem Dozenten nicht, und das bis zuletzt. Vater scherzte, dass der Dozent den Burjaten wegen seiner Schlitzaugen hasste, und sie lachten beide über diesen Scherz. Überhaupt lachten sie viel, denn außer Wodka trieb mein Vater Haschisch auf, sie rauchten und schauten in die Wüste. Vater gefiel es bei der Armee, die mongolische Wüste erinnerte ihn an die Steppe. Er brachte die Maske eines furchterregenden buddhistischen Dämons mit. An dessen Krone prangten fünf Schädel, und er hatte drei zornige Augen, die mich beobachteten, wenn ich aus meinem Zimmer durch den Flur in die Küche ging. Die Maske hing sehr hoch an der Wand, deswegen fiel es mir umso schwerer, daran zu glauben, dass sie harmlos war. Manchmal nahm Vater sie herunter und verdeckte sein Gesicht damit. Er lachte mit verstellter Stimme wie ein Bösewicht. Dann nahm er sie wieder ab, nun schon mit der eignen Stimme lachend, und redete auf mich ein, dass es doch gar nicht so schlimm sei und die Maske bloß eine Maske, vollkommen ungefährlich. Aber wenn sie ungefährlich war, fragte ich mich, warum verwandelte sich mein Vater in einen Dämon, wenn er sie aufsetzte? Erinnerst du dich an Sascha Belys Kameraden Fara? Bely kommt zu einer bevorstehenden Schießerei, die Jungs sind bereit, im Gebüsch liegen ein paar Kumpels mit Maschinengewehren. Bely geht los, um mit seinem Gegner zu verhandeln, aber wie sich herausstellt, ist es Farhad, sein Kamerad aus Armeezeiten. Sogleich fallen sie sich in die Arme, und schlendern, einen Fußball kickend und von einem Dutzend schwarzer Mercedes-Kombis begleitet, über die leere Straße davon. Sie sind Brüder, nicht durch ihr Blut, sondern durch das Leben. Das, was sie gemeinsam haben, steht über den ethnischen Unterschieden, Bely und Fara haben zusammen die männliche Schule des Lebens durchlaufen.

In meiner Kindheit nannten mich mein Vater und seine Freunde Mamsell – das ist eine verkürzte Slang-Form des französischen Mademoiselle. Aus irgendeinem Grund liebten die Diebe Frankreich immer schon. Wahrscheinlich, weil es für Pracht und gehobenen Stil stand. Und die Diebe wollten in allem Aristokraten gleichen, die sie gleichzeitig verachteten.

Vater nannte meine Mutter Madame, wie in den Songs von Michail Krug:

Madame, ohne Sie verlieren die Gemächer ihren Schein

Madame, Ihnen ist Paris zu klein

Wenn der Song erklang, blickte er mit glänzenden Augen zu Mutter, und sie erwiderte den Blick mit gemäßigtem Hochmut. Aber so, dass der Sender verstand, dass sein Zeichen angekommen war. Deshalb nannte er sie Madame. Ihr königlicher Hochmut und ihre Liebe zum Luxus wurden in Vaters Kreisen sehr geschätzt. Mutter war kein *Flittchen*, keine *Schlampe* oder *Mieze*; sie war die Ehefrau meines Vaters.

In den Songs von Iwan Kutschin wird die Frau, die Ehefrau oder die treue Geliebte mit edlen Eigenschaften versehen. Weinend wartet sie auf die Freilassung ihres Freundes, sie betrügt und verrät ihn nicht. Der Lohn für diese Treue ist die Liebe und herablassende Zärtlichkeit des lyrischen Ich. Die Madames und treuen Freundinnen waren einst anständige junge Frauen. *Das brave Mädchen mit dem Schurken und dem Dieb.* Die braven Mädchen sind von Natur aus edelmütig und ehrlich, was im Erwachsenenalter umso mehr geschätzt wird und sie von den *Schlampen* unterscheidet. Aber du weißt ja, wie schmal der Grat zwischen Reinheit und moralischem Fall ist.

Mutter war eine außergewöhnlich schöne Frau – das war allen bewusst. Sie trug schwarze Mini-Kleider mit hohen Stiefeln, Trapezröcke, auf die mit Atlasband gesäumte Taschen aufgenäht waren, und transparente schwarze Oberteile aus Spitze. An ihrem Hals verhedderten sich glitzernde Fäden von Goldkettchen mit Rubinanhängern. Sie schminkte ihre Lippen braun oder bordeauxrot. Auf dem Videorecorder lag ein Stapel Kassetten mit Gymnastikübungen von Cindy Crawford. Mutter wollte so aussehen wie sie. In der Schule war sie als Samowar gehänselt worden, sie hasste ihre breiten Knochen und ihre Füße, weil sie Schuhgröße einundvierzig tragen musste.

Mit achtzehn war sie das Leben in ihrem Elternhaus leid: Der ewig besoffene Großvater Rafik schlug meine Großmutter aus einer blinden, grundlosen Eifersucht heraus. Mutter musste das alles mitansehen, und als sie vierzehn war, legte sie sich immer öfter mit ihm an. Sie fühlte, dass die sowjetische Welt jeden Moment zusammenbrechen würde. So war es auch, aber in ihrem Todeskampf wollte diese Welt meiner Mutter dennoch ständig unter den Rock und noch tiefer – unter die Haut.

Du kennst doch die Bilder der sowjetischen Touristen, die in Strickmützen und mit Gitarren am Lagerfeuer sitzen. Seit Mutter zwölf war, ging sie wandern, so lernte sie auch Vater kennen. Er war gerade vom Militärdienst zurück und hatte einen Job als Taxifahrer angefangen, und an den Wochenenden fuhr er mit den Jungs ins Trainingslager für Bergsteiger, um am Lagerfeuer Wodka zu trinken.

Ich glaube nicht, dass Mutter das Wandern mochte. Sicher fand sie die geselligen Abende in der Natur ganz nett, aber in aller Frühe im eisig kalten Zelt aufzuwachen und Gott weiß wohin durch Schnee und Geröll zu stapfen, ohne eine Möglichkeit, im Warmen auf Toilette zu gehen, das hasste sie wie die Pest. Sie klagte, dass sie eine Verkrümmung des Gebärmutterhalses habe, weil sie bei den Wanderungen ständig den Urin zurückhalten musste. Keine Ahnung, ob eine volle Blase zu einer Verkrümmung des Gebärmutterhalses führen kann. Jedenfalls waren diese Wanderungen für sie eher eine Möglichkeit ihrem Zuhause zu entfliehen als ein richtiges Hobby.

Vater bot ihr einen gesellschaftlich anerkannten Ausweg. Das dürfte dich kaum überraschen. Wie viele Frauen nutzen die Ehe als eine Möglichkeit, dem Elternhaus zu entkommen? Tja, ich weiß es auch nicht. Viele.

Ihre ganze Kindheit über hatte sie irgendwelche Lumpen getragen, sie wünschte sich schöne Kleidung, Schmuck und Ansehen. Vater nannte sie Madame – das schmeichelte ihr. Der Staat, den sie gehasst hatte, zerfiel. Es blieb die Fabrik, von der sie ihr regelmäßiges Gehalt bekam. Als der Fabrik das Geld ausging, bekam sie Aktien. Nun war Mutter rechtmäßige Besitzerin eines winzigen Teils der Fabrik. Die Aktien verkaufte sie übrigens gleich zum Spottpreis weiter. Sie wollte frei sein, sie wollte eine eigene, keine Gemeinschaftsküche, sie wollte Goldketten und schwarze Kleider. Vaters Welt konnte ihr das alles bieten, deswegen wandte sie ihm ihr schönes, großes Gesicht zu.

Doch nach meiner Geburt war sie plötzlich vollkommen allein: Vater war nächtelang in der Garage oder wegen irgendwelcher Geschäfte unterwegs; ihre Mutter, meine damals noch junge Großmutter, war mit der Erziehung der jüngeren Tochter beschäftigt. Vaters Mutter, die in Ust-Ilimsk lebte, leitete einen Lebensmittelhandel und hatte auch keine Zeit für Schwiegertochter und Enkelin. Als Mutter mich endlich in den Kindergarten gegeben und sich wieder in Form gebracht hatte, zog sie ein Kleid an und ging in die Kneipe, wo sich Vater und seine Kumpels trafen. Dort lernte sie die Frauen von Vaters Freunden kennen, sie nahmen Mutter in ihren Kreis auf und zeigten ihr mit ein paar Gesten, mit wem Vater in der Zwischenzeit alles geschlafen hatte. Mutter erzählte, ihr sei grün und blau vor Augen geworden. Vater kam herein, und weil er nicht damit rechnete, sie dort zu sehen, bemerkte er seine Frau gar nicht und setzte sich an den Nachbartisch zu einer jungen Rothaarigen. Er beugte sich vor und flüsterte ihr etwas ins Ohr. Da rief Mutter, die effektvolle Überraschungsmomente liebte, ihn leise, aber deutlich beim Namen. Das könnte ein Sketch aus der Comedysendung *Gorodok* sein, aber es ist eine Szene aus dem Leben meiner Eltern. Aus Rache ging meine Mutter seitdem abends in einem kurzem Rock tanzen.

Ich war also Mamsell. Ich denke immer noch darüber nach, welches Schicksal mir dieser Spitzname prophezeien sollte. Und jedes Mal halte ich inne, weil etwas in mir auf diesen dreisten Namen reagiert. Er ist gewieft und schmutzig. Ich schäme mich dafür. Bei Schalamow heißt es: »Die Zukunft seiner Töchter (falls sie irgendwo existieren) sieht der Dieb ganz selbstverständlich in der Karriere einer Prostituierten, der Freundin irgendeines angesehenen Diebes. Überhaupt liegt hier keinerlei moralischer Druck (selbst in der Ganoven-Spezifik) auf dem Gewissen des Ganoven.«* Das schrieb er 1959, sich an die Geburtsstunde der brutalen Subkultur der Diebe in den Dreißigern erinnernd. In ihr trieb die Ganoven-Moral ihre Wurzeln, erlebte ihre Blütezeit und säte ihre Samen aus.

---

* Warlam Schalamow: Künstler der Schaufel: Erzählungen aus Kolyma 3. Matthes & Seitz, Berlin 2013. Übersetzung: Gabriele Leupold.

Als Schalamow diese Zeilen schrieb, war der Suki-Krieg*
bereits vorbei, und Hunderttausende Ganoven wurden durch
eine Amnestiewelle nach der anderen in die Freiheit entlassen.
Nichts entsteht aus nichts, und nichts verschwindet einfach –
das ist ein Gesetz der Physik, und ein Gesetz der Kultur. Sich
an das goldene Zeitalter der Dreißiger erinnernd, gaben die
Ganoven ihre Werte und Gebote von einer Generation zur
nächsten weiter. Die veränderte Welt trägt die Spuren der Vergangenheit in sich, so wie ein Körper sich ans Fahrradfahren
erinnert oder Narben bewahrt. Glaub nicht an das Neue, alles
um uns herum ist sehr alt. Ich drehe und wende das Wort
Mamsell in mir, und es löst in mir Scham aus. Es existiert sehr
lange; noch bevor es mich gab, gab es dieses Wort.

---

* Bezeichnung für gewaltsame Auseinandersetzungen in den Zeit von
1946–1956 zwischen zwei Gruppen von Kriminellen in den sowjetischen
Gefängnissen und Lagern. Auf der einen Seite standen die sogenannten
Suki (russ. Hündinnen), die mit der Verwaltung kooperierten, auf der
anderen die Ganoven, die sich an den Ehrenkodex der Kriminellen hielten, die eine Zusammenarbeit mit dem Staat untersagt.

8

Was Astrachan betrifft, erinnere ich mich an so gut wie
gar nichts. Nur an die drückende, schwüle Hitze. An
das unerträgliche Gefühl, fehl am Platz zu sein in dieser Gegend und in der Nähe meines Vaters. Als in meiner Moskauer
Mietwohnung das Warmwasser abgestellt wurde, kaufte ich
ein Flugticket nach Astrachan und mietete mir ein Apartment
in einem Neubau nahe der Promenade. Es war eine Wohnung,
die jemand nicht für sich selbst, sondern zum Vermieten aus-
gestattet hatte. Alles darin war aus Plastik und bloß zum ein-
maligen Gebrauch bestimmt, sogar wenn es sich gar nicht um
Einweg-Gegenstände handelte: die zu warme Bettwäsche mit
einem aufdringlichen, dunklen Muster, die steifen Gummischlappen und das Nähset im Schrank. Alles kam mir bekannt
vor, alles sollte die Illusion von Behaglichkeit und Fürsorge
erzeugen. Als der Vermieter mir die Schlüssel übergab, gestand
er mir, dass ich gerade mal die dritte Mieterin der Wohnung
war. Ich las die Bewertungen meiner Vorgängerinnen in der
App; sie waren zufrieden. Sobald der Vermieter gegangen war,
entdeckte ich einige schwarze Haare auf dem Fensterbrett und

Ketchup-Flecken an den Schränken. Auch die Toilette war nicht geputzt worden. Offenbar waren die Eigentümer der Meinung, in einer neuen Wohnung würde man den Dreck nicht bemerken. Am zweiten Tag fand ich dieselben Haare auch am Waschbecken, bald fing die Klimaanlage an zu tropfen und ging kaputt. Meine Reise fiel auf Ende Juni, in Astrachan waren es vierzig Grad, aber weil ich dem Vermieter und erst recht keinem Handwerker begegnen wollte, ertrug ich die Hitze. Genauso war es auch, als meine Frau und ich den Winter über nach Anapa gefahren waren. Schon am zweiten Tag ging beim Gasherd eine von zwei Flammen kaputt, wir kochten die gesamte Zeit auf einer. Deswegen konnte das Frühstück gut anderthalb Stunden dauern: Ich musste Kaffee kochen, mir ein Spiegelei und meiner Frau einen Brei machen. Während mein Ei noch brutzelte, kühlte ihr Brei schon ab. Und bis Ei und Brei fertig waren, war mein Kaffee ganz kalt. Außerdem war da noch Tee zu kochen. Dennoch konnte ich mich nicht überwinden, der Vermieterin zu schreiben. Allein der Gedanke daran, mit einem fremden Menschen reden zu müssen, versetzte mich in Panik. Ich nahm es in Kauf, jeden Morgen Brei, Spiegeleier und Kaffee nacheinander zuzubereiten, um nur nicht diese Begegnung über mich ergehen zu lassen.

Jetzt saß ich ohne Klimaanlage da. Es gab nichts, was ich nicht versucht hätte: Ich machte mir Kompressen, tauchte mein Hemd in kaltes Wasser, bevor ich es anzog, und trug es so lange, bis es wieder trocken war. Ich arbeitete, auf der Toilette sitzend, neben der Badewanne mit kaltem Wasser. Aber ich gab mich nicht geschlagen. Ich wollte den Schaden erst melden, wenn ich den Wohnungsschlüssel in den Briefkasten steckte, keine Sekunde eher. Wozu auch, als ich die Vermieterin der Anapaer Wohnung über WhatsApp gebeten hatte, den Tarif zu wechseln, weil das Internet kaum funktionierte, schlug sie mir nur vor, die Tür des Schranks zu öffnen, in dem das Modem stand. Ich habe noch nie damit gerechnet, dass sich Vermieter bei kurzen Aufenthalten um irgendetwas kümmern.

Wenn man sich etwas vornimmt, klappt es nie. Ich fuhr nach Astrachan, um den Tod meines Vaters aufzuklären. Ich wollte in die Leichenhalle und das örtliche AIDS-Zentrum, aber als ich am Flughafen war, bemerkte ich, dass ich meine Geburtsurkunde vergessen hatte, und ohne die würde niemand mit mir sprechen – du weißt ja selbst, wie es hier ist. Was blieb mir also übrig? Statt zum AIDS-Zentrum und zur Leichenhalle ging ich ins Chlebnikow-Museum, um im Archiv von dessen Schwester Wera zu lesen, fuhr in die Siedlung Trudfront im Wolgadelta, wo mein Urgroßvater, der Fischer, gelebt hatte, spazierte lange in der Stadt herum und ging auf den Friedhof zu Vaters Grab. Unterwegs schrieb ich Notizen über die Steppe.

Ich ging die Straße entlang, in der ich vor zehn Jahren gewohnt hatte, als ich Vater besuchte. Aber ich fand das Haus nicht wieder. Eine kleine Hütte mit zwei Zimmern und einem Betonanbau mit Plastikfenstern. Ein paar Häuser in der Uliza

Tschechowa sahen so ähnlich aus wie jenes Haus mit dem dunklen, kleinen Zimmer, in dem ich zwischen der Lektüre der philosophischen Fragmente der griechischen Frühantike und der *Geschichte des Auges* heftig masturbierte. Von dort machte ich mich in der flirrenden Astrachaner Hitze auf, um auf das andere Ufer der Wolga zu schauen. Irgendwo hier hatte Vater immer seinen staubigen Lkw abgestellt und seiner Lebensgefährtin Ilona die schmutzige Bettwäsche und Kleidung gebracht. Ich ging am Spirituosenladen vorbei, in dem wir kühles Bier und Maisstäbchen für Ilonas Enkelin gekauft hatten. Die dicke Luft darin wirbelte die braune Spirale einer Fliegenfalle herum. Alles atmete Hitze und einen schweren, schwülen Schlaf. Im Laden roch es nach verfaultem Fleisch und auf der Straße nach Urin und aufgeheizten Holz. Ein aufgeregter Akazienzweig bewegte seine Finger, und der Schatten, den er warf, war blau. Am Ende der Straße ist die Kirche, in der ich getauft wurde. Dort haben wir nach Vaters Tod Kerzen zu seinem Gedenken aufgestellt. Ich ging nicht hinein, nach dem Sonntagsgottesdienst standen einige junge Frauen mit Kindern und ältere Männer am Eingang. Sie unterhielten sich und aßen dünnflüssigen, gelben Brei von Plastiktellern. Eine Frau mit einem leeren Plastikbecher in der Hand stupste eine Schwangere damit an und bat um Almosen. Aber diese winkte ab und sagte, Putin würde ihr für die netten Worte danken. Das Menschengewirr vor der Kirche weckte eine alte Unruhe aus Kindertagen in mir. Großvater sagte immer, wenn man nicht auf mich aufpasst, holen mich die Zigeuner, weil ich weiße Haut habe. Sie lieben die mit weißer Haut, sagte Großvater und ermahnte mich, immer in der Nähe zu bleiben, wenn wir auf den Markt gingen oder an der Bushaltestelle standen. Großvater liebte und schützte meine weiße Haut, zärtlich nannte er mich Weißchen und streichelte meinen Rücken mit seinen spröden runden Fingerkuppen. Großvater sah mich mit seinen kleinen hellgrauen Augen an, und vor lauter Zärtlichkeit füllten sie sich mit Tränen. Ich lief durch die Straße, in der mein Vater vor zehn Jahren ein billiges Haus gemietet hatte. Die Welt in dieser Straße wurde unaufhörlich älter, aber die Menschen und das Gras erneuerten und wiederholten sich. So unaufhörlich schwimmt der Hering auf einem stahlfarbenen Gemälde von Wera Chlebnikowa. Das Lebendige wiederholt sich und weiß nichts von seinem Tod.

Ich masturbierte nicht aus sexuellem Verlangen, das war nicht mein Problem, der Sex war eher Mittel zum Zweck für mich. Die Masturbation nahm mir die Anspannung und überdeckte die Langeweile. Außerdem beschäftigte sie meine nach Abwechslung dürstende Phantasie. Die schwülen Tage zogen sich. Die Häuser in der Uliza Tschechowa wechselten sich ab: hinter den Holzhütten gab es leer stehende Kaufmannsvillen, manche dieser Ziegelbauten waren zur Hälfte bewohnt, dann war nur der andere Teil verfallen und trist. Ich sah, wie schnell Orte verwahrlosen, wenn niemand sie bewohnt. Alles an diesem Ort lag im Schlaf, aber ich konnte und wollte nicht schlafen, weil mein Verstand nervös nach Sinn suchte. Ich wusste nicht, wozu ich hier war. Wozu Vaters Körper existierte und wozu ich seinen erstarrten grünen Blick sah. Warum, fragte ich mich, wohnen wir zusammen, zwei füreinander vollkommen hohle Menschen? Auch er dachte die ganze Zeit still an irgendetwas und schlief, um die Zeit zwischen den Mahlzeiten und dem Rauchen vor der Tür auszufüllen. Ich konnte nicht schlafen, weil ich jung war und Angst hatte, etwas Wichtiges zu verpassen. Deswegen verwendete ich die ganze Zeit darauf, auf sozialen Netzwerken lesbische Pornos zu schauen. Als mich die auf dem Bildschirm flackernden Vulven, Ani und feuchten Finger mit künstlichen Nägeln nicht mehr erregten, ging ich dazu über, kosmogonische Dichtung zu lesen. Mich faszinierte, dass es *alles* gab und man dieses Alles mit einem Blick und einem Gedanken erfassen konnte. Genauso faszinierte mich, dass alles auf einen Grundbaustein zurückgeführt werden konnte. Wie leicht ist es doch, zu denken, dachte ich, dass wir aus Feuer und Wasser bestehen, wenn man nie ein iPhone gesehen hat und sich die Auskunft über das Wetter aus Vogelinnereien holt. Andererseits spürte ich trotz all der Fremdheit dieser Welt eine Verbindung mit ihr. Ich verstand nicht, wie sich Vaters Lkw im buchstäblichen, mechanischen Sinne in Feuer verwandeln oder aus Wasser hervorgehen konnte. Genauso wenig wie ich verstand, wie das im Secondhand-Laden für 500 Rubel gekaufte schwarze Kleid einfach so aus Luft entstanden sein konnte. War es doch, wenn man dem Etikett

Glauben schenken durfte, in einer italienischen Fabrik aus italienischem Leinen gefertigt worden. Das alles beschäftigte und erschreckte mich. Wenn mich das tiefe Altertum der Kosmogonisten in Angst versetzte, wanderte meine Hand ganz von selbst in meinen Slip, und ich begann krampfhaft zu masturbieren. Beim vierten Anlauf war mein Körper leer, wie Vaters abgeriebener Kanister, ich wurde stumpfsinnig wie ein von Hunger und Durst ausgemergeltes Tier. Nachdem ich die Panik überwunden hatte, waren da auch keine Langeweile oder Enttäuschung mehr. Nur noch ein heftiges Schuldgefühl. So lebten Vater und ich unter einem Dach.

An seinem Grab wogt hohes smaragdfarbenes Schilf, und aus den Weiden ruft ein Kuckuck. Schilf geht hier nicht ein, trotzt der sengenden Sonne, denn es saugt Wasser aus der Tiefebene. Vor diesem Wasser wollte Großmutter ihren Sohn schützen, der hier, in dieser Erde, verwahrt wurde. Sie heuerte junge Bestatter an, damit sie Kies holten und ein paar Betonbalken verlegten, dem armen Sohn tropfe es doch auf den Kopf, wehklagte sie. Sie hatte Mitleid mit seinem Kopf, den der Pathologe von einem Ohr zum andern aufgeschnitten hatte, um zu schauen, was drin war. Großmutter versuchte die Naht immer wieder mit einem Sträußchen weißer Plastikblumen zu verdecken. Als wäre die Naht etwas Unanständiges. Dabei bestätigte sie nur das Schlimmste: Ihr Sohn war tot, und sein Körper, den sie in ihrem ausgetragen hatte, war ausgeweidet, die

Innereien herausgenommen, untersucht und wieder hinein-
gestopft worden, weil das alles nicht mehr lebte, aber trotzdem
irgendwohin musste. Ich bat eine Bekannte, die Gerichtsmedi-
zinerin ist, mir das Gehirn eines Menschen zu zeigen, der an
Hirnhautentzündung gestorben war. Sie schickte mir Fotos von
einem Gehirn, das rosa war wie die alte Blüte einer Hecken-
rose. Das rosa Fettgewebe war an einigen Stellen aufgeschnitten, und ganz in der Mitte sah ich gelbe und grünliche Eiter-
stellen. Was fühlte Vater, als sein Gehirn von innen eiterte? Um
zu verstehen, was ein Mensch mit einer viralen Hirnhautentzündung fühlt, bat ich eine andere Bekannte, eine Journalistin,
den Kontakt zu einem Mann herzustellen, der mehrfach eine
HIV-Therapie abgebrochen hatte und mit starken Kopfschmerzen ins Krankenhaus eingeliefert worden war. Ich hoffe, er
schafft es, sagte meine Freundin. Ich wollte mit ihm sprechen,
um zu verstehen, wie es sich anfühlt, wenn dein Kopf von innen
verfault. Ich hatte Angst vor diesem Treffen, und dennoch
konnte ich es kaum erwarten, ich glaubte, ich würde dadurch
wenigstens irgendetwas verstehen und Vaters Schmerz nachempfinden können. Aber eine Woche später starb der Mann.
Die Hirnhautentzündung hatte sein Hirn und eine Tuberkulose
seine Lunge zerfressen. So was kommt vor, sagte meine Bekannte.

Auf dem Friedhof sah ich, dass man Vater einen soliden
schwarzen Grabstein aufgestellt hatte. Auf dem Porträt, das in
den Granit gemeißelt war, hatte ihm der Künstler vom Bestat-

tungsunternehmen ein helles Sakko verpasst, anstatt Jogging-jacke und T-Shirt, die Vater auf dem ausgeblichenen Foto an dem provisorischen Holzkreuz trug. Aus Aberglauben entsorgt man diese Kreuze nicht, sondern legt sie auf das Grab oder betoniert sie vor dem Grabstein ein. An Vaters Grab herrschte penible Ordnung: sogar die zur Verschönerung noch brauch-baren Plastik- Gänseblümchen waren in gleichmäßigem Ab-stand zueinander an das Metallgitter gebunden worden. Ihre blauen und rosa Köpfchen erinnerten an kokette Augen, wie sie sich im Wind bewegten. Diese ganzen Plastikblumen auf dem Friedhof waren der hämische Beweis einer hässlichen Un-sterblichkeit. Zu seiner Beerdigung wollte ich echte, lebende Blumen für Vater kaufen, aber Großmutter warf mir einen ver-ächtlichen Blick zu und sagte: Totes den Toten, Lebendes den Lebenden. Am Ende kauften wir unnatürlich weiße Plastik-Chrysanthemen mit einem fluoreszierenden Kern. Nun waren auch sie mit Draht am niedrigen blumenverzierten Gitter be-festigt worden. Der Wind rüttelte an ihnen, die obere Blüte war ganz zerfranst und hatte kahle Stellen. Friedhofsameisen, schwarz und glänzend wie reife Maulbeeren, umzingelten mich sofort und krabbelten hastig meine Beine hinauf bis unters Hemd. Eine ausgeblichene Plastiktüte wurde von der Steppe eingesaugt. Sie kam aus der Stadt und krallte sich mal an ein Kreuz, mal an die spitzen, sonnenheißen Grabgitter. An Vaters Grab wuchs wildes blaues Salzkraut, es wuchs aus Vater heraus und hatte es sich neben seiner Grabplatte bequem gemacht.

Vater mochte es, die Grasbüschel in der Steppe zu betrachten, zum Herbst hin verglühten sie in der Sonne. Jetzt war Vater selbst zur Steppe geworden und nährte sie mit seinem Körper.

9

Die Steppe bei Astrachan war früher einmal der Grund eines großen Meeres. Sie ist übersät mit weißen und braunroten Salzflecken wie Vaters beiges Hemd nach einem Tag schwerer Arbeit. Vom Salz ernähren sich die Disteln, und in feuchten Senken gibt es hohes Schilfrohr und samtige Ölweiden. Nach altem Brauch beerdigt man die Menschen hier auf Anhöhen. Früher tat man es auf Bergen oder Hügeln, heute schüttet man Friedhöfe auf. Man holt ein Lehm- und Sandgemisch aus der Steppe, schüttet es zu hohen Bergen auf, ebnet sie etwas ein, und heraus kommt der Friedhof Trussowskoje. Mittlerweile ist das ein ganzer Stadtteil mit durchnummerierten Friedhöfen. Vater liegt auf dem dritten, der befindet sich ganz außen und ist der größte. Früher konnte man ihn von Weitem sehen, doch dann wurden Solaranlagen davor installiert. Weiß der Teufel, wohin sie das Licht pumpen, vielleicht ja zu den Toten in die Dunkelheit.

Vater wurde auf einem aufgeschütteten Hügel begraben. Manchmal stelle ich mir vor, wie er jetzt daliegt, in dem dunklen lila Sarg. Was ist aus seinem Gesicht geworden? Wie sind jetzt seine Hände? Seine Finger erinnerten an jene, die auf Wera Chlebnikowas kleiner Zeichnung eine schreckhafte Schwalbe halten. Seine Finger waren stumpf wie von Wind und Wetter glattgeschliffene Steine. In was hat der Tod sie verwandelt? Sein Grab zu finden ist nicht schwer. Man betritt den Friedhof und läuft immer geradeaus bis zur letzten Kreuzung, dort geht man nach rechts und folgt der Betonstraße bis zum Schluss. Das ergibt Sinn: Sein ganzes Leben saß er hinterm Steuer, und jetzt ist er angekommen. Wenn man über sein Grab in Richtung Wolgograd blickt, sieht man die Steppe und hört in der Ferne den Lärm vorbeifahrender Laster. Vereinzelt lässt sich darin langgedehntes Hupen ausmachen. Die Fernfahrer hupen für ihre Toten. Vater liegt über der Steppe, umgeben vom Lärm der Lkws, auf seinem Grabstein ist unter dem Porträt ein großer grauer Laster eingraviert. Ich habe den Plastikkranz etwas zur Seite geschoben, um mir den Wagen anzusehen: Die Vorlage war offenbar ein Foto, das ich am Rybinsker Stausee gemacht habe. Vater hatte mich gebeten, seinen Kumpel zu fotografieren, und ich hatte ein paar Aufnahmen gemacht. Später ließen wir sie ausdrucken und gaben sie Großmutter als Andenken und zur Aufbewahrung. Es war ihre Entscheidung, dass diese Gravur auf seinen Grabstein kommt.

Als ich vom Friedhof wiederkam, zog ich meine schwarze Hose aus und hielt sie mir vors Gesicht, um zu sehen, ob ich sie noch einmal anziehen konnte. Die Rückseite glänzte – winzige Splitter von einer Plastiktüte, die in der Sonne ausgetrocknet war, steckten darin. Im Lampenlicht wirkten sie wie Schuppen trüben Glimmers. Die Bank an Vaters Grab war in schwarze Mülltüten eingewickelt. Vaters Mutter wollte immer alles vor Kälte, Sonne und Feuchtigkeit schützen. Früher dachte ich, dass sei bloß Reinlichkeit, aber wenn ich heute auf ihre Angewohnheit zurückblicke, zweimal täglich den Fußboden zu wischen und neben der Wohnungstür Zeitungen auszulegen, wird mir klar, dass es etwas von einer Zwangsstörung hat. Deswegen auch die eingewickelte Bank an Vaters Grab. Anders konnte Großmutter sie nicht vor Wind und Staub schützen, also hat sie mehrere Schichten von Mülltüten für Bauschutt drum herumgewickelt. In der Hitze war das Plastik zerbröselt, und ich hatte mich draufgesetzt.

Ich steckte die Hose in die Waschmaschine und legte mich in die Badewanne. Arme und Gesicht schmerzten von einem Sonnenbrand. Im gelben Licht wirkte mein Körper weiß wie ein Seifenstück. Ich beugte mich zu meinen Füßen, um die Sohlen einzuseifen, und entdeckte einige dunkle Flecken von Krampfadern an der Innenseite meines linken Knies.

Diese Begegnung mit dem eigenen Körper erschreckte mich. Ich war zweiunddreißig, nie schwanger gewesen und hatte keine chronischen Erkrankungen – nur Astigmatismus und schweres PMS. Doch jedes Mal, wenn ich die Augen öffnete und schloss, fühlte ich, dass meine Lider wie eine Uhr waren. Blinzle jetzt! Der Augenblick ist verstrichen und hat deinen

Körper in der Zeit vorangestoßen. Ich fühlte, wie sich die Zeit langsam und schwer bewegte, und meine Bewegung in ihr spiegelte sich in den Veränderungen meines Körpers.

Die Zeit spülte das Leben aus mir.

Die Zeit floss durch mich hindurch wie der gelbe, vom Sand und Schlick trübe Bachtemir. Ich hörte die Bewegung und das Rauschen. Mit achtzig Jahren schrieb Gabrielle Wittkop: Jeder Tag ist ein fallender Baum. Die Kraft, mit der die Zeit vergeht, gleicht der Kraft, mit der ein mächtiger Baum fällt. Seine große Krone stürzt raschelnd und knarzend zu Boden. Atme ein, atme aus, die Zeit ist schwer, die Zeit ist *genauso üppig angemischt wie die Erde.* Sie war es, die ein großes Meer in eine Steppe verwandelt hat. Wozu ist sie noch fähig? Wittkop war besessen von Doppelgängern. Man sagt, die Begegnung mit dem eigenen Doppelgänger ist ein Vorbote des Todes. Vielleicht ist da was dran. Vielleicht weiß jemand, der seinem Doppelgänger begegnet ist, was danach passiert. Ich bin meinem nie begegnet. Wittkop suchte ihre Doppelgänger nicht, sie schrieb sie. Ihre Doppelgängerin und Protagonistin Ippolita, die nach der Anführerin der Amazonen benannt ist, bereist die Welt und sucht nach Spiegelbildern. Ippolita sucht den eigenen Tod, damit er nicht zu ihr kommt. Ein guter Trick. Genauso hat es Wittkop gemacht, sie hat ihre Doppelgängerin geschrieben und sich selbst vergiftet.

Ich sehe überall die Doppelgänger meines Vaters. Das ist kein Aberglaube und auch nicht die naive Hoffnung, er würde noch leben. Er ist tot, ich war bei seiner Beerdigung und habe als Erste eine Handvoll Steppensand auf seinen dunklen Sarg geworfen. Daran, dass er tot ist, habe ich nicht die geringsten Zweifel, und dennoch laufen überall seine Doppelgänger herum: stämmige Kerle in billigen, halb aufgeknöpften Hemden. Sie fahren einfache Autos und tragen ihre Schlüssel, Geld und Zigaretten in der Brusttasche. Sie sprechen wenig. Sie haben schlechte Zähne, man nennt sie gern echte Kerle oder harte Arbeiter.

Wenn du mich fragst, wer meinem Vater am meisten ähnelt, sage ich: Iwan Schlykow aus dem Film *Taxi Blues*. Nicht, weil mein Vater Ende der Achtziger und Anfang der Neunziger Taxifahrer war und einen grauen Wolga mit gelbem Dachschild fuhr. Schlykow war, so heißt es bei Wikipedia, ein anpackender, starker Mann sowjetischer Prägung. Ich wundere mich, wie eine »sowjetische Prägung« mit einer kriminellen Lebensweise und dem Gefängnis zusammenpasst. Es gibt eine Schwarz-Weiß-Fotografie, auf der mein Vater mit einem Schiffchen auf dem Kopf an der Schultafel steht, in der Hand ein kleines Bäumchen, an dem ein atlasseidenes rotes Fähnchen baumelt. Auf einem anderen Bild steht Vater neben seinem Großvater, meinem Urgroßvater, auf dem Roten Platz. Er ist sieben, sie haben den weiten Weg auf sich genommen, um Großväterchen Lenin zu sehen. Fast vierzig Jahre später wird Vater eine Tour nach Moskau übernehmen, um den Kumpel auf einem Stellplatz am Moskauer Autobahnring zu lassen und zum Roten Platz zu fahren. Am Roten Platz gibt es den Kilometer Null, hat er gesagt, und wir haben ihn gefunden. Er stellte sich auf die Bronzeplatte und bat mich, ihn zu fotografieren. Das ist der Ort, von dem aus man die Kilometer aller Straßen zahlt, erklärte er. Iwan Schlykow unterscheidet sich in rein gar nichts von einem gewöhnlichen Kriminellen. Er handelt mit Wodka und anderen begehrten Waren und schüchtert auch noch Seliwerstows Frau ein, damit sie ihm verrät, wo sich der Musiker versteckt. Er vergewaltigt Kristina, nachdem er sie exzessiv zu Saxophonmusik tanzen sieht. Nachdem Mutter Vater betrogen hatte, schlug er sie so lange gegen die Heizung, bis sich ihr Gesicht in blauen Brei verwandelte, danach vergewaltigte er sie mehrere Stunden. Als er damit fertig war, stellte er ihr Eimer und Lappen hin und befahl, den Küchenboden zu wischen. Ich dürfte acht gewesen sein, man sagte mir, meine Eltern hätten einen Autounfall gehabt. Auf Mutters Gesicht gab es keine unversehrte Stelle, im Mund fehlten mehrere Zähne. Aber Vater hatte keinen Kratzer abbekommen. Ein merkwürdiger Unfall, dachte ich. In Schlykows Umfeld ordnet sich alles seiner Vorstellung von Recht und Ordnung unter. Seine Taten sind keine Verbrechen, mit seiner Gewalt schafft er Gerechtigkeit. Schlykow erscheint sein eigenes Handeln rational und richtig, aber ich denke, er wird von einer dunklen Hand geführt. Es gab keine Trennlinie zwischen dem »sowjetischen Menschen« und einer »kriminellen Lebensweise«. Und falls doch, verlief sie genau durch den Körper und das Bewusstsein meines Vaters. Das eine rechtfertigte das andere. Es ist unangenehm, darüber nachzudenken. Aber es gibt viele unangenehme Dinge, über die man nachdenken muss, um zu verstehen, warum es uns gibt und warum wir so sind.

Ich bin kurz vor der vollen Reife. Ich betrachte meinen Körper wie ein Fass mit Schmelzwasser. Weißt du, was ich meine? Ein Fass, das unter einer Dachrinne steht und bei dem man sieht, wie sich das elastische Wasser schon über den rostigen Rand erhebt – ein Tropfen noch, und es läuft über. Genau an diesem Punkt ist mein Körper. Ich fühle, wie er auf diese Reife zugeht. Süßes Butterschmalz, eine gelbe zuckerige Birne – irgendetwas unter meiner Haut produziert den schweren Duft eines reifen weiblichen Körpers und presst ihn durch meine Poren.

Einmal im Monat lege ich mich vor meine Frau und bitte sie, meine Brust zu untersuchen. Meine Mutter ist an Brustkrebs gestorben, deswegen darf ich den Moment nicht verpassen, wenn ein kleiner harter Tumor in meiner rechten oder linken Brustwarze entsteht. Vielleicht entsteht er nie, vielleicht aber genau jetzt, während ich dir davon erzähle. Meine Frau hat harte braune Finger, sie beugt sich über meine Brustwarze und tastet meine Brust ab. Sie geht wie ein Pilzsammler oder ein Sappeur vor, und ich verwandle mich in einen Ort, an dem man alles Mögliche finden könnte.

Ich war in Trudfront und habe mir das Haus meines Urgroßvaters angesehen. Ich wusste erst nicht, wie ich es finden sollte,
und wandte mich an eine ältere Frau, die gerade einen Akazien-
strauch goss. Sie drehte sich zu mir, richtete ihre geblümte Kit-
telschürze mit Gürtel und zeigte auf Urgroßvaters Haus. Es war
eine Straße weiter. Sie sagte, sie habe Urgroßvater gekannt,
ihre Mutter sei aus derselben Siedlung gewesen wie er. Sie
sagte, sie habe unsere Familie gekannt, und fragte, zu wem ich
denn gehöre. Ich sei eine Wassjakina, erwiderte ich. Sie sagte:
Siehst du die zwei großen Pappeln eine Straße weiter, links
davon war das Haus der Sokolows, jetzt gehört es den Grudins,
die haben es gekauft und wohnen dort. Ich fragte, ob die Grudins Urgroßvaters Haus vielleicht verkaufen wollen. Wo denkst
du hin, die wohnen da das ganze Jahr über, sie haben eine Gas-
leitung legen lassen und eine Toilette im Haus eingebaut; wenn
du ein Haus kaufen willst, dann das da, von den Saweljews, die
verkaufen, das ist genauso wie das der Sokolows. Nein, sagte
ich, ich möchte Großvaters Haus.

Ich erkannte die Pappeln wieder, ihr Schatten fiel auf eben-
jenen Brunnen, an dem Urgroßvater und ich Regenwürmer
ausgegraben hatten. In dieser Gegend wachsen hohe, pyrami-
denförmige Pappeln mit silbrigweißen Stämmen. Chlebnikow
verglich sie mit orientalischen Schwertklingen, die mit der
Spitze nach oben im Sand stecken. Später sah ich diese Pappeln
noch mal an der Kirche. Sie standen in einer Linie am Zaun,
und ich konnte ihre sich verjüngenden Kronen betrachten. Sie

hatten wirklich etwas von geschwungenen, spitzen Schwertklingen. Die Innenseiten der Blätter schimmerten wie Fisch-
schuppen im Wind. So funktioniert Poesie: Ein exaktes Bild
lässt sich von einem Gegenstand nie wieder lösen. Chlebni-
kows Vergleich hat mir die Steppe verständlich gemacht. Mit
den Pappeln als Schwertklingen setzte er einen neuen Maß-
stab. Die Steppe wurde klein und handzahm.

Ich hatte gedacht, ich würde Urgroßvaters Haus an den
Fenstern erkennen. Wenn er um vier Uhr morgens aufwachte,
öffnete er als Erstes die hellblauen Läden, deren geschnitzte
weiße Außenrahmen die Fenster umrandeten wie Spitze, damit
die morgendliche Kühle in das Haus gelangte. Gegen Mittag
schlossen wir sie gemeinsam; Urgroßvater hob mich hoch, ich
zog die beiden Läden zusammen, dann drückte er sie an, und
ich schob den Riegel davor. An meinen Handflächen blieben
weiße und blaue Schuppen von in der Sonne abgeblätterter
Ölfarbe zurück. Aber die neuen Hausbesitzer hatten Urgroßvaters Fensterläden abgenommen und moderne Plastikfenster
mit Fliegengittern und Rollladen eingebaut. Den Zaun hatten
sie grau gestrichen. Ich linste über den Zaun und sah, dass
dort, wo Großmutters Tomatenbeet mit den Ochsenherzen gewesen war, nun junge Birnen wuchsen. Der alte Kirschbaum
war zu sehen, wo ich die heruntergefallenen Kirschen einsam-
meln musste, während die Erwachsenen auf Leitern standen
und die Kirschen direkt von den Ästen pflückten. Diese Ungerechtigkeit hatte mich so sehr geärgert, dass ich weinen

musste. Der Kirschbaum war gealtert, der gebogene graue Stamm ragte wie ein alter Knochen aus der Krone. Hinter ihm war nichts als Himmel. Die neuen Hausbesitzer hatten Urgroßvaters Obstbäume gefällt, die drei Apfel- und zwei Aprikosenbäume waren weg. Im Sommer hatten sie Schatten gespendet, und nachts waren die Früchte von ihnen heruntergefallen und hatten ein Geräusch gemacht wie ein Absatz, der einen kleinen Nagel in den Boden drückt. Wegen des Zaunes konnte ich nicht sehen, ob Urgroßvaters verwitterte Schuppen mit den Fischernetzen und seinem Fahrrad noch da waren. Aber so, wie die neuen Besitzer mit dem Obstgarten und den Fenstern umgegangen waren, waren wohl auch Urgroßvaters Schuppen längst verschwunden.

Mich faszinierte immer schon die Tatsache, dass nichts aus nichts entsteht und nichts spurlos verschwindet. So wie eine Krähe auf einem Müllcontainer immer eine Krähe sein wird. Sie kann sich unter keinen Umständen in einen Spatzen oder einen Hund verwandeln. Eine Krähe ist eine Krähe, und ein Stein ist ein Stein. Eine tote Krähe verschwindet nicht, ihre von der ausgetrockneten Haut abgefallenen Federn verteilen sich in der Steppe, Ameisen und Würmer fressen ihr Fleisch und ihre Innereien, und die Knochen verweht der Wind oder verschlingt die Erde. Die Krähe geht in einen zerlegten Zustand über. Sie sickert in den Sand ein, nährt das Gras, verkriecht sich in alle Richtungen mit den Würmern. Aber sie verschwindet nicht spurlos. Das Gleiche gilt für Urgroßvaters Schuppen. Was haben die neuen Eigentümer mit ihnen gemacht? Wohin haben sie all den Krempel gebracht, der Urgroßvater so wichtig war – das alte Fahrrad, die Knäuel des Nylon-Garns, den Besen aus ausgeblichenem Schilf, mit dem er die Spinnweben aus den Ecken entfernte? Aus dem Schuppen selbst wurde natürlich Brennholz. Das trockene alte Holz ist schnell verbrannt, und nur die Nägel blieben in der Asche übrig, die Urgroßvaters Schuppen zusammengehalten hatten. Wo sind diese Nägel jetzt? Wo sind die neun Vorhängeschlösser und der Bund der ölverschmierten Schlüssel für jedes einzelne davon? Urgroßvaters Schuppen stiegen mit dem Rauch gen Himmel und wehten in die Steppe. Mit der Asche düngte die neue Besitzerin das Kürbisbeet und streute noch etwas davon in die Ecke am Gartenzaun, wo der Nachbarskater immer hinmacht. Die Dinge aus der alten Welt können sich verwandeln. Irgendwo auf der Müllhalde liegt Urgroßvaters Fahrrad. Es existiert auch jetzt, in dieser Sekunde. Alles existiert gleichzeitig und verschwindet nicht.

Ich erkannte den süßlichen Geruch wieder. Es roch nach dem Baum, den wir Akazie nannten, er stand an der Straße, gleich neben Urgroßvaters Zaun. Urgroßvater kümmerte sich um ihn, goss ihn und zäunte ihn mit einem kleinen Gatter ein, damit die freche Dorfjugend ihn nicht beschädigte. Der Baum blühte vom Anfang des Frühlings bis in die Mitte des Sommers hinein. Auf den hautzarten rosa Blüten krabbelten immer irgendwelche Parasiten. Die Blüten abzureißen war verboten, man musste die Schönheit und den Duft mit allen teilen, die vorbeigingen oder sich auf der Bank daneben ausruhten. Gleich nach meiner Ankunft hatte ich mir eine App heruntergeladen, mit der man Pflanzen anhand von Fotos bestimmt. In dem Ordner »Mein Garten« sammelte ich die Aufnahmen von Gräsern und Büschen, die ich aus meiner Kindheit kannte. Ein ahnenloser Strauch hatte einen Namen: Französische Tamariske. Aber die Einheimischen nennen ihn Astrachener Flieder. An seinen dünnen Zweigen trägt er kleine Blüten, die von Weitem wie flirrender rosa Rauch aussehen. Urgroßvaters Akazie entpuppte sich als eine Neumexiko-Robinie. Ich zog einen üppigen Blütenzweig zu meinem Gesicht und erkannte den Duft, sie blühte unverändert. Ich gab der sentimentalen Absicht nach, wenigstens irgendetwas aus Urgroßvaters Heim mitzunehmen, und brach den Zweig vorsichtig ab, ich legte ihn in mein Buch und ging zum Fluss.

Hier ernährt sich alles von der Küste. Ein Fährmann erleichterte sich zwischen den Fahrten gleich über Bord seiner Barkasse in das Wasser. Zwei glänzende Kolkraben ließen sich an einem großen Fisch nieder, der von einer Schiffsschraube zerfetzt und an den Strand gespült worden war. Mit ihren knöchernen Schnäbeln zertrümmerten sie seinen Schädel, pickten die Fischaugen heraus. Aufgescheucht, surrten grün glänzende dicke Fliegen über ihnen. Sie hatten sich an der faulenden Fischmilch gelabt, waren aber von den Raben aufgeschreckt worden. Schnelle, weißbauchige Schwalben landeten zielsicher auf dem Algenrand am Wasser und schnappten dort nach kleinen Krebsen und Insekten. Eine hübsche Schlange wärmte sich im trüben Wasser. Nur ein in der Hitze gilbgelb gewordener Köter konnte sich nicht selbst ernähren und wartete auf Menschen. Ich brach ein Stück Hähnchenpastete für ihn ab und legte es neben mich. Er holte es sich vorsichtig.

Ich hörte Kindergeschrei und ging näher ans Wasser. Eine Frau rief mir zu, ich könnte mit ihnen baden, das Ufer falle steil ab, aber dort, wo sie stünden, gebe es eine flache Stelle. Die Strömung schaffe es nicht, den Ton aus der Flussbiegung herauszulecken. Ich zog meinen Badeanzug an und ging ins Wasser. Die Enkelinnen der Frau planschten mit Schwimmflügeln an den Armen, legten sich aufs Wasser oder »pauchten«, wie man in der Gegend sagt. Ich setzte mich ins schlammig gelbe Wasser neben ihnen. Als sie hinausgingen, beruhigte sich das Wasser, und ein Schwarm kleiner Fische kam zu meinen Füßen und machte sich daran, die abgestorbene Haut von meinen Zehen abzuknabbern. Ich war ein Stück Brot für sie, aber so groß, dass sie es nicht mit ihrem Blick erfassten. Ich war ihre Nahrung und ließ sie alles fressen, was sie fressen konnten.

Ich fragte die Frau neben mir, wer sie sei und wo sie arbeite, und auch, ob sie meine Urgroßeltern gekannt habe. Sie erwiderte, sie kenne niemanden, sie wären vom Ufer und gingen nicht ins Dorf, nur manchmal in die Kirche. Mich wunderte so ein Leben, doch dann wurde mir schnell klar, dass sie hier, am Ufer, alles hatte, was sie brauchte: die Fähre, den Fisch, das Wasser. Ich arbeite in der Stör-Fabrik, sagte sie, heute hat man uns eher gehen lassen, weil wir die letzte Lieferung Jungstöre fertig hatten. Ich versuchte witzig zu sein: Sie hatten die Fische fertig und sind selber früher fertig. Die Frau lächelte kaum merklich und wiederholte: Meistens gehen wir nach fünf baden, nach fünf ist das Wasser warm wie frisch gemolkene Milch, nur heute habe ich die Mädchen eher hergebracht, weil man uns früher hat gehen lassen. Ich fragte sie, wo man sonst noch im Dorf baden könne. Sie sagte, das wisse sie nicht, sie gehe immer hierher, nach fünf; und wieder, wie zu sich selbst: Heute haben sie uns eher gehen lassen, deswegen bin ich hier, sonst gehen wir um fünf, wenn der Bachtemir wie frisch gemolkene Milch ist. Ich nickte verständnisvoll und fragte, wie es in der Störfabrik während der Pandemie laufe. Die Frau erzählte, sie sei krank gewesen, drei Nächte habe sie nicht geschlafen, Fieber habe sie nicht gehabt, auch keinen Husten, nur Sand in der Lunge. Als hätte jemand Flusssand in dich reingeschüttet, genau so war das, sagte sie. Drei Tage habe ich nicht geschlafen, sagte sie, habe mich auf eine Ikone gelegt; hab da gelegen und gebetet, Gott rette und bewahre mich, ich habe doch die Kinder. Mein Mann ist auf Wanderarbeit im Norden, meine Tochter arbeitet in Moskau, wegen ihnen muss ich doch am Leben bleiben. Eine Heidenangst hatte ich. Drei Tage habe ich auf der Ikone gelegen, damit ich bloß nicht sterbe. Sie unterbrach ihre Litanei, schaute mich an und sagte, wie von einem anderen Ort aus, der nun näher bei mir lag: Wenn Sie weg wollen, um vier fährt das letzte Sammeltaxi nach Astrachan, aber Sie müssen schon um drei an der Fähre sein. Ich weiß das, weil ich selbst manchmal damit fahre. Ich kann Ihnen den Fahrplan zeigen, aber der liegt zu Hause. Ich fahre manchmal, wenn mein Mann auf Wanderarbeit ist. Dann ging sie aus dem Wasser, zog ihre Schuhe an und wies auch die Mädchen an, rauszugehen und sich Schuhe anzuziehen, danach wandte sie sich noch mal mit dem ganzen Körper zu mir und verabschiedete sich. Ich sah einen kleinen Pfad, der über einen Müllberg führte. Über diese Müllhalde mit lauter trüben Glasscherben und Tetrapaks, die neben einem verlassenen Gebäude liegt, kamen sie jeden Tag zum Baden hierher. Ich setzte mich mit dem Rücken zur Müllhalde und dem Gesicht zum Fluss ans Ufer und packte meine Tasche mit dem Essen aus.

Nun weißt du, dass dort, wo jetzt die Steppe ist, einmal ein großes Meer war. Doch wir laufen auf ihm, atmen Luft, als hätte es das Meer nie gegeben. Mein Ururgroßvater war ein nutzbringender Mensch und ein guter Verwalter, er hat eine große Kirche im Wolgadelta gebaut, dafür wurde er von allen respektiert. Als die Sowjetregierung kam, hat er eine große Fischfabrik gebaut und sie geleitet. Während seiner Zeit als Fabrikdirektor wurden die Ikonen aus der Kirche gut versteckt. Als es wieder erlaubt war, sie anzuschauen und vor ihnen zu beten, holte man sie hervor. Das harzige Gesicht der Muttergottes und das braune Gesicht des Jesuskindes waren hinter dem Silberzierrat kaum zu erkennen. Erst später habe ich erfahren, dass man den Oklad abnehmen kann, um die Ikone vollständig betrachten zu können: die Kleidung und das Licht. Vater wurde bei einer Nachbarin nachts in einer Waschschüssel getauft, weil ein Säugling unbedingt getauft werden musste.

Vor langer Zeit waren hier ein Meer, eine Kirche, eine Fischfabrik. Jetzt ist hier Steppe. In Trudfront stieß ich am Ufer des Bachtemir auf ein verlassenes Haus. Dahinter war ein Haufen nutzlosen Gerümpels. Ein ausgemergelter Köter bewachte das Gerümpel und ein vermodertes Boot, unter dem sich eine dünne Flussschlange versteckte, und über ihnen stand eine müde Trauerweide und spendete allen Schatten in der Mittagshitze – dem Haus, dem Köter und dem Boot. Das Haus hatte keine Mauern mehr, es war wie ein Gerippe, von dem das Fleisch abgefallen war. Vereinzelt waren Innenwände stehen geblieben, weil die Eigentümer sie mit altem Linoleum verkleidet hatten. Man konnte das Haus nicht betreten, sonst würde vielleicht der Boden einstürzen, und man käme nie wieder raus: Man würde sich die Beine brechen und stecken bleiben. Von dem Haus waren nur Dach und Balken übrig, und eine einzige Tür, die sich dem Verfall erfolgreich widersetzt hatte. Sie klammerte sich fest an ihren Rahmen. An ihr prangte ein rostiger stabiler Griff, solche Griffe hatte auch mein Urgroßvater in seinem Haus. Unter dem Griff baumelte an zwei rostigen Scharnieren ein Vorhängeschloss. Als sie fortgingen, hatten die Eigentümer das Haus abgeschlossen, im festen Vertrauen auf das Schloss. Das Schloss hat ihr Vertrauen nicht enttäuscht und wird es auch noch lange nicht, während Wind und Gras sich das Haus aneignen und es in Steppe verwandeln.

Hier war ein großes Meer, jetzt ist hier Steppe. Dann soll hier Steppe sein.

Ich wäre gern wie eine Zunge. Eine Zunge ist gleichzeitig weich und fest. Hat man eine Wunde im Mund, gibt die Zunge keine Ruhe. Du kennst es ja, sie liebkost die Wunde, fühlt ihren metallischen Geschmack und die ausgefransten Ränder, befühlt den losen Hautfetzen, um sich alles zu merken und mit sich auszufüllen. Die Zunge ist ruhelos, sie dringt in eine Zahnlücke und reibt sich am Splitter – das macht sie automatisch, selbst wenn es unangenehm ist oder wehtut, wird sie die Leerstellen im Mund ausfüllen. Du weißt doch, wie die Zunge ist. Ich möchte wie die Zunge sein. Ich möchte zerfetzte Wunden lecken und Splitter und Knochen fühlen.

10

A lles, was ich dir hier erzähle, habe ich selbst erfahren oder weiß es von meiner Mutter. Du fragst, warum ich von meinen eigenen Worten so überzeugt bin. Ich habe über das alles sehr oft nachgedacht, jeden Morgen wache ich mit Gedanken an meinen Vater auf. Ich träume oft von ihm als Toten: Der graue Kopf liegt mit geschlossenen Augen im tiefen Grab, ich stehe am Rand und schaue unter die Erde, dorthin, wo er liegt. Manchmal träume ich, er wäre hier, er würde ganz nah neben mir liegen und ich könnte seine toten Hände sehen, die nicht weiter als eine Handbreit von mir entfernt sind.

Es gibt auch Träume, in denen er lebt. Ich sehe ihn von Weitem: Er beugt sich über die Motorhaube seines grauen Wolga mit den Taxischildern. Ich rufe zu ihm hinüber: Vater, ich bin hier. Aber er ist weit weg, am Abhang eines Berges, und kann mich nicht hören. Im Traum sagt mir die Stimme meiner Großmutter: Lass Jura in Ruhe, er repariert sein Auto.

Ich sage dir Worte, die ich mir im Stillen unzählige Male wiederholt habe. In diesem Jahr sind es sieben Jahre, seit er tot ist; ich denke ständig an ihn, versuche, sein Leben zu verstehen, ihm einen Sinn zu geben. Wahrscheinlich tu ich das, weil er fertig ist, weil man ihn betrachten kann wie einen abgeschlossenen Abschnitt der Vergangenheit. Das Problem ist bloß, dass ich fühle, wie sich mein Vater unweigerlich, tierisch in mir fortsetzt. Ich sehe meinen Gang, sehe, wie sich die Falten um meine Augen legen, wie die Augen in der Farbe schlicktrüben Wassers immer weiter in den Schädel sinken. Mutter sagte, Vaters ausdrucksvolle Augen seien mit der Zeit eingefallen. Auch meine Augen sinken immer tiefer in meinen großen tatarischen Schädel. Nach einem anstrengenden Tag schaue ich in den Spiegel und sehe Vaters Gesicht.

Manchmal vergesse ich, dass ich die Tochter meines Vaters bin. Aber sobald ich bei Sonnenuntergang goldschimmernde Pappelkronen überm Horizont sehe, weiß ich wieder, wer ich bin. Wenn ich die Steppe oder Pappeln sehe, höre ich die Stimme meines Vaters. Er sagt zu mir: Schau nur, diese Weite, und sie gehört ganz uns, den Barfüßlern. Ich schämte mich immer, wenn ich ihn so naiv davon reden hörte, dass man sich jede Weite aneignen könne. Das stimmt nicht, dachte ich, während ich die Kolonnen kupferroter Pappeln vor dem Fenster seines neunundneunziger Lada vorüberziehen sah. Das stimmt nicht, dachte ich, der Wald gehört uns nicht, genauso wenig wie der Wasserspiegel des Stausees in Ust-Ilimsk. Wir können die abgebrannten Hügel der Steppe aus dem Fenster sehen. Ich könnte tief in die Steppe hineinlaufen und schließlich vor Durst und Erschöpfung umfallen, ich könnte dort im Winterwind erfrieren. Der Raum, den wir uns laut Vater mit Leichtigkeit aneignen könnten, konnte und wollte uns isolierte, menschliche Wesen vernichten.

Er war der Überzeugung, dass alle Menschen, die ihn umgaben, einschließlich der von aller Welt vergessenen Fernfahrer, die auf dunklen Straßen geklaute Rohre transportierten, Barfüßler waren. Vor der Revolution nannte man einfache Arbeiter so, die sich im Sommer als Verlader oder Lastenträger verdingten und im Winter bettelten oder stahlen. Bei Alexander Kuprin heißt es, sie seien schlecht im Stehlen gewesen, deswegen landeten die »Debütanten« schnell im Knast. Die Artels der Barfüßler unterschieden sich kaum von kriminellen Banden. An der Spitze stand der Älteste, er zählte den Gewinn, verteilte das verdiente Geld und entschied im Streitfall über Recht und Unrecht. Die Barfüßler hatten kein Heim und keine Familien, ihr Leben lang wechselten sie von Nachtlager zu Nachtlager, von Bezirk zu Bezirk, von Stadt zu Stadt. Am höchsten schätzten sie die Freiheit, und ihre Freiheit war die Obdachlosigkeit.

Sie hatten ihre eigenen Vorstellungen von Gerechtigkeit. Maxim Gorki verklärte die Barfüßler, dafür bewunderte ihn mein Vater. In einer Skizze schreibt Gorki, dass ihm nach einer Übernachtung mit Barfüßlern zwei Hemden fehlten. In seinem Wanderrucksack seien drei gewesen, die Barfüßler hätten das

Eigentum ihres Weggefährten nach ihren eigenen Begriffen von Gerechtigkeit verteilt: Sie hätten sich zwei Hemden genommen und Gorki eines dagelassen. Die Idee von fester Arbeit und Anhäufung von Besitz über das Nötigste hinaus galt den Barfüßlern als Unfreiheit, deswegen war das Hauptziel ihrer Tätigkeit heute satt zu werden und morgen weiterzuziehen. Das Unterwegssein war für den Barfüßler kein Mittel zum Zweck, es war der Sinn des Lebens. Vater konnte das nachempfinden. Wenn er eine Decke neben seinem Lkw ausbreitete, darauf eine Zeitung legte und Brot und einen Campingkocher dazustellte, um den Tee warm zu halten, sagte er: Nun sind wir auch hier angekommen, siehst du, ich fahre und fahre, und komme nirgends wirklich an.

Er wollte auch gar nicht ankommen. Er wollte fahren. Bei langen Standzeiten begann er, sobald er wieder ausgenüchtert war, das Unterwegssein zu vermissen. Deswegen stieg er in seinen beigen Neunundneunziger und fuhr zu den Jungs in die Garage. Unterwegs kaufte er Wasser- und Honigmelonen, Konserven, Tee und Limonade. Nachdem er das alles auf den Tisch gestellt hatte, setzte er sich auf den Kunstledersitz eines KAMAZ, der ihnen als Bank diente, und rauchte. Im Schatten einer Akazie schnitt er gemächlich das Fruchtfleisch der Wassermelone und pulte mit der Messerspitze die glänzenden Kerne aus den Stücken heraus. Melone essend »schwafelte« er, wie er selber sagte, über dies und das. Wenn sich der abgeschnittene Boden einer Zweiliterflasche mit Zigarettenstummeln roter BOND gefüllt hatte, stand er auf und leerte sie am Müllcontainer. Er füllte Wasser in den Aschenbecher und streichelte die Garagenhunde, die von der Hitze und dem Leben auf der Straße gebeutelt waren.

Die Moral und die Lebensweise der Barfüßler hatten ohne Zweifel einen Einfluss auf die Ideologie in den Gefängnissen und die Grundsätze der Ganoven. Ich muss unentwegt daran denken, wie alt die Welt ist, in der wir leben. Aber am meisten überrascht mich ihre Kohärenz. Ich erzähle dir das hier, und das Leben meines Vaters wird verständlicher für mich.

Er wurde am ersten August 1967 in Astrachan geboren, die Wehen setzten am Morgen ein; Großmutter klopfte den ganzen Tag über bei der Nachbarin, weil sie deren Telefon benutzen wollte. Aber die Nachbarn waren nicht zu Hause. Vielleicht wollte sie gar nicht in den Kreißsaal. Nachdem sie eine Weile in der Wohnung auf- und abgegangen war, stellte sie eine Waschschüssel mit warmem Wasser auf den Boden und legte ein Messer auf ein frisches, geriffeltes Küchenhandtuch. Sie veratmete die Wehen noch eine Zeit lang beim Herumgehen in der Zweizimmerwohnung, dann legte sie sich auf den Boden und gebar ihn allein, in der Stille der Astrachaner Hitze.

Er starb am zehnten September 2014. Er war siebenundvierzig, sah aber aus wie ein Greis. Die Steppe hatte mit ihrem Wind und der Sonne an ihm genagt und ihn altern lassen, Aids hatte Teile seines Gesichts und mehrere Finger seiner rechten Hand gelähmt, die Meningitis hatte sein Gehirn zerstört.

Dazwischen lag sein langsames, düsteres Leben. Er war ein Teil des großen Armee-, Gefängnis- und Fernfahrerkörpers. Dieser Körper hat eine lange Geschichte, die weitergeht. Sie ging durch den Körper meines Vaters und machte mit ihm einen Satz nach vorn. Sie fing nicht erst gestern an. Und nicht einmal vor hundert Jahren, sondern noch viel eher, ich sehe sie mir in all ihren Details an und suche nach dem Anfang. Sie ist wie ein Tau, das mit einem Anker am Grund eines tiefen, trüben Flusses befestigt ist. Man betrachtet es, und direkt unter der Wasseroberfläche kann man noch das rostige Flechtmuster und die zerfransten Stränge sehen. Man sieht auch, dass es gespannt ist, und mit welcher Kraft es seine Last hält. Aber je unruhiger das Wasser, desto schwerer wird es, etwas zu erkennen. In der Dunkelheit sind viele Knoten, und kleine Fadenzieher heben sich vom ebenen Metallgewebe ab. Doch das sieht man nicht. Tote Algenstücke, aufgewirbelter Schlick und andere Teilchen aus dem Fluss verstecken seinen Körper vor mir.

Wie du weißt, haben mich versunkene Gegenstände schon immer fasziniert. Stell dir nur vor, was man auf dem Grund des Bachtemir alles finden könnte: Sonnenbrillen, Uhren, Geld, Fischerboote, Angelzeug. Das alles liegt da, vom ruhigen, undurchsichtigen Schlick verdeckt. Das alles bildet das Relief des weichen, kühlen Grunds, leichtere Gegenstände kriechen vorsichtig unter Wasser, die Strömung drückt sie sachte zum Kaspischen Meer. Größere Gegenstände wurden zu Behausungen für Krebse und träge, fette Welse. Das alles – vom Menschen hergestellt und wieder verloren – hat der Grund des Flusses in sich aufgenommen und verwahrt es, ohne eine Hoffnung auf Nutzen und Verwendung.

11

Es ist einfacher, den Tod zu begreifen, wenn man sich vorstellt, dass derjenige, der gestorben ist, nicht einfach so gestorben ist, sondern unter die Erde *geholt* wurde. Die Welt wird kohärent und logisch, wenn man sich einbildet, dass dir die Haare ausfallen, weil dich eine Nachbarin verflucht hat. Die Welt wird glatt und ohne Kanten, wenn Krankheiten nicht einfach so entstehen, sondern aus den bösen Gedanken anderer Menschen. Gäbe es das Böse nicht, denke ich mir manchmal, würden wir ewig leben, wie im Paradies.

Manch einer wird sagen, das sei finsteres, magisches Denken, aber keine Weltsicht ist besser oder schlechter als die andere. Mutter erzählte, sie habe mit eigenen Augen gesehen, wie sich ein eitriger, roter Furunkel auf meiner Kinderwange zuzog, als Großmutter Anna irgendetwas darauf flüsterte, und ich glaube ihr, denn an meiner linken Wange ist eine kleine Verhärtung. Manchmal berühre ich sie mit dem Finger, um zu überprüfen, ob sie noch da ist. Über die Jahre ist der Knubbel kleiner geworden, in meiner Kindheit war es noch ein festes

Gewebestückchen. Mutter sagte, das sei eben jener Furunkel, den Großmutter besprochen habe.

Eines Tages, als alle in der Banja waren, rief Urgroßmutter Taljana mich zu sich und fragte, ob ich an Gott glaube. Ja, sagte ich, das tue ich. Kurz darauf wurde ich getauft. Ein bärtiger Pope tauchte meinen Kopf in ein goldenes Becken und sang etwas, dann hängte er mir ein vergoldetes Aluminiumkreuz an einer dünnen Nylonschnur um; an solchen Schnüren hängte Urgroßvater den Fisch auf. Der Knoten an der Schnur war ungeschickt geknüpft, und damit er nicht aufging, wurde er noch angesengt. Der hart gewordene Tropfen kratzte unangenehm an meiner Brust. Das Kreuz schimmerte im Dunkeln, ich zeigte es der Urgroßmutter. Sofort entdeckte sie Kratzer von meinen Milchzähnen darauf und verbot mir aufs Strengste, das Kreuz noch einmal in den Mund zu nehmen.

Getauft wurde ich in einer halb verfallenen Kirche. An den kahlen Wänden waren keine Ikonen, und in den Fenstern raschelte Plastikfolie. Der Pope fragte, ob mein Vater getauft sei; man erklärte, er sei 1967 heimlich getauft worden. Der Pope sah zu Vater und ordnete an, dass er ebenfalls getauft werden müsse. Vater bekam ein einfaches Kreuz ohne Vergoldung. Nach der Taufe gingen wir durch sonnenhelle Straßen, und ich musste an Urgroßmutters Worte denken, dass ich meine eigenen Schutzengel bekomme, wenn ich getauft bin. Wir gingen durch die sonnenhellen Straßen, und ich betrachtete meinen Schatten. Wenn die Engel sich irgendwo zu erkennen geben, dann doch als Schatten an der Wand, dachte ich mir. Ich zog mein Kreuz unter dem Kleid hervor und wartete auf ihr Erscheinen. Ich dachte, die Engel würden zu meinem Kreuz geflogen kommen wie Vögel zum Brot, aber wenn Urgroßmutter das sah, versteckte sie mein Kreuz gleich wieder.

Wenn du an Gott glaubst, zeige ich dir noch etwas, sagte meine Urgroßmutter. Sie zündete eine Kerze an und zog ein schwarzes Heft mit Plastikumschlag unter der Tischdecke hervor. Hier drin stehen Gebete, sagte sie, die haben wir abends nach der Arbeit abgeschrieben. Mit diesen Gebeten habe ich deinem Urgroßvater das Leben gerettet. Von den Frauen, die keine Gebete abgeschrieben haben, sind die Liebsten nicht aus dem Krieg zurückgekehrt. Weil sie nämlich keinen Glauben hatten.

Ich stellte mir Gott als einen Anführer von hellen Vögeln vor; außerdem war alles bei ihm aus Gold: die Sandalen und der Apfelgarten. Bei Gott ist alles wie bei uns, dachte ich, aber hell und golden. Bei Gott gibt es Äpfel und fetten Fisch in einer Bratpfanne. Gott wohnt im Himmel, aber er ist ein ganz normaler Mensch. Abends kommen die Vogelengel zu ihm geflogen und erzählen ihm, wie ich hier auf der Erde lebe, wie unser Garten ist und wie der Fisch in unserer Bratpfanne. Urgroßmutter Tatjana war streng und wollte mir beibringen, mit Gott zu sprechen. Ich hörte die Gebete und wunderte mich, wie man ihm in so einer komplizierten Sprache überhaupt etwas mitteilen konnte.

Abends setzte Urgroßmutter Tatjana ihre Brille auf und nahm an der Frisierkommode Platz. Dort bewahrte sie wunderschöne Schmuckkästchen aus geschwungenem schwarzem Kunststoff mit handbemalten Deckeln auf. Auf den Deckeln pulsierten Märchenblumen oder galoppierten Feuerpferde. Den Boden eines jeden Kästchens bedeckte ein Stück roten Samts, und wenn Urgroßmutter ihre schweren Ohrringe hineinlegte, machte es ein dumpfes Geräusch. Sie nahm ihr weißes Baumwollkopftuch ab, das sie mit einem Knoten an der Stirn zusammenband, und zog den braunen Plastiksteckkamm aus dem grauen Dutt am Hinterkopf. Das feine, graue Haar fiel sanft auf ihre Schultern, sie kämmte es und betrachtete sich im Spiegel.

Dann nahm sie eines von den Kästchen und setzte sich an den Tisch. Sie schob Urgroßvaters Zeitungen und die Tassen mit kalten Teeresten beiseite und holte einen Seidenbeutel aus dem Kästchen. Darin lagen einige bunte Bohnen. Eine weiße Bohne war mit braunen Pünktchen besprenkelt. Eine andere war zur Hälfte schwarz und hatte ein schmales weißes Köpfchen wie eine Taube. Von solchen gefleckten Bohnen gab es aber nicht viele, die meisten waren dunkelbraun oder schwarz. Alle glänzten wie ein nasser Vogelschnabel. Sie anzufassen war mir strengstens verboten, denn sie waren zum Wahrsagen bestimmt. Deswegen wartete ich darauf, dass Urgroßmutter zur Nachbarin Tamara ging, um ihr Fischsuppe zu bringen, und durchforstete die Kommodenschublade, wo außer den Bohnen noch einige blaue Hundertrubelscheine lagen. Manchmal bekam ich welche davon, um mir Eis oder Zuckerwatte zu kaufen. Auch ein altes, vom Fett der Hände aufgequollenes Kartendeck lag dort, in einen roten Stofffetzen eingewickelt. Die Schublade selbst war sorgfältig mit Zeitung ausgelegt und roch nach trockenem altem Lack.

Urgroßmutter murmelte etwas und berührte die Bohnen zunächst durch die Seide, dann schüttete sie die Bohnen in ihre Hand und warf sie mit geschlossenen Augen auf den Tisch. Zuerst betrachtete sie sie lange, bis sie dazu überging, eine gescheckte Bohne vorsichtig mit dem Finger hin und her zu schieben. Hatte sie den richtigen Platz für sie gefunden, stützte sie das Kinn auf ihre rechte Hand und glitt mit dem Finger der linken zwischen den Bohnen über den Tisch. Manchmal döste sie über den Bohnen, und nachdem sie wieder aufgewacht war, verschob sie die gescheckte Bohne. Wenn sie mit dem Wahrsagen fertig war, sah sie finster zu Urgroßvater und mir auf und sagte, wir sollten die Wattedecke, die wir zum Fernsehen auf dem Boden ausgebreitet hatten, wegräumen und schlafen gehen. Alle gingen in ihre Zimmer, und das Haus schlief ein.

Mutter sagte, wenn eine alte Frau weiß, wie man etwas *macht*, muss sie ihr Können unbedingt an eine jüngere weitergeben.

Ansonsten würde ihr die Gabe nach dem Tod keine Ruhe lassen. Großmutter Walentina konnte Wundrosen besprechen, diese Fähigkeit hatte sie von ihrer Mutter, Urgroßmutter Olga geerbt. Deren andere Fähigkeiten, wie das Heilen von Kindern bei Schreck oder das Besprechen von Leistenbrüchen, waren nicht weitergegeben worden. Olga war von einem Schlaganfall niedergestreckt worden, war lange bettlägerig und konnte niemanden mehr heilen. Meine Ururgroßtante hatte einen Teil ihrer Fähigkeiten an ihre Großnichte Anna weitergegeben. Es heißt, Großmutter Anna habe den bösen Blick gehabt und sei eine Hexe gewesen – angeblich konnte sie Wasser besprechen, damit jemand, der davon trinkt, stirbt, und Menschen Krankheiten schicken. Und außerdem durch Wände sehen und Gedanken lesen. Die Leute glaubten ihr; sie brachten ihre Kinder zu ihr, damit sie einen entzündeten Bauchnabel oder müde Beine besprach. Dafür gaben sie ihr Milch oder Fleisch. Geld nimmt man für solche Sachen nicht.

Einmal hat Großmutter Anna also in Sekunden einen eiternden Furunkel an meiner Wange verschlossen. Und sie hat einen bösen Blick von mir genommen, als ich mit sechs Monaten drei Tage durchweinte und mich niemand beruhigen konnte. Mutter erzählte, eine Krankenschwester habe mich beim Rundgang mit dem bösen Blick belegt – als sie gegangen sei, hätte ich angefangen zu weinen und nicht mehr aufgehört. Ich wollte die Brust nicht, und ich schlief nicht, sondern verwandelte mich in einen schmerzenden, vor Krämpfen blau angelaufenen kleinen Klumpen. Mutter sagte selbst, dass sie mich in der dritten Nacht am liebsten erwürgt hätte, um endlich schlafen zu können. Die ganzen drei Tage war Großmutter Anna im Nachbarzimmer, aber sie kam nicht heraus und sprach nicht mit meiner Mutter, erst am dritten Tag bat Mutter sie um Hilfe. Schweigend betrat sie das Zimmer, nahm mich auf den Arm, und ich hörte sofort auf zu weinen.

Die beiden hassten sich seit ihrer ersten Begegnung in einer Zweizimmerwohnung, einer Chruschtschowka, in die Vater meine schwangere Mutter nach der Hochzeit mitbrachte. Er hatte sie als Neunzehnjährige überredet, mich zu behalten. Ist doch Sünde, es zu töten, sagte er, lass uns heiraten. An meinem dritten Geburtstag zog Großmutter wieder nach Astrachan und Vater überkam die Schwermut.

Nach seinem Tod erzählte mir Großmutter Anna, Vater sei mit einem Zauber an Astrachan gebunden gewesen. Anfang der Siebziger gab es in Ust-Ilimsk eine Baustelle; Großvater Wjatscheslaw, Vaters Vater, fuhr hin, um herauszufinden, ob sich da etwas verdienen lässt. Ein paar Monate später kam er mit dem Vertrag für eine Wohnung in einer Holzbaracke und einem Urlaubsschein zurück. Urlaub hatte er für genau einen Monat bekommen, um seine Familie von Astrachan nach Sibirien zu holen. Also nagelten sie die Fenster ihrer Wohnung von innen zu, drehten das Wasser ab, luden alles, was sie hatten, in einen gelben *Moskwitsch* und fuhren nach Sibirien. Vorher veranstalteten sie noch ein großes Abschiedsessen, und bei dem, so Großmutter, wurde Vater mit einem Zauber an Astrachan gebunden. Am Kopfende der Tafel saßen Großvater und Großmutter Anna. Alle tranken Wodka und Kirschkompott. Da wurde meinem fünfjährigen Vater ein Porzellanschälchen mit Wasser gereicht, und er trank daraus. Das Wasser war besprochen, seitdem vermisste Jura Astrachan wie einen verlorenen Körperteil. Vater liebte die Steppe, sie zog ihn magisch an.

Mutter sah das anders, diese Schnsucht nach Astrachan habe Großmutter Anna Vater eingeredet, weil sie ihren Sohn liebte und es nicht ertrug, eine andere Frau an seiner Seite zu sehen. Mutter verbot mir, Wasser zu trinken, das Großmutter mir gab, oder in ihrem Haus etwas zu essen.

Als Großmutter wieder nach Astrachan zog, überfiel Vater also die Schwermut. Im Winter kam er von der Arbeit oder aus der Garage und legte sich mit dem Gesicht zur Wand. Er sagte, er könne diese mörderische Gegend der Verbannten nicht mehr sehen. Sie erschien ihm düster, die sibirischen Berge engten seinen Steppengeist ein. Eines Tages kehrte er nach Astrachan zurück und hat seitdem keinen Fuß mehr nach Ust-Ilimsk gesetzt. Als ich mit ihm über Sibirien sprach, wurde er still; nach einer längeren Pause sagte er, dass die dreißig Jahre, die er dort verbracht hat, eine echte Verbannung für ihn waren.

12

Und plötzlich sahen wir uns wieder. Am Bahnhof von Wladimir kaufte er mir Shorts, einen Fotoapparat und eine Stange Zigaretten. Wir gingen zur Dmitrowski-Kathedrale und besorgten uns sogar Eintrittstickets, um zu sehen, was drin ist. Aber sie war leer und dunkel. Enttäuscht sagte Vater, da gebe es ja nicht mal was zum Fotografieren. Die Kathedrale wirkte fahl, wie alles im Sommer 2010. Wer sich an den Sommer erinnert, der weiß, wovon ich spreche. Die armen Herzkranken und Asthmatiker, sagte Vater, die überleben diesen Sommer doch nicht.

Wir kauften eine große Wassermelone auf dem Markt; Vater sagte, wir würden sie auf dem Weg nach Rybinsk essen. Die Melone lag in einer orangefarbenen Hemdchen-Tragetasche, und ihre feuchte Schale schimmerte durch das Plastik. Ich fragte, wann wir losfahren. Er wisse es nicht, antwortete Vater. Morgen um fünf Uhr früh sollte Raissa anrufen und ihm die Zieladresse und die Auftragsnummer nennen. Er hatte ihr gesagt, dass er mit seiner Tochter unterwegs ist und ihr seine ganze Route zeigen will, deswegen sollte Raissa ihn von Rybinsk über Moskau nach Tambow schicken, und dann von Tambow direkt nach Wolgograd und Astrachan.

Wir winkten ein Schwarztaxi heran und fuhren zum Autohof. Dort zeigte er mir seinen Laster, ich fragte, wo wir schlafen würden. Na hier, sagte Vater und zog einen Vorhang weg, um mir den Schlafbereich zu zeigen. Du hier unten und ich auf der Liege oben. Warum muss ich nach unten, fragte ich. Weil wir um fünf Uhr morgens losfahren, du purzelst da noch runter beim Geruckel; und von unten fällt man nicht weit. Er zog einen Straßenatlas für Russland aus dem Handschuhfach; die alten glänzenden Seiten waren vom Talg der Hände aufgequollen. Vater schlug die Karte von Zentralrussland auf und zeigte mir unsere bevorstehende Route. Dreitausend Kilometer machen wir sicher, sagte er und führte den Zeigefinger von Rybinsk nördlich bis nach Moskau. In Moskau lade ich noch Ware ein, bei der Gelegenheit kaufen wir gleich dein Flugticket für die Rückreise. Wie lange fahren wir, fragte ich. Keine Ahnung, sagte Vater, alles hängt von Raissa ab. Vielleicht eine Woche, vielleicht zwei, aber bestimmt nicht mehr als drei.

Ich betrachtete Vater. Er hatte sich auf dem Lenkrad abgestützt und starrte geradeaus. Der Autohof war zugestellt mit Lastern, er hatte seinen MAZ so dicht wie möglich am vor ihm stehenden KAMAZ geparkt. Rechts und links von uns standen rote und blaue deutsche Laster, neben ihnen wirkte Vaters Lkw wie eine schäbige Obdachlosenhütte. Ich war peinlich berührt von Vaters Armut und Dürftigkeit. Eine süßliche Scham bedrückte mich, denn in dem alten heruntergekommenen Laster fühlte auch ich mich hässlich und deplatziert. Vater saß schweigend da und betrachtete das schmutzige KAMAZ-Hinterteil. Seine Lider hoben und senkten sich langsam, seine schiefe, mehrfach gebrochene Nase pfiff leise. Wegen des Rauchs fiel einem das Atmen schwer, in der Nase sammelte sich ständig ein grauer Belag, das Sekret trocknete und verwandelte sich in schwarze Krümel. Ich rauch jetzt eine, dann schlafe ich eine Stunde und danach gehen wir Abendessen, sagte Vater. Er kramte in der Brusttasche herum, zog eine zerknitterte Zigarettenschachtel heraus, rauchte bei offenem Fenster und warf den Stummel auf den Asphalt. Dort, hinter den MANs gibt es eine Toilette, sagte er, falls du eine brauchst. Er schob den Vorhang zum Schlafbereich auf, legte sich auf die untere Liege, und sein Atem wurde sofort ruhiger.

Die Willkür und Unvorhersehbarkeit seiner Handlungen erschreckten mich. In zehn Jahren war er ein grimmiger Mann geworden, und ich eine junge Frau. Wir waren Fremde füreinander. Ich hatte damit gerechnet, dass ich zu ihm nach Astrachan kommen würde, aber er sagte, ich sollte Tickets nach Moskau kaufen. In Moskau angekommen, konnte ich ihn zunächst nicht erreichen. Als ich endlich durchkam, sagte er, seine Tour sei gestrichen worden, er stecke schon seit einer Woche in Wladimir fest. Deswegen sollte ich dahin kommen. Ich nahm die letzte Metro zur »Komsomolskaja«. Als ich von der Station auf den Platz der drei Bahnhöfe hochkam, erstaunte mich, wie dreckig und heruntergekommen Moskau war. In der Eingangshalle schliefen einige Obdachlose wie Steine, andere Obdachlose saßen auf ihnen und unterhielten sich lauthals. Unter dem großen dunklen Menschenhaufen sickerten Rinnsale trüber Flüssigkeit hervor. Strenger Uringeruch schoss mir in die Nase.

Der weiße Rauch bedeckte alles, Asphalt, Himmel und Häuser hatten allesamt die gleiche Farbe. Vater rief mich an und sagte, ich könnte noch den Nachtzug kriegen. Wenn ich den nähme, könnte er mich morgen früh vom Bahnhof abholen. Im Schlafwagen schliefen alle ohne Bettwäsche, für die paar Stunden lohnte es sich nicht, welche zu mieten. Ich schaute die ganze Nacht auf die hüpfenden Lichter und entgegenkommenden Züge.

Jetzt schlief Vater, und ich saß auf dem Beifahrersitz seines Lasters. Mir wurde langweilig, also sprang ich aus dem MAZ und lief über den Parkplatz. In unzähligen Kabinen schützten Vorhänge schlafende Fernfahrer vor dem Tageslicht. An der Wächterbude lag ein Mischling, der sich träge erhob, als er mich sah, und in meine Richtung trottete. Ich hielt ihm meine Hand hin. Der Hund schnupperte daran, verstand, dass ich nichts zu fressen für ihn hatte, und kehrte an seinen Platz zurück. Ich nahm die Zigaretten aus meiner Bauchtasche und steckte mir eine an.

Ich dachte über Vater nach. Mutter sagte, ich käme ganz nach ihm, deswegen hatte ich unserem Treffen freudig erregt entgegengesehen. Ihre Worte hatten mich glauben lassen, Vater würde mich verstehen. Ich war überzeugt gewesen, dass bei unserem Treffen irgendetwas in mir drin passieren und ich mich ihm leise öffnen würde wie eine reife Frucht und er sich mir. Aber Vater schlief in seinem Laster. Eine schwarze Fliege krabbelte auf seinem Unterarm, und er verscheuchte sie reflexartig.

Ich stand auf einem Parkplatz, der von Zigarettenstummeln und Plastikbechern übersät war. Ringsum war alles in undurchdringlichen Qualm gehüllt. Der Zigarettenrauch kratzte im Hals, Müdigkeit drückte auf meine Lider. Ich rauchte auf und kletterte zurück in die Kabine. Vater schlief immer noch. Ich holte ein klumpiges Kissen in einem speckigen Bezug von der oberen Liege herunter, legte es auf eine Lebensmittelkiste und schlief im Sitzen ein.

Am Abend aßen wir in einem Bistro bei der Einfahrt zum Autohof. Vater bestellte Bosbasch und sagte, wenn ein Lokal von Aserbaidschanern geführt werde, müsse man Bosbasch bestellen. In einer hellblauen Schale lag eine Kartoffel, eine halbe Möhre, eine Zwiebel und ein großes Stück Rindfleisch mit Knochen. Ist das alles?, fragte ich. Ja, sagte Vater, auf die Brühe kommt es an. Die Brühe war rot und dickflüssig vom Fett, oben schwammen grüne Dillzweige. Vater aß geräuschvoll, schnaufend und krächzend, er pustete auf die Kartoffel und schlug mit dem Löffel gegen den Schalenboden, als er die Brühe auslöffelte. Schweiß trat auf seine braune Stirn mit den drei tiefen waagerechten Falten. Vater aß aufmerksam, mit ernstlichem Genuss, so wie es sich gehört, wenn man Fleischsuppe isst. Als er aufgegessen hatte, rührte er mit einem Plastikstäbchen in seinem Glas, der Kaffee war noch warm, deswegen wartete er mit dem Trinken.

Er steckte sich eine Zigarette an und sah zu mir. Er betrachtete mich lange, ließ den Blick langsam vom Haaransatz zum Kinn gleiten. Du siehst deiner Mutter ähnlich, sagte er. Und dir, erwiderte ich. Ich fühlte mich unwohl bei diesem unverwandten Blick. Ich wusste nicht, wie ich reagieren sollte, deswegen lachte ich nervös auf. Und was machst du?, fragte Vater. Ich erzählte, dass ich in einem Café arbeite, morgens mache ich Kaffee für Büroangestellte und Studenten. Ich zeigte auf seinen Plastikbecher. Aber nicht so einen, wie du ihn da hast, sondern anderen, mit einer besonderen Kaffeemaschine. Ich weiß, sagte Vater, ich hab solche Dinger ein paarmal in Hotels gesehen. Ehrlich gesagt, sehe ich keinen Unterschied, fuhr er fort. Es gibt einen großen Unterschied, sagte ich. Aber ich wollte nicht über Kaffee reden, also sprach ich nicht weiter. Außerdem schreibe ich Gedichte. Gedichte? Vater neigte den Kopf und stülpte die Lippen nach vorn. Du bist also Dichter? So etwas in der Art. Du kannst also über mich schreiben? Und über meinen Kumpel und unsere Fahrt? Theoretisch schon, antwortete ich. Vater berührte den Plastikbecher, er war immer noch warm. Er legte die Hände auf den Tisch, in der Rechten qualmte die Zigarette. Es ist ja nicht leicht, Dichter zu sein, sagte er und schaute mich skeptisch an. Dafür braucht man besonderes Talent, man muss ein Sänger sein. Er hielt den Kopf schräg und sah mich von unten an. Was denkst du, hast du besonderes Talent? Ich fühlte mich unwohl, weil er auf so banale Weise über Dichtung sprach. Er sprach mit mir über Dichtung, als wäre sie etwas vollkommen Gewöhnliches. Ich weiß nicht, wie ich deine Frage beantworten soll, sagte ich, Talent ist ein sehr komplexer Begriff. Nein, sagte Vater, ich denke, es ist ganz einfach. Talent hat man, oder eben nicht. Nimm Maxim Gorki, der war ein großer Schriftsteller, ein Sänger der Barfüßler, Obdachlosen und Armen. Wenn du Schriftsteller und Dichter sein willst, dann musst du so wie er sein, mindestens. Es ist ganz einfach, du bist die Tochter eines Barfüßlers und Fernfahrers, also musst du über uns schreiben.

Seine laute Stimme und sehr nachdrückliche Redeweise zogen die Aufmerksamkeit der Leute an den Nachbartischen auf uns. Trucker und Mitarbeiter des Bistros beobachteten uns. Hast du welche von deinen Gedichten mit?, fragte Vater. Komm, zeigt mal, was du hast. Ich fühlte mich unwohl, aber ich nahm einen Schluck Kaffee und sagte, ich habe ein Video von einer Lesung. Zeig mal, forderte er mich auf. Ich stand auf und rückte meinen roten Plastikstuhl näher zu ihm, setzte mich und zog mein farbiges Nokia mit Kamera aus der Tasche. In einem der Ordner fand ich die Aufnahme einer Lesung und spielte sie ab. Vater hörte zu, den Kopf mit dem gesunden Ohr über das Telefon geneigt. Der Schweiß vom Essen war verschwunden, er hörte aufmerksam zu, blinzelte langsam, sein Mund war leicht geöffnet. Als das Video zu Ende war, sah er mich listig an, wobei er ein Auge zukniff. Das ist doch keine Dichtung?, fragte er. Doch, das ist zeitgenössische Lyrik, erwiderte ich. Na gut, wenn du das sagst, dann soll es eben Dichtung sein. Er trank von seinem Kaffee und sah mich fragend an. Kennst du den Witz über den tschuktschischen Dichter? Nein, tu ich nicht. Fragt einer einen Tschuktschen, he, Tschuktsche, was ist das Geheimnis deiner Gesänge? Und der Tschuktsche sagt: Was ich seh, das sing ich. Genauso ist es bei dir. Was du siehst, das singst du. Ich steckte mein Telefon weg und fragte ihn, was man denn sonst besingen sollte, wenn nicht das, was man sieht. Zufrieden mit meiner Antwort lachte Vater satt.

Wir standen vom Tisch unter den Schirmen auf, und Vater blickte in den Himmel. Schade, sagte er, der Rauch verdeckt alles, sonst könnte man die Sterne sehen. Auch ich schaute nach oben, der Rauch flirrte, durch ihn war es hell. Vater holte einen Wasserkanister aus dem Laster, und wir wuschen uns das Gesicht und putzten uns die Zähne. In der Kabine schaltete er eine gelbe Glühbirne an der Decke ein und las Zeitung. Fliegen surrten unter der Decke und setzten sich immer wieder auf seinen rasierten Kopf oder seine Unterarme, er wedelte sie mit einer routinierten Handbewegung weg. Ich spielte *Snake* auf meinem Handy. Gegen neun rief Raissa an, und Vater sagte, dass wir jetzt schlafen müssen. Morgen um fünf wird beladen, und bis dahin sind noch fünfzig Kilometer Fahrt. Ich kroch in den Schlafsack. Es war zu warm und zu eng, um die Beine auszustrecken. Vater kletterte auf die obere Liege und schlief augenblicklich ein. Links neben mir, ganz nah, sprang ein Motor an, Abgasgeruch zog durch das offene Fenster, und ein roter MAN setzte vorsichtig zurück. Er gab mir die Sicht frei, jetzt schaute ich auf die beleuchteten Schirme des Bistros. Sie leuchteten bis in den Morgen. Laster fuhren auf dem Autohof ein und aus, ihr Lärm störte meinen ohnehin sehr leichten Schlaf, außerdem bekam ich wegen des schwülen Rauchs kaum Luft.

Vater wachte in der Nacht nur einmal auf, tastete nach der Brusttasche seines Hemdes, das am Kopfende hing, und steckte sich im Liegen eine Zigarette an.

13

Der Morgen erinnerte an eine triste Abenddämmerung, denn überall war Rauch. Vater sagte, das mit dem Rauch hört auf, sobald wir in die Steppe kommen, dort gibt es nichts, das brennen kann, deswegen auch keinen Rauch, sagte Vater.

Ich wachte vom Geruckel und einem langgedehnten Hupen auf. Die ganze schwüle, raucherfüllte Nacht über war mein Schlaf qualvoll und immer nur kurz gewesen. Kaum nickte ich ein, rissen mich Motorengeräusche aus dem Schlaf. Schließlich weckte mich noch vor Sonnenaufgang Hundegebell. Ich kroch aus meinem Schlafsack und schaute aus dem Fenster: Die Meute hatte sich am Rand des Parkplatzes versammelt und kläffte einen wegfahrenden koreanischen Lkw an, auf dessen Ladefläche zehn Schafe standen. Die Schafe rochen und blökten, die ungewohnten Gerüche und Geräusche hatten die Straßenhunde in Aufregung versetzt. Eine lästige benzinfarbene Fliege setzte sich auf meinen Knöchel, wobei jedes einzelne Beinchen ekelerregend an meiner Haut haftete. In der Hitze klebte der ganze Körper, ich deckte mich ständig mit einem Laken zu und warf es wieder von mir.

Vater wachte gegen fünf Uhr auf, rauchte zwei Zigaretten und putzte sich die Zähne. Dann holte er den Campingkocher, machte Wasser heiß und bereitete sich mit einem Sieb aus Edelstahl in einer großen Tasse starken Tee zu. Hätte seine Tasse keinen Griff gehabt, hätte ich gedacht, dass er aus einer Suppenschüssel Tee trinkt. Innen hatte die Tasse hartnäckige graue und braune Schlieren von dem Wasser und den Gerbstoffen des Tees. Er füllte sie randvoll und wartete, bis der Tee abkühlte, dann trank er ihn mit zugekniffenen Augen, krächzend und schnalzend vor Vergnügen. Sofort traten ihm kleine Schweißperlen auf die Stirn und ließen die kurzen Haare am Ansatz verkleben.

Vater trank seinen Tee aus und verstaute alles wieder in dem Lebensmittelkasten zwischen Fahrer- und Beifahrersitz. Bevor er den Motor anließ, holte er noch sein abgenutztes Samsung aus der Brusttasche, checkte den Posteingang und schickte Raissa eine SMS. In derselben Tasche fand sich auch ein Zahnstocher, und Vater machte sich daran, die Spitze zu zerkauen: Die Zähne freuten sich auf etwas Festes und Elastisches zu beißen, am Zahnfleisch kitzelte es angenehm. Danach nahm er den weichgekauten Zahnstocher aus dem Mund, steckte ihn in die Nase, kitzelte sich, nieste genüsslich und wischte sich das Gesicht mit einem Reisehandtuch ab. Erst dann ließ er den Motor an und parkte aus. An der Ausfahrt winkte er noch einem alten Kellner zu, der rauchend auf einem roten Plastikstuhl unter einem Schirm saß, und hupte zum Abschied und

Dank an die Eigentümer und anderen Trucker dafür, dass er hier eine Woche hatte stehen und übernachten dürfen.

Vater fuhr den Lkw in eine große Lagerhalle. Nachdem er Arbeitshandschuhe und eine Ersatzhose angezogen hatte, schlug er die Plane zurück, klappte die Bordwand herunter und sie fingen mit dem Beladen an. Ich sollte im Wagen bleiben, ich konnte fühlen, wie der Anhänger hinter mir unter dem Gewicht der Rohre immer weiter absackte. Ich hörte den Lärm, der von den Wänden der Lagerhalle widerhallte. Es lärmten die Maschinen, es schepperte und krachte das Metall. Männerstimmen tönten durch den Lärm, ich verstand die Worte nicht, aber an der Intonation war zu erkennen: beladen wurde falsch und viel zu wenig, man legte die Rohre schlecht und lückenhaft, das hieß, es würde zu wenig reinpassen und unterwegs vom Ruckeln was kaputtgehen. Ich rauchte und stopfte die Zigarettenkippen in die Schachtel. Der Lärm des Lagers schluckte alles. Es war unmöglich, zu lesen oder an etwas zu denken, das nichts mit diesem Ort zu tun hatte. Hier konnte man sein, sonst nichts. Ich betrachtete die Stapel mit den Rohren und Betonplatten zehn Meter vor mir, dann wanderte mein Blick zur Einfahrt: Im Hof standen genau die gleichen Rohre und Platten. Hier war alles gleich, hart und staubig.

Mir war langweilig.

Das Beladen dauerte drei Stunden.

Wir fuhren durch weißen Rauch, und je näher wir Moskau kamen, desto dichter wurde er. Ich kannte Waldbrände aus Sibirien, aber dort hatte man beim Städtebau die Windrichtungen bedacht, deswegen kam der Rauch nicht in die Stadt, auch nicht der Rauch, der aus den Schornsteinen der Industrieanlagen wallte. Manchmal roch es ein paar Tage lang nach Zellulose. Aber das ist gar kein Vergleich.

Die Straßen in Zentralrussland sind von üppigem Grün umgeben, aber das weißt du auch ohne mich. Der weiche schwarze Stoffballen entrollt sich zwischen Lärchenwäldern und Feldern. Und jede Stunde muckelt sich mal auf der einen mal auf der anderen Straßenseite ein heruntergekommenes Dorf. Am Straßenrand stehen Bänke mit Milch, Eingelegtem, Fisch und saisonalem Gemüse. Alte Frauen verkaufen, was sie haben.

Das Wort »muckeln« kenne ich auch noch aus Sibirien. Vater fuhr auf Geschäftsreise nach Irkutsk und nahm mich bei der Gelegenheit gleich in die Ferien mit. In Muckeln halten wir zum Mittagessen, sagte er. Das Dorf heißt so, weil es sich an die Straße schmiegt, erklärte er. Ich aß gern in Bistros an der Straße. Sie waren mir eine willkommene Abwechslung bei der langen Reise. Wie du weißt, ist eine Reise keine einfache Zeit. Man muss sie ertragen und annehmen können. Denn die Reise duldet keine Unruhe und Eile. Die Reise mag es, wenn man sie in sich aufnimmt, ohne Gedanken an den Herkunftsort und ohne Erwartungen an das Ziel. Die Reise mag sich selbst, und sie verwandelt dich in sich.

Wenn Muckeln so heißt, weil es sich an die Straße muckelt, warum heißen die anderen Dörfer nicht so, fragte ich mich, als ich die blauen Ortsschilder von *Pokosnoje* oder *Sima* vorüberziehen sah. Zwischen sibirischen Dörfern liegen große Abschnitte von dunkler Taiga. Aber hier kam ein Dorf nach dem anderen. In Sibirien kannte ich jedes Straßenschild, hier waren es so viele, dass sie nicht in mich reinpassten. Zuerst versuchte ich, jedes einzelne zu lesen und mir einzuprägen. Aber mein Gedächtnis sträubte sich. Dann eben nicht, entschied ich. Sollen doch die Dörfer, Flüsse und Haltestellen einfach an mir vorüberziehen, und ich schaue zu. Man kann sich ja auch nicht jede Schneeflocke merken, die an einem vorübersegelt. Man merkt sich den Schnee. Ich wollte mir diese Reise merken wie Schnee. Also hörte ich auf, Schilder zu lesen, legte die Füße aufs Armaturenbrett und ließ den Blick schweifen. Dabei zog ich eine Zigarette nach der anderen aus der Schachtel. Der mit Rohren vollgeladene MAZ bewegte sich schwerfällig und geräuschvoll vorwärts.

Vater sagte, wir fahren nach Rybinsk, und legte eine Kassette der Hits von Michail Krug ein. Die Zeit verlor ihre Bedeutung, sie wurde wie ein Song, den man beliebig oft zurückspulen und noch mal hören kann. Das war auch Vaters Auffassung von Zeit; die Zeit im eigentlichen Sinn war ihm vollkommen egal.

Die typische Restaurantgeige von Michail Krug hatte schon damals, vor über zehn Jahren, im Neunundneunziger Lada gespielt und spielte auch jetzt. Die Welt verwandelte sich durch die Musik: Die Welt blieb stehen, und sie wurde klar. Krug begann zu singen, und Vater knurrte vor Begeisterung und machte einen Hüpfer auf dem Sitz, wobei er sich mit den Händen am Lenkrad festhielt. Ach, rief er aus, Hauptsache ich habe guten Sprit und bin beladen. Hauptsache, ich fahre. Deswegen fahren wir, erwiderte ich, irritiert durch seinen Freudenausbruch. Wir fahren!, rief er noch lauter und drückte mit aller Kraft auf die Hupe. Der MAZ dröhnte, und Vater schüttelte sich vor Lachen.

Wir hielten an einem Zeitungskiosk, Vater kaufte einen Stapel Zeitungen und fragte, als er wieder in die Kabine kletterte, ob ich Hunger hätte. Ja, erwiderte ich. Hier hast du erst mal ein Eis, sagte er, und holte aus einer Hemdchen-Tragetasche einen leicht zerdrückten Becher in einer Plastikverpackung. Bald kommen ein paar Dörfer, da kaufen wir Brot und Gurken, Abendessen machen wir dann in Rybinsk, da gibt es eine Abfahrt zum Stausee, dort parken wir den Kumpel und bleiben zwei, drei Tage. Vielleicht gesellen sich ein paar Leute zu uns.

Ich aß das Eis, er hielt mit einer Hand das Lenkrad und in der anderen das Telefon, mit dem er unentwegt jemanden anrief. Jedes Mal brüllte er seinen Plan in den Hörer: Wir kommen aus Wladimir, fahren über die Jaroslawer und sind am Abend in Rybinsk, dort entladen wir und stellen uns an den Stausee.

Alles war seinem Plan unterworfen, ich hatte nichts zu sagen und kein Recht mitzuentscheiden. Ich fragte, wo wir in Rybinsk übernachten, er sagte, wir schlafen am Strand, da kostet das Parken nichts, und es gibt Wasser, wir können die Kanister auffüllen und uns waschen. Ich hatte mich seit drei Tagen nicht gewaschen – von der Fahrt, der Hitze, dem Rauch war ich träge und schlecht gelaunt. Ich verstand nicht, warum wir uns im Stausee waschen sollen, aber ich wollte nicht darauf beharren, dass er seine Pläne ändert. Ich kannte die Gegend nicht und hatte nicht die geringste Vorstellung, wohin wir fuhren.

Mich verblüffte, mit welcher Leichtigkeit Vater mit unserem Wiedersehen umging. Er sprach mit mir, als wäre ich sein Laufbursche oder irgendein Fremder, der aus unerklärlichen Gründen von ihm abhängig war. Von Anfang an fühlte ich mich unwohl, weil er alles bezahlte, was ich brauchte. Ich hatte einen Briefumschlag mit meinem Urlaubsgeld dabei und mich darauf eingestellt, es auszugeben. Aber Vater verbot mir, mein Portemonnaie herauszuholen.

An der Einfahrt in ein Dorf hielt er neben einem Stand mit Milch und Beeren an. Wir stiegen beide aus und kauften Salzgurken, die ein alter Verkäufer in eine Plastiktüte tat, ein paar Piroschki und ein Glas frische Beeren. Die in der Sonne aufgeheizten Gurken gaben ihre Wärme an das Plastik ab und ließen die Tüte beschlagen. Wir aßen die Gurken gleich während der Fahrt, sie waren süß durch ihre Jugend und salzig durch die Lake. Da kaufe ich immer meine Gurken, sagte Vater, die sind sehr gut, schön knackig. Die bitteren Schwänzchen warfen wir hinaus auf den Straßenrand. Mit einem davon zielte Vater spaßeshalber einem Bullen zwischen die Hörner, der ruhig unter einer Silberweide lag. Er traf nicht und seufzte enttäuscht. Der Bulle lag da und beachtete die Hektik der Straße nicht.

Wir entluden am Stadtrand von Rybinsk und fuhren über den Staudamm, wo Vater mir die Schleusen zeigte. Auch hier hing Rauch in der Luft – er war rosa vom Sonnenuntergang, die Welt schien abgenutzt und staubig. Vater parkte den Lkw am Wasser. Hier werden wir wohnen, sagte er. Ich sprang aus der Kabine und sah mich um. Der Strand war leer, keine Bäume, nur etwas Gras, das sich durch den Lehm kämpfte. Es war windstill, das ruhige Wasser spiegelte den rosa Himmel. Große Steine waren von hellen glitschigen Algen überwuchert. Ich ging knöcheltief ins Wasser und fragte Vater, wie das Ufer sei, er erwiderte, ich solle mir keine Sorgen machen, es sei flach.

Zuerst waschen wir uns, sagte Vater. Er holte eine Flasche *Fairy* und eine Plastiktüte mit einem weißen Seifenstück. Es war trocken und in der Mitte aufgeplatzt wie ein fauler Zahn. In der Seifentüte lagen noch ein kleiner Spiegel, Rasierschaum und eine Einwegklinge. Einmal geht es noch, urteilte Vater sachkundig mit Blick auf die Rasierklinge. Unter der Matratze zog er zwei frische Handtücher hervor, und nach einer längeren Suche in weiteren Plastiktüten auch noch eine Unterhose und ein T-Shirt.

Ich holte mein Shampoo und einen Waschlappen, zog mir hinter dem Lkw einen Badeanzug an, und wir gingen ins Wasser. Ich zeig dir mal, wie man sich als Trucker wäscht, sagte Vater. Zuerst seift man sich mit *Fairy* ein, das wäscht schön den Diesel und den ganzen Dreck runter. Vater kippte sich das Geschirrspülmittel auf die Hand, schöpfte etwas Wasser und seifte Arme, Bauch, Rücken und Nacken ein. Wir hatten eine Schöpfkelle aus einer abgeschnittenen Anderthalbliter-Plastikflasche, damit half ich ihm, den vom Diesel und Staub dunklen Schaum herunterzuspülen. Vater besah seine Hände, entdeckte noch Dreck, der sich hineingefressen hatte, und fing wieder von vorn an. Und jetzt, um den Geruch zu übertönen – Seife, sagte er. Er machte mir vor, wie man sich einseift, und ich half ihm wieder beim Abspülen des Schaums. Dann holte er sein Rasierzeug heraus und rasierte sich schnell. Ich machte ein paar Schritte zur Seite, um mich mit sauberem Wasser abzuspülen, wusch mir die Haare und den Nacken und rasierte mich unter den Armen.

Wir gingen aus dem Wasser und setzten uns auf eine ausgebreitete Decke. Das Bier, das wir vor ein paar Stunden gekauft hatten, war noch kalt. Wir tranken jeder eine Flasche und aßen kleine getrocknete Woblas dazu. Vater holte aus seiner die Schwimmblase heraus, schüttelte den Rogen ab und grillte sie mit dem Feuerzeug. Meine Schwimmblase war voller Fischmilch, deswegen musste ich sie wegwerfen. Nach dem Bier streckten wir uns aus und schauten lange aufs Wasser. Der Abend war rosa, dann blich er aus, und alles wurde unscheinbar. Das leise Ufer wurde stumm, eine der seltenen Möwen schrie kurz auf, als sie übers Wasser flog. Stille, sagte Vater, gut. Lass uns ein Lagerfeuer machen. Ich sammelte etwas Treibholz, während Vater seine Zeitungen vom Vortag aus Wladimir holte. Das Feuer verbreitete warmes Licht. Wir holten noch ein mariniertes Hähnchen aus dem Lkw und grillten es auf einem Gitter. Vater leerte eine Flasche Wodka und fing an zu weinen. Ich ertrug seine Tränen, ich schämte mich für ihn – vor mir selbst und vor dem schwarzen Strand.

Als er sich ausgeweint hatte, kletterte er in die Kabine und legte eine Kassette mit Ganovensongs ein. Er drehte die Lautstärke voll auf und setzte sich mit dem gesunden Ohr zur Box. Ich wusste nicht, was ich tun sollte. Die Dunkelheit hatte sich den Tag genommen und jetzt auch noch die Stille. Ich saß im Schlafbereich und betrachtete Vater: Er war in einer Art berauschtem, zornigem Halbschlaf, er saß auf dem Fahrersitz, unter der gelben Deckenlampe kreisten die Fliegen, und aus dem Lautsprecher dröhnte – bei den tiefen Tönen knarrend, bei den hohen kreischend – Musik von *Lessopowal*. Ich beobachtete ihn – ich wartete darauf, dass er richtig einschlief, um den Kassettenrecorder auszumachen und mich auch schlafen zu legen. Aber Vater schlief nicht ein, sobald ich nur den Arm nach dem Armaturenbrett ausstreckte, schlug er die Augen auf und schrie, dass ich es ja nicht wagen soll, die Musik auszumachen. Ich sah in sein Gesicht, es war leer. Vaters Kopf hatte sich in einen Ort verwandelt, der alles verschlang, aber nichts reflektierte. Was sah er dort, in seinem Inneren? Er hörte die Musik, knurrte zu seinen Lieblingsakkorden und freute sich wie ein armseliger Köter. In ihm braute sich seine Vergangenheit zusammen, sie stürmte, blitzte, blendete ihn von innen. Er konnte sich den Vorgängen nicht widersetzen, die sich in seinem enthemmten Hirn vollzogen, das verbraucht war von Heroin, Wodka, harter Arbeit und der Eintönigkeit der Straße. Er konnte sich der Vorahnung und den finsteren Gedanken nicht widersetzen, die der Wodka aufgewühlt hatte. Jetzt blickte er fasziniert auf sein Leben und war gleichzeitig verbittert über dessen Hoffnungslosigkeit.

Als ich einsehen musste, dass alle meine Versuche zum Scheitern verurteilt waren, sprang ich aus dem Wagen und lief den Strand entlang, um einen ruhigen Platz zum Schlafen zu finden. Aber das glatte gräuliche Wasser übertrug und reflektierte den Lärm des MAZ, es gab kein Entkommen vor den dreisten und sentimentalen Songs. Außerdem machte ich mir um Vater Sorgen. Jeder konnte einfach so in die Kabine klettern und ihm etwas antun. Ich ging zum Laster zurück und wartete darauf, dass seine wütende Party endete. Das Bier war warm geworden, ich nippte daran und rauchte meine Winston. Die Zeit verging, vom Wasser her zog Nachtwind auf, das Atmen fiel jetzt leichter. Der Wassersaum erzitterte, aber ich hörte kein Plätschern, die Musik aus dem Laster war das einzige Geräusch an diesem Ort, und das Geräusch war unheimlich durch die Ausweglosigkeit, die es vermittelte.

Ich konnte nicht denken, aber es gab auch nichts zum Nachdenken. Ich fühlte bittere Enttäuschung und Kränkung, außerdem hatte ich schlichtweg Angst, denn hier am Strand war niemand. Es gab nicht einmal Bäume. Der Laster stand auf einer Anhöhe, er war vom Wasser und auch von der Umgehungsstraße aus zu sehen. Vater und ich waren hier in Gefahr, aber er empfand das nicht so, auf der Straße oder im Freien zu sein war für ihn ganz natürlich. Ihm machte hier nichts Angst, er war in der Steppe aufgewachsen.

Gegen drei Uhr dämmerte es, und ich stand auf, um nach Vater zu sehen. Er lag auf dem Lebensmittelkasten, die Arme von sich gestreckt, und schlief fest. Ich ging um den Laster herum und streckte mich von der Beifahrerseite zum Kassettenrecorder. Die Stille fühlte sich leer an, ich wusch mir Hände und Gesicht und kletterte in den Schlafbereich. Ich konnte nicht einschlafen, Vater schnarchte laut und jaulte im Schlaf. Die aufgehende Sonne erwärmte den Rauch, der über Nacht abgekühlt war. Hier, in diesem engen Laster, fühlte ich mich deplatziert. Diese Welt kannte mich nicht und lehnte mich ab. Vater kannte mich nicht und wusste mit meiner Existenz ganz offenbar nichts anzufangen. Ich war eine Reisegefährtin, ein bequemer Umstand. Denn mit mir konnte er sich betrinken, ohne sich darum zu sorgen, dass jemand seinen Laster klaut. Ich lag da und dachte, dass hier, in Vaters Umfeld, für mich alles wortlos und stumm war. Es war eine einförmige, harte und heimatlose Welt; sie ließ sich nicht mit Sinn füllen. Die einzige Möglichkeit, die mir einfiel, um sie zu beschreiben, war, sie zu verklären. Aber in dieser Welt waren so viel Schmerz und Niederlagen, dass ich bei ihrer Verklärung umso tiefer in finstere Gedanken versank. Hier war kein Funke Freude – nur Erschopfung, Armut, Hoffnungslosigkeit. Und darin auch keine Freiheit, sondern bloß die Notwendigkeit permanenter Arbeit und der heftige, zerstörerische Suff.

Ich sah Vater noch einmal an. Sein Gesicht war durchfurcht von tiefen Falten, dabei war er keine fünfundvierzig. In seinen Mundwinkeln hatte sich zäher weißer Speichel festgesetzt. Die eingefallenen Augen mit den kurzen Wimpern wirkten winzig. An seiner Nase erkannte ich eine Narbe wieder, die ich als Kind angefasst hatte. Vater hatte sich in der Jugend bei einem Kopfsprung vom Steg an einer Metallstange verletzt. Jetzt fiel die Narbe kaum noch auf neben den vielen anderen Veränderungen in seinem Gesicht, das an die Rinde eines alten Baums erinnerte. Ich berührte seine Nase und Stirn, berührte seine Wange, verscheuchte eine Fliege von seiner Brust. Er schlief und wusste nicht, dass ich ihn ansehe und sein Gesicht berühre. Dieser Mensch ist mein Vater, dachte ich, doch neben ihm fühlte ich deutlich mein Waisentum. Wir lagen im Rauch der Waldbrände am Stausee von Rybinsk in einem alten Laster und atmeten die gleiche Luft. Ringsum war Leere und nirgendwo ein Platz für mich.

14

Jetzt ist der richtige Zeitpunkt, um von Ilona zu erzählen. Sie wusste, wie Vater sein konnte, wenn er sich betrank. Er betrank sich und verlangte nach Musik, dann setzte er sich auf einen Hocker an den Küchentisch und motzte herum. Er sprach in einem Kauderwelsch mit sich selbst, spuckte große Töne und pflichtete sich bei. Ilona ließ ihn in der Küche sitzen und ging schlafen. Am Morgen fand sie ihn auf einer Tagesdecke neben dem Tisch, die sie ihm vorsorglich am Abend hingelegt hatte. Und auf Vaters Bauch schlief unweigerlich die dürre Katze, sie war die Einzige, die sich sein Gemotze anhörte.

Ilona lebte aus ruhigem Kalkül mit Vater zusammen, wie erwachsene Frauen eben mit Männern zusammenleben. Er machte wenig Umstände und brachte viel Nutzen. Drei von vier Wochen im Monat war er auf Tour. Ihre Aufgabe war es, ihn zu empfangen, wenn er zurückkommt: seine Wäsche zu waschen, ihm etwas zu essen zu machen, die Nägel an Händen und Füßen zu schneiden und mit dem Haartrimmer die grau werdenden, weichen Haare wegzurasieren. Sex hatten sie auch, obwohl ich mir die bloße Möglichkeit dessen schwer vorstellen kann. Wenn ich Vater, vor dem Fernseher liegend, und Ilona bei der Hausarbeit betrachtete, dachte ich, dass Menschen, wenn sie auf die fünfzig zugehen, ihren Körper wahrscheinlich so gut kennen und es so gewohnt sind, darin zu leben, dass sie problemlos aus reiner Notwendigkeit heraus Sex haben können.

So kam es auch zu ihrer Beziehung – ein Mann soll nicht allein leben, eine Frau auch nicht. Vaters Garagenkumpels waren alle verheiratet und hatten Kinder. Es waren ja auch alles Fernfahrer, und die haben bekanntlich in jeder Stadt eine Frau. Keine Ahnung, ob das auch für Vaters Kreise gilt, es wurde jedenfalls gemunkelt, Onkel Pascha hätte noch eine Frau in Tambow. Und auch Vater lebte eine Zeit lang in zwei Haushalten, er pendelte zwischen Astrachan und Wolschski, zwischen Ilona und meiner Mutter. Ilona kam schnell dahinter, weil er satt und sauber heimkehrte, im Bett nichts wollte als schlafen, ihr weniger Geld gab und seine Touren und die Ruhezeiten auf den Autohöfen länger wurden. Eines Tages packte sie alles, was er hatte, in einen Sack – viel war es nicht, drei Hemden für besondere Anlässe und ein paar alte Boxershorts – und warf den Sack in seinen Laster, als er zum Beladen losfuhr. So trennten sich die beiden. Aus alter Gewohnheit nahm Vater aus dem gemeinsamen Leben nichts mit. Er fand nicht, dass Fernseher oder Betten irgendeinen Wert hatten, außerdem wusste er, dass er jederzeit Geld verdienen könnte, um sich neue zu kaufen.

Wie es kam, dass Ilona und er ein Paar wurden? Bei einem Gelage mit seinen Truckerkumpels und deren Frauen hatte jemand gefragt, warum Vater allein sei. Vater erwiderte, er sei nicht allein, selbstständig sei er. Alle lachten und sagten, Ilona sei auch allein. Ilona stand mit dem Rücken zu ihm und wusch am Waschbecken Radieschen. Dann tu dich doch mit Ilona zusammen, schlug jemand im Scherz vor. Ilona drehte sich um und fragte Vater, ob er dazu bereit wäre. Wäre er, erwiderte Vater. Was für ein merkwürdiges Leben, dachte ich, in dem man einfach so beschließen konnte, mit einem wildfremden Menschen zusammen zu sein. Damit sich jemand um dich kümmert und deine Bedürfnisse befriedigt. Die beiden lebten fünf Jahre zusammen.

Ich beobachtete sie und konnte anfangs nicht begreifen, worin der Grund für Ilonas Zuneigung zu ihm lag. Genauso wenig wie ich den Grund für Vaters Arroganz ihr gegenüber verstand. Chlebnikow war stolz darauf, dass in Astrachan die Völker Asiens und des Kaukasus auf Slawen von der Wolga treffen. Aber in Wirklichkeit herrscht an diesem Ort krassester Alltagsrassismus. Kasachen werden verächtlich Schlitzaugen genannt. Ilona war eine Kasachin, und wenn sie Streit hatten, nannte Vater sie Schlitzi. Es verletzte sie. Ich sah in ihren Augen eine unlautere Liebe und begriff nicht, wie das zwischen ihnen funktioniert. Sie liebte Vater mit der Liebe einer Gefangenen. Von seinem Truckergehalt finanzierte sie den Lebensunterhalt ihrer Enkelin und richtete das Haus ihrer Mutter ein. Selbst verdiente sie fast gar nichts, gelegentlich arbeitete sie schwarz oder beteiligte sich an den dubiosen Geschäften ihres Sohnes.

Ihr Sohn Artjom nahm einen Kredit auf und eröffnete ein Unterwäschegeschäft. Es lief gut, doch mit dem Erfolg kam ein Gefühl von Macht, er bestand darauf, dass seine Frau ihren Job aufgibt und Hausfrau wird. Dann kam der erste Misserfolg, und er fing an, seine Frau zu schlagen. Sie gab dem Druck seiner Familie nicht nach und brachte ihn hinter Gitter. Als er wieder auf freiem Fuß war, trug er eine kleine samtene Tjubetejka, war muskelbepackt und fest entschlossen, zu Fuß von Astrachan nach Mekka zu pilgern. Alle vier Stunden tauchte er bei Vater und Ilona zu Hause auf, um zu beten und zu essen. Nach dem Gebet setzte er sich zu mir in den Garten, wo ich Benthams Skizze des Panoptikums studierte, und wir redeten lange über Religion und das Gefängnisleben. Ich hörte mir seine Geschichten an, wie Häftlinge sogenannte Straßen, Kommunikationswege zwischen den Zellen, errichten. In meiner Kindheit gab es viele Dinge, die im Gefängnis hergestellt worden waren: ein Kartendeck, das meisterhaft von Hand gemalt war, einen Aschenbecher aus Brot in Form von einer Blüte, die entfernt an eine Rose erinnerte, und sogar eine Ikone der Muttergottes mit dem Jesuskind auf dem Arm. Mich wunderte es, wie man so viele Dinge aus Brot herstellen konnte, und ich fragte Vater, wie diese Künstler im Gefängnis es geschafft hatten, dass der Aschenbecher steinhart und die Karten aus wenigen Schichten Papier so robust waren. Vater sagte, die Häftlinge hätten das Brot sehr lange gekaut. Im Gefängnis hätten sie viel Zeit. Nach diesem Gespräch aß ich mein Brot beim Mittagessen nicht, sondern nahm es mit auf mein Zimmer und zerkaute es gründlich. Das Brot wurde tatsächlich wie Ton, aber für Feinarbeit musste es noch elastischer werden, also legte ich das Stück wieder in den Mund und kaute weiter. Das säuerliche Brotstück wurde durch den Speichel weich, und aus Gewohnheit schluckte ich es herunter. Plötzlich begriff ich, dass es nicht mehr da war. Wie schaffen es die Gefängniskünstler, ihr Brot nicht zu schlucken? Im Gefängnis gibt es doch wenig Brot und Essen. Was für eine Willenskraft muss ein Mensch haben, dass er sein Brot trotz Hunger nicht herunterschluckt, sondern etwas daraus macht? Wie ich schon sagte, erzählte mir Artjom von »Straßen« – Seilen, die die Häftlinge zwischen den Stockwerken und Zellen spannen, um damit Briefe, Geld, Zigaretten und Drogen zu befördern. Ich hörte zu und staunte, wie einfallsreich die Menschen sind. Sie können ohne persönliche Gegenstände im Nichts, das durch Betonmauern begrenzt ist, leben und dennoch Mittel und Wege finden, miteinander zu kommunizieren; sie schaffen es, die Dinge so umzugestalten, dass sie ihren Ideen und Absichten dienen. Menschen finden immer einen Weg zu überleben. Artjom mochte unsere Gespräche, es gefiel ihm, mich zu beeindrucken. Aber wenn Vater von den Garagen nach Hause kam, stieg Artjom in seinen Wagen und verschwand. Vater setzte sich an seinen Platz auf die Bank unter der Ulme und rauchte schweigend und voller Verachtung. Es passte ihm nicht, dass Artjom gar nicht vorhatte, sich nach dem Gefängnis einen Job zu suchen, sondern bloß mit seiner Mitgliedschaft in einer Bande prahlte.

Vater trug ein giftgrünes Baumwoll-T-Shirt, das ihm etwas zu groß war. Er sagte, ich soll ihm Essen warmmachen. Ich öffnete den Kühlschrank und stellte fest, dass Artjom die ganze Suppe aufgegessen hatte. Es ist kaum noch Suppe übrig, rief ich in den Garten und schlug vor, ihm ein paar Kartoffeln zu kochen. Kartoffeln tun es auch, antwortete Vater, und nimm noch Geld aus meiner Hemdtasche und kauf uns Sprotten und Bier. Ilona war zu ihrer Mutter gefahren, und wir waren bis zum nächsten Tag allein. Ich kochte Kartoffeln und kaufte Bier. Wir setzten uns draußen an den Tisch und lauschten den Aufzieh-Grillen. Nach einem Bier sagte Vater, er liebe Ilona nicht, aber so sei nun mal das Leben, es sei einfacher, mit Menschen zusammen zu sein, die man nicht liebt. Ich wusste dazu nichts zu sagen, rauchte schweigend und schaute zur Seite. Er musste mir nichts erklären, ich sah es auch so. Aber er hatte es auch nicht zu mir gesagt, sondern um es selbst zu hören. Menschen sprechen oft mit anderen, um sich zu trösten und davon zu überzeugen, dass sie im Recht sind.

Als Vater bemerkte, dass mich sein Bekenntnis gleichgültig ließ, zeigte er mit dem Finger auf mein Notebook und fragte, was ich lese. Ich sagte, *Fragmente philosophischer Schriften der Frühantike*. Wozu?, fragte er. Ich wusste es selbst nicht. Vielleicht um zu verstehen, wie die Welt beschaffen ist. Aber du verstehst die Welt doch nicht, wenn du Philosophen liest, die vor über zweitausend Jahren gelebt haben, sagte Vater. Das dachte ich auch erst, gab ich zu, aber vielleicht versteht man durch sie, warum wir heute so sind, wie wir sind. Ich erzählte ihm von Parmenides, der der Auffassung war, die Welt um uns herum sei eine Kugel, in der es weder Zukunft noch Vergangenheit gebe, und wir existierten in einer unendlichen Gegenwart. In gewisser Hinsicht, fuhr ich fort, hat Parmenides Vorstellung von der Existenz sehr viel von deinen Fahrten. Vater schnaufte und nannte Parmenides einen komischen Kauz. Dann fragte er, ob man mir das am Literaturinstitut beibringe. Nicht nur, erwiderte ich. Und wann sollst du Bücher schreiben, wenn du so viele Philosophen lesen musst? Hast du schon viel geschrieben? Ein paar Gedichte, sagte ich, aber sie gefallen mir nicht.

Und was ist das da?, fragte Vater und deutete auf meinen schwarz-weißen Kindle. *Überwachen und Strafen* von Michel Foucault, antwortete ich. Der ist aber kein Grieche, sagte Vater. Nein, er ist ein französischer Philosoph des zwanzigsten Jahrhunderts. Ihn interessierte es, warum wir heute so leben, wie wir leben, und so denken, wie wir denken. In diesem Buch schreibt er darüber, wie das Gefängnis funktioniert. Ich erläuterte Vater das Prinzip des Panoptikums, er hörte aufmerksam zu und sagte dann, das Gefängnis könne nur jemand verstehen, der gesessen hat. Verstehst du das Gefängnis?, fragte ich ihn. Es ist lange her, dass ich gesessen habe, heute ist alles anders, antwortete Vater. Aber das Prinzip ist doch dasselbe. Vater nahm noch einen Schluck Bier und sagte, Prinzipien gibt es nur bei den Dieben, aber die Gefängnisse werden von den Suki* und den Bullen gemacht – die haben keine Prinzipien.

Im neunzehnten Gesang der Odyssee beschreibt Homer, wie Odysseus in Bettlergestalt nach Ithaka zurückkehrt. Er gibt sich seinem Sohn zu erkennen, gemeinsam planen sie sorgfältig den Mord an Penelopes Freiern. Danach spricht er mit seiner Frau und bittet sie, zu veranlassen, dass die älteste von allen Dienerinnen ihm die Füße wäscht. Es ist seine alte Amme, sie sieht sogleich die Ähnlichkeit des Bettlers mit ihrem König, wie könnte sie den vertrauten Körper und die vertraute Stimme auch nicht erkennen. Odysseus stellt einen Fuß in die Schüssel, und die Alte erkennt die Narbe an seinem Knie, die er sich bei der Eberjagd auf dem Parnass zugezogen hat. Homer erzählt diese Geschichte in allen Einzelheiten, dann schildert er eine komische Szene, in der die alte Amme mit dem Hintern in die Schüssel fällt und frisches Wasser holen geht, um die Füße des Gastes weiter zu waschen. Dichter haben vielerlei Mittel erfunden, um die Spannung aufrechtzuerhalten, die Aufmerksamkeit zu lenken und zu *beeindrucken*. In der Literaturwis-

* (russ. Hündin) Bezeichnung für einen Häftling, der gegen das Diebesgesetz (den Ehrenkodex der Kriminellen) verstoßen hat, indem er sich auf eine Zusammenarbeit mit der Gefängnis- oder Lagerverwaltung eingelassen hat.

senschaft nennt man das retardierendes Moment. Ich will dich nicht beeindrucken, aber ich möchte, dass es interessant für dich ist. An der Beziehung meines Vaters mit Ilona war überhaupt nichts interessant. Er steckte sie mit HIV an, und die beiden hielten es geheim. Sie dachten, der Tod sei unausweichlich und ihn hinauszuzögern unmöglich. Ich sagte dir doch schon, dass sie ihn mit der Liebe einer Gefangenen liebte. Sie war ja auch seine Gefangene, ihre Zuneigung und Fürsorge waren die Zuneigung und Fürsorge einer verzweifelten Frau. Sie kreiste wie ein nervöser Schmetterling um ihn. Sie versuchte, wenigstens irgendetwas aus dieser todbringenden Verbindung *herauszukreisen.*

15

Bis heute rieche ich den Rybinsker Stausee. Wegen des Rauchs war alles fahl, zum Rauch mischte sich der Geruch von fauligem Sumpf. Es hatte lange nicht geregnet, und der kleine Stausee hatte angefangen zu blühen. Wir schöpften Wasser daraus, um Geschirr oder Gemüse abzuwaschen, mit dem gleichen Wasser wusch Vater die Teppiche aus dem Laster und füllte den Kanister. In den drei Tagen, die wir dort gestanden hatten, war keiner von Vaters Freunden gekommen; die Einsamkeit setzte ihm zu.

Er rief Leute an, obwohl er ihnen nichts erzählen wollte – es gab nichts zu erzählen. Es war ein sinnloses Herumtelefonieren, um die Unruhe zu bannen. Doch du weißt ja, dass man gegen Unruhe mit Anrufen nicht ankommt, sie lebt in dir. Für Vater war das Fahren eine Möglichkeit, der Unruhe ein wenig Herr zu werden. Aber wir hielten am Wasser, und das bedrückte ihn. Als er am zweiten Tag seinen Wodka-Rausch ausgeschlafen hatte, kletterte er in die Kabine, zog die Vorhänge zu und schaltete einen kleinen schwarzen Fernseher ein. Die wackelige Teleskop-Antenne empfing kaum etwas, über den

Bildschirm liefen stachelige weiße Streifen, die Stimmen der Fernsehmoderatoren waren so gut wie nicht zu hören. Aber die Störungen machten Vater nichts aus, als ich meinen Kopf in die Kabine steckte, schaute er gerade Nachrichten. Ich fragte, ob er bei dem Rauschen und Knattern irgendwas versteht. Geht so, erwiderte er träge, ein bisschen hört man was.

Ihn nervt das weiße Rauschen nicht, dachte ich, weil es den Eindruck unaufhörlicher Bewegung und Überwindung von Raum erzeugt. Indem er ein Körnchen Sinn daraus gewann, vollbrachte er die gleiche Arbeit wie bei dem Transport einer Ladung von A nach B. Vater sagte, die Glotze brauche er für die Ruhezeiten. Wenn man fährt, braucht man keine Glotze. Ich hab mein eigenes 3D da draußen, sagte er und zeigte auf die Windschutzscheibe und die beiden Seitenfenster. Du fährst also in einem Fernseher, sagte ich. Wie man es nimmt, sagte er lachend. Ich fahre, und alles um mich rum bewegt sich, und dadurch geht es mir gut.

Ich hatte unser Wiedersehen mit Spannung erwartet, aber für Vater war meine Anwesenheit etwas Gewöhnliches. Er hatte mich sofort seinem Trucker-Alltag unterworfen. Ich musste den Schlafbereich aufräumen und die Lebensmittel-kiste sauber machen – darin waren seine Tasse, eine Packung Tee und Instant-Kaffee in einer runden Metalldose von Lutsch-bonbons. Ich wechselte die Zeitung, mit der der Kistenboden ausgelegt war, kippte Teekrümel und klebrige Zuckerstückchen aus. Mit einem Brei aus Sand und Putzmittel schrubbte ich die

Verfärbungen aus Vaters Teetasse weg; nun sah man, dass sie innen rot war. Von den Gabeln, Messern und Löffeln entfernte ich den Fettbelag und wickelte sie in ein sauberes Handtuch. Als ich mich zur Kiste hinunterbeugte, stieß ich mit dem Fuß gegen die orangefarbene Tüte mit der Wassermelone, die wir noch auf dem Markt in Wladimir gekauft hatten. Ich rief Vater zu, der gerade die Fußmatten wusch, wir hätten vergessen, die Melone zu essen. Er fragte, ob sie Risse oder gammelnde Dellen habe. Ich rollte die Melone unter dem Sitz hervor und sah sie mir genauer an. Sie war noch ganz. Wenn wir nach Moskau losfahren, kaufen wir Brot und essen sie, rief Vater laut.

Wir kletterten in den Laster. Vater freute sich auf die Fahrt. Er schaltete das Radio an, und wir fuhren los. Am Ende der Landstraße hielt er bei einem Lebensmittelladen und kaufte Sauerteigbrot. Wenn wir aus Rybinsk raus sind, halten wir an und essen es mit der Melone, sagte Vater. Da hinten, er zeigte Richtung Stausee, gibt es ein Denkmal für Mütterchen Wolga, aber man kommt mit dem großen Wagen nicht hin. Du hast doch Internet, schau dir ein Bild von Mütterchen Wolga an, sie ist schön. Ich googelte das Denkmal und sah mir ein Foto auf dem Bildschirm meines Nokia an. Ja, das ist schön, stimmte ich zu. Über Internet ist es nicht das gleiche, man muss es in echt sehen, sagte Vater.

Vor Moskau mussten wir den Frachtraum putzen. Vater fuhr von der asphaltierten Straße auf einen Feldweg hinunter und lenkte den Laster in eine Kuhle, die von Plastikmüll im Gras umkränzt war. Er setzte noch ein Stück in einen Weidenhain zurück und zog sich schmutzige Arbeitskleidung an. An seiner Gummihose fehlten alle Knöpfe, und der Reißverschluss ging auch nicht zu, er zurrte sie mit einem Seil fest. Dann setzte er eine staubige Acrylmütze auf. Ich fragte, wozu er bei der Hitze eine Mütze braucht. Damit ich mir nachher nicht die Haare waschen muss, antwortete er. Ganz hinten auf der Ladefläche nahm er sich einen Besen und sagte, ich soll den Wasserkanister holen. Ich kletterte zu ihm auf die Ladefläche, kippte Wasser auf den Bretterboden, und er machte sich ans Fegen. Kleine Splitter und Holzstückchen sammelte ich auf und brachte sie zu den Weiden. Vater fegte und sang, einfach so, kein bestimmtes Lied und keine Melodie. Er sang sein eigenes Lied, es bereitete ihm Freude und zerstörte die Stummheit der stillen Welt. Ich half ihm, die Ladefläche zu putzen und später den Staub von seinen Armen, Oberkörper und Nacken herunterzuspülen.

Jetzt, sagte Vater, essen wir die Melone. Er holte die Wassermelone, stellte sie auf die Trittstufe und schnitt sie in der Plastiktüte. Ich holte das Brot und brach den Laib. Er hatte mir schon in der Kindheit beigebracht, wie man Melone mit Brot isst: Man nimmt das rote Fruchtfleisch in den Mund, beißt im gleichen Verhältnis dazu Brot ab und kaut beides zusammen gründlich. Das Brot war säuerlich und trocken, die Melone knackig und tränkte es mit ihrem Saft. Vater schnitt die Melone und sagte zufrieden, sie sei reif und süß. Ich bekam das erste Stück und biss hinein. Der kühle süße Saft lief an Kinn und Hals hinunter, von den Fingern zu den Ellbogen. Vater gefiel es, dass die Melone tropfte und klebte, es gefiel ihm, wie sie, nicht ganz durchgeschnitten, knackte. Als er sein erstes Stück aufgegessen hatte, holte er weit aus und schmiss die Schale in den Weidenhain. Auf dem Saft vor unseren Füßen ließ sich eine Fliege nieder, und flinke Ameisen kamen angekrabbelt. Das Brot ist gut, sagte Vater, als er auf die vom Laib abgebrochene Kruste ein Stück Melone legte. Er öffnete den Mund ganz weit und biss von seinem Sandwich ab. Das alles freute ihn, und er bat mich, ein Foto zu machen, wie wir Melone essen. Ich reichte ihm den Fotoapparat, und er fotografierte mich mit dem größten Stück. Ich sagte, man könnte auch ein Selfie machen, streckte den Arm aus, neigte meinen Kopf zu ihm und knipste. Ihm gefiel es, dass wir zu zweit auf eine Aufnahme kamen. Ich machte noch so ein Selfie, als er am Steuer saß. Er hatte extra seine reflektierende Sonnenbrille aufgesetzt und die Hände auf die Knie, neben seinen braunen Bauch gelegt. Das Gesamtbild sollte Wichtigkeit ausstrahlen.

Auf den Lärm unserer Stimmen hin kamen Straßenhunde angelaufen. Sie hielten sich abseits und warteten, bis wir wegfuhren, damit sie fressen konnten, was wir übrig ließen. Wir hatten nichts für sie. Am Vorabend hatten wir das letzte Dosenfleisch gegessen und die Brotreste hineingetunkt. Nach dem Aufwachen kochten wir starken Kaffee mit Kondensmilch, ich aß Trockenfisch dazu. Durch ihn wurde der Geschmack des süßen, heißen Kaffees noch intensiver, und die Zunge brannte von dem Salz, das sich in den Rillen des Fischrückens gesammelt hatte. Nachdem wir Fisch und Kaffee gefrühstückt hatten, sagte Vater, dass wir auf jeden Fall in einem Bistro Mittag essen sollten. Da können wir Eier, Bosbasch und einen Salat mit Mayonnaise bestellen. Ich konnte es kaum erwarten. Vor Hunger fühlte sich mein Körper schwerelos und gleichzeitig spröde und ungelenk an. Die Melone hatte mich nur noch träger gemacht, und als wir auf die Schnellstraße kamen, schlief ich sofort auf der Lebensmittelkiste ein.

Nach Moskau hin wurde der Rauch immer dichter. Vater sagte, als ich geschlafen hätte, habe ihn Fjodor angerufen und gesagt, dass in Moskau so dichter Rauch ist – man sieht die Hand vor Augen nicht. Da drüben, sagte Vater, ist das Bistro. Am Straßenrand befanden sich bunte, mit Wellblech verkleidete Buden. An jeder hingen Schilder wie »Swetlana« oder »Motor«. Manche waren handgemalt, andere blinkten auch tagsüber mit Neonlichtern. Vor jeder Bude warb man für das, was dort zu kriegen war: Fisch und Gemüse, Übernachtungsmöglichkeiten, Abschlepphilfe. Daneben parkten in einer langen Reihe Lkws und Pkws. Wir müssen dahin, sagte Vater und deutete auf eine auffällig triste Bude. Dort gibt es gute Pelmeni. Was ist aus dem Bosbasch geworden?, fragte ich. Bis zum Bosbasch sind es noch hundert Kilometer, und ich verhungere. Wir betraten einen schwülen Raum. An der Bar war niemand. Aber an einigen mit geblümtem Wachstuch gedeckten Tischchen saßen Männer. Einem von ihnen nickte Vater zu, der winkte und lud uns ein, seinen Tisch zu übernehmen. Ich muss weiter, sagte er. Wohin geht es?, fragte Vater. Von Moskau nach Rybinsk, antwortete der Mann. Er stand vom Tisch auf, und ich sah seinen riesigen, runden Bauch, den ein orangefarbenes Netzhemd umspannte. Sein Gesicht glänzte vor Fett, und an seinem Oberarm prangte ein blaues Armee-Tattoo. Da kommen wir gerade her, sagte Vater. Und, steht Moskau noch? Na, sicher doch, erwiderte der Mann, winkte ab und ging hinaus. Unser Auftauchen lenkte die Männer weder vom Essen noch vom Fernseher ab, wo gerade Fußball lief. Wir gingen an die Bar; im selben Augenblick raschelte ein Vorhang aus Holzperlen, der Küche und Bar voneinander trennte. Eine kleine Frau mit schmutziger blauer Schürze kam auf uns zu. Vater drehte eine klebrige, in Folie eingeschweißte Speisekarte um und zeigte mit dem Finger auf die Pelmeni mit Lammfleisch, zwei Mal. Und den Sandkuchen, den Kaffee »drei in einem« und den Tomatensalat mit roten Zwiebeln. Die Kellnerin bat uns zu warten, kurze Zeit später brachte sie den Salat, den Kuchen und den Kaffee auf einem roten Plastiktablett. Sie hatte unsere Bestellung auf einem kleinen Ringblock notiert und gab uns auf dem gleichen grauen Papier eine handgeschriebene Rechnung. Vater bat sie, mit der Rechnung noch etwas zu warten, vielleicht wollen wir ja noch was. Wenn Sie noch was wollen, bekommen sie eine neue Rechnung, sagte sie streng und klackte mit dem Nagel ihres Zeigefingers auf die Taste eines Taschenrechners. Na gut, sagte Vater, und setzte sich an den Tisch, den man uns überlassen hatte. Eine Viertelstunde später waren die Pelmeni fertig, und die Kellnerin brachte uns zwei tiefe Porzellanteller. Vater bekam einen mit blauem Muster und ich einen mit einer Sonnenblume. Auf allen Tischen standen außerdem noch rote Flaschen mit billigem Ketchup und Essig, die Mayonnaise servierte man uns zusätzlich in einem Kristallschälchen. Auf dem heißen grauen Teig zerfloss ein Stückchen Butter. Ich spießte eine Teigtasche auf die Gabel und biss hinein: Die Fleischfüllung schmeckte süßlich und roch nach Fettschwanz. Neben dem Tresen brummte ein großer Kühlschrank, drinnen war es dunkel, weil das Lämpchen, das die Flaschen beleuchten sollte, durchgebrannt war. Ich konnte in der Dunkelheit Limo ausmachen. Lass uns für die Fahrt ein paar Faschen *Djusches* mitnehmen, schlug ich Vater vor. Er nickte zustimmend und zog, ohne hinzusehen, einen lila Fünfhundert-Rubel-Schein hervor und hielt ihn mir hin. Nimm dir noch ein Bier mit. In der untersten Schublade standen einige Flaschen *Carlsberg*, *Shiguli* und *Tuborg* durcheinander. Ich nahm zwei Flaschen *Shiguli* und Limonade.

Vaters Frage zu Moskau hatte zweierlei zu bedeuten. Erstens, dass Moskau immer noch an Ort und Stelle war, das Blut der einfachen Arbeiter saugte und wie ein schwarzes Loch alles Geld und jegliche Gegenstände verschlang, die sich ihm blind und stumm auf dem Luft-, Wasserweg oder der Straße näherten. (Moskau, sagte Vater einmal, frisst dich auf, so schnell kannst du gar nicht gucken. Alles, was es will, sind deine Kraft und deine Brieftasche. Und sobald deine Brieftasche leer ist, war es das mit dir. Es frisst dich und räuspert sich nicht mal. Ein schrecklicher Ort. Ich hasse Moskau.) Und zweitens, dass Moskaus Straßen ständig überfüllt waren. Manchmal, erzählte Vater, fährst du morgens auf den Autobahnring und kommst erst abends wieder runter. Lkws wurden tagsüber gar nicht mehr in die Stadt gelassen, das Be- und Entladen musste nun immer in tiefster Nacht stattfinden. Das machte Vater wütend. Ihn machte alles wütend, was mit Moskau zu tun hatte, das er als ein Riesenloch empfand und als das größte Übel im Leben eines Fernfahrers. Er lachte abfällig über diejenigen, die zum Arbeiten nach Moskau gingen. Er konnte ehrlich nicht verstehen, warum Menschen in Moskau lebten, wo es doch überall sonst so viel Platz gab. Er sagte, Moskau sei ein höllischer Ameisenhaufen, dort sei es ihm zu eng und zu langweilig. Überall Häuser und Menschen. Sie versperrten ihm die Weite.

16

Ein Jahr später nahm er eine Tour nach Moskau an, um mich im Wohnheim des Literaturinstituts zu besuchen. Es war ein schimmernder goldener Herbst, und Vater rief mich von einem Autohof im Süden Moskaus an, unweit der Metrostation Kaschirskaja. Dort wartete ich lange in einem Park auf ihn, saß auf einer Bank und trank warmen Kwas aus einem Plastikbecher. Er kam anderthalb Stunden zu spät, ohne es irgendwie zu erklären, überhaupt erklärte er nie etwas. Aber an seinem Aussehen erkannte ich, dass er unter der Dusche gewesen war. Nach dem langen Warten musste ich auf Toilette, wir fanden ein blaues Dixi-Klo, zahlten einer alten Frau, die daneben in einer Bude saß, zehn Rubel, und ich gab Vater meinen Rucksack. Von dem Geruch wurde mir übel, aber es war nichts zu machen. Als ich wieder rauskam, merkte ich, dass sich dieser widerwärtige Geruch in der einen Minute, die ich drin gewesen war, an mir festgesetzt hatte. Jetzt raubte ich mir selbst die Luft.

Vater stand neben einem Grünstreifen und rauchte. Er war städtisch gekleidet: Ilona hatte ihm ein Outfit mitgegeben, das er nach dem Duschen auf dem Autohof angezogen hatte. Er trug ein sauberes, noch in Astrachan gebügeltes helles Hemd mit kurzen Ärmeln und einem Reißverschluss, den er aus alter Gewohnheit nicht ganz zumachte. Die breiten Hemdärmel standen mit spitzen Ecken ab und ließen das Hemd an ihm wie ein Papierkostüm an einer Anziehpuppe aussehen. Graue Baumwollhosen mit einem Kordelzug fielen auf seine unbiegsamen Schuhe mit den eckigen Spitzen. In der Hand hielt er eine Plastiktüte, aus der ich Trockenfisch roch; neben einem Bund grauer Fische lag ein Paar pink gestreifter Socken. Das ist für dich von Ilona, sagte Vater. Richte ihr meinen Dank aus, sagte ich und steckte die bunte Plastiktüte in meinen Rucksack.

Vater sagte, wir winken uns gleich einen Wagen ran und fahren zum Gemüsegroßmarkt. Dort verkaufen sie alles direkt von den Lastern: Wassermelonen, Tomaten, Weintrauben. Ich verstand nicht, was wir auf dem Großmarkt sollten, und fragte ihn danach. Was heißt hier, was? Wir decken dich mit Lebensmitteln ein, sagte Vater. Aber ich hab doch alles, erwiderte ich irritiert. Dann hast du eben noch mehr, sagte Vater. Wir gingen zur Straße, Vater hob die Hand. Sofort hielt ein beiger Niwa (ausländische Automarken hatte er absichtlich vorüberfahren lassen). Er erklärte dem Fahrer, wo wir hinwollten. Als sie sich über den Preis geeinigt hatten, steckte er den Kopf aus dem Auto und fragte nach der Adresse meines Wohnheims. Uliza Dobroljubowa, sagte ich. Vater verschwand wieder im Niwa, eine Minute später rief er mich. Steig ein, sagte er, jetzt decken wir dich mit Essen ein.

Der Fahrer fuhr uns lange durch Vororte mit Plattenbauten, bis wir in ein Industriegebiet kamen. Vater hatte auf dem Beifahrersitz Platz genommen und plauderte mit ihm. Sie sprachen über Dieselpreise und die Verkehrsreform, die angeblich bald kommen sollte. Vater erzählte empört, wie schlecht die Straßen bei Wolgograd seien, und vergaß nicht, hinzuzufügen, dass er Moskau hasse. Es war im Grunde immer das gleiche Gespräch. Und ich war es gewohnt, dass er, sobald ein Mann in der Nähe war, nur noch mit ihm sprach, weil er mit mir nicht reden konnte.

So war es schon in meiner Kindheit gewesen, wenn er mich zu den Garagen mitgenommen hatte. Die Männer saßen am Tisch, rauchten und schnippten die Asche in Konservendosen. Hinter ihnen die Garagenwand, die von oben bis unten mit Plakaten von nackten Frauen beklebt war. Die Männer redeten, stritten, lachten. Vor dem Hintergrund der sonnengebräunten Schönheiten wirkten ihre unrasierten Gesichter und die Jeansjacken und Sweater voller Schmieröl grob. Ich saß vor dem Garageneingang auf einem ölverschmierten Holzklotz, spielte mit einem Plastikkänguru aus einem Überraschungsei und linste in die dunkle Garage hinein, wo sie irgendwelche Reparaturen und Preise für Ersatzteile besprachen. Manchmal vergaßen sie, dass ich in der Nähe saß, und fluchten derb und gestikulierten heftig. Ihre Insel wurde von einer Tageslichtlampe angestrahlt, und wenn sie sich in Rage geredet hatten, ähnelten sie einer Schar mürrischer Gänse. Von ihrem Männer-Tisch bekam ich einen Prjanik, ich mochte keine Prjaniks. Davon klebten die Finger, außerdem war der Teig unangenehm süß und hatte schon Feuchtigkeit gezogen. Ich aß den Prjanik langsam auf und ging zum Wasserspender, Hände waschen. Wenn einem der Männer wieder einfiel, dass ich da war, zischte er die anderen an und verbot ihnen zu fluchen. Aber bald vergaßen sie mich wieder, die Stimmen wurden lauter, und das Gespräch verwandelte sich in einen derben Streit. Wenn ich genug davon hatte, vor der Garage zu spielen, kletterte ich auf den Rücksitz von Vaters Auto und lag da, die Heizlinien auf der Heckscheibe oder meine Handflächen betrachtend. Der Sitz roch nach Gummi, Tabak, Schmieröl, ich rückte mit meinem Gesicht ganz nah heran und beobachtete, wie die optische Täuschung die Rauten auf dem Stoff verschwimmen ließ.

Bei den Garagen und auf den Lkw-Stellplätzen war ich mir selbst überlassen und konnte herumstreunen, Pusteblumen pflücken und schmutzige Straßenköter kraulen. Aber im Auto war der Raum begrenzt, ich konnte nicht weg. Alles war Vaters Gespräch mit dem anderen Mann unterworfen, und dass ich aus diesem Gespräch ausgeschlossen war, schnürte mir die Luft ab. Ich drückte die Stirn gegen die Scheibe und sah zu, wie graue Fabrikgebäude mit großen Aufschriften sich mit abblätternden Automatiktoren abwechselten. Der Fahrer bremste vor einer riesigen braunen Pfütze ab, ließ den Niwa vorsichtig hineinrollen, bugsierte kurz und fuhr wieder heraus. Halt hier an, sagte Vater. Während der Fahrt hatte Vater sich schon mit ihm angefreundet, er verstand sich darauf, mit Menschen so zu reden, als wären sie alte Bekannte. Vielleicht war das eine Angewohnheit aus seiner Zeit als Taxifahrer oder aber einfach seine Art, die ihm bei dem Job zugutekam. Mit dem Fahrer des Niwa hatte er sich darauf geeinigt, zusammen auf dem Markt Obst und Gemüse einzukaufen. Vater würde alles bezahlen, und das wollten sie dann mit dem Fahrpreis verrechnen.

Der Fahrer steuerte den Niwa an Garagen und Lagerhallen vorbei, die Straße war holprig. Bieg da ab, sagte Vater. Der Fahrer schlug nach links ein, und vor uns eröffnete sich ein Marktgang. Von den Bergen an Obst und Gemüse schien alles zu leuchten. Es roch nach warmem Schlamm und gärenden Äpfeln. Schwarze Krähen scharrten auf den Dächern der Laster, und ihr Krächzen ging im allgemeinen Lärm der Motoren, der Markschreie und dem Gefluche unter. Die Laster brummten abwechselnd, durch die Gänge liefen Arbeiter, niedrige Plattformen auf Rädern vor sich her bugsierend. Sie transportierten Weintrauben, Auberginen und Schweinefleisch. Vater sah den rot-grauen Berg toter Schweine und fragte, ob ich einen Kühlschrank hätte. Nein, habe ich nicht, erwiderte ich. Schade, sagte Vater, sonst hätten wir dir Fleisch für Hack gekauft. Wir reihten uns ein in die Menge aus Arbeitern, Verkäufern, wenigen Frauen mit Einkaufstrolleys und Großmarkthändlern und liefen zu dritt zwischen den Ladeflächen der Laster umher, die Auslage und Lager zugleich waren.

Kiloweise wird hier nicht verkauft, wir müssen ganze Kisten kaufen, sagte Vater. Wir liefen über den Mittelgang durch die Menge, und ich sah, dass sich alle zehn Laster Seitengänge abzweigten. Neben den Menschen trotteten dürre, schmutzige Straßenhunde, sie schnupperten an den Taschen, aber die Händler verscheuchten sie, sobald sie auch nur einen sahen. Gehorsam wichen die Hunde ein paar Meter zurück und verlangsamten den Schritt, um ihre Suche fortzusetzen.

Vater sagte, hier ist sowieso alles gleich, weil alles Obst und Gemüse von denselben Feldern kommt, der Unterschied liegt nur im Preis. Deswegen sollte ich mit dem Finger auf das zeigen, was ich haben wollte, und er würde feilschen. Ich wollte nichts. Für Vater war es wichtig, sich um mich zu kümmern – das bedeutete für ihn, mich mit Nahrung zu versorgen. Wir standen in einem Brei aus Schlamm und Gammelobst mitten auf dem Lkw-Markt, und ich musste mir mehrere Kisten Lebensmittel aussuchen. Ich zeigte auf gut Glück auf helle Trauben. Nein, sagte Vater, die haben Kerne, das ist nicht gut. Er fragte den Händler, ob er auch Kischmisch habe. Der verschwand im Laderaum und kam mit einer Kiste kleiner kernloser Trauben wieder. Wie viel, fragte Vater. Ich geb sie dir für 700, erwiderte der Händler. Nee, Kumpel, das ist viel zu teuer, entgegnete Vater und sah ihn skeptisch an. Der Händler verzog keine Miene und sagte, 700 ist ein guter Preis, genau der

Durchschnitt auf dem Markt. Na dann fick dich doch, murmelte Vater leise und wandte sich ab. Er hakte sich bei mir ein und marschierte tiefer in den Markt hinein. Schauen wir mal, was die da hinten in den letzten Reihen haben, dort ist es immer billiger, sagte er. Er hatte recht, in den letzten Reihen kostete eine Kiste Kischmisch 500 Rubel. Wir entschieden uns, nicht weiter zu suchen, und kauften drei Kisten Trauben verschiedener Sorten, eine Kiste Tomaten und zwei große Tüten Nektarinen.

Der Niwa-Fahrer kaufte Gemüse ein, und Vater winkte einen Arbeiter mit leerem Plattformwagen heran, dem er zwei Hundertrubelscheine in die Hand drückte. Wir luden unsere Einkäufe auf die Plattform, und der Arbeiter rollte sie Richtung Ausgang. Vater lenkte seine Bewegungen wie ein Steuermann. Als wir an dem gierigen Händler vorbeigingen, rief Vater nach ihm und zeigte auf den Kischmisch. Fünfhundert, rief er. Der Händler zuckte mit den Schultern und wandte sich von uns ab. Unterwegs überredete Vater noch einen Großhändler, uns zehn Wasser- und drei Honigmelonen zu verkaufen. Der dachte nicht lange nach, nahm einen Tausender entgegen und lud sie auf unseren Wagen. Wozu brauchst du so viele, fragte ich Vater. Was heißt, wozu?, erwiderte er, ein paar für dich ins Wohnheim und ein paar für mich, damit ich den Männern auf dem Stellplatz eine Freude machen kann.

Im Zimmer des Wohnheims setzte sich Vater auf mein Bett und sah sich um. Nicht übel, sagte er, wie viele seid ihr hier drin? Drei, sagte ich, und deutete auf das Hochbett. Gut so, sagte er, zusammen ist es lustiger, und die Trauben werden auch nicht schlecht. Er fragte, wo die Toilette sei, ich begleitete ihn den gelben Flur hinunter. Als er wieder herauskam, schlug er, zufrieden darüber, dass ich nun fast umsonst in Moskau wohnte, vor, ins Zentrum zu fahren. Wir fuhren mit dem Trolleybus zum Zwetnoj bulvar und gingen dann zu Fuß zur Puschkinskaja, er wollte sich das Literaturinstitut ansehen. Im Hof des Instituts zeigte ich ihm das Alexander-Herzen-Denkmal und führte ihn im Hauptgebäude herum. Früher war hier alles anders, sagte ich und erklärte, dass dort, wo jetzt die Mauern waren, früher eine Galerie mit Rundbögen gewesen war. Er schaute sich um. In geschlossenen Räumen war es ihm zu langweilig und zu stickig. Komm, wir gehen Bier trinken, sagte er.

Wir kauften bei *Alyje parussa* auf der Bolschaja Bronnaja vier Flaschen *Shiguljowskoje*, gingen über den Bogoslowski auf den Twerskoi bulvar und setzten uns auf eine Bank. Vater zog aus seiner Brusttasche ein Feuerzeug heraus und öffnete zwei Flaschen. Das Bier war warm und lief gleich über, weil es unterwegs durchgeschüttelt worden war, aber ich schaffte es gerade noch, den Schaum mit meinen Lippen aufzufangen.

Es war ein warmer, klarer Abend. Wir tranken schweigend Bier und rauchten. Wir hatten uns nichts zu sagen. Er war stolz, dass ich es mit einem Stipendium auf das Literaturinstitut geschafft hatte, und wiederholte das immer wieder, ohne Sinn und Kontext. Gut, dass du einen Hochschulabschluss kriegst, ich hab nicht mal mittlere Reife. Zum Fahren braucht man einen Führerschein, nach Bildung fragt da keiner. Deine Mutter hat die Fachhochschule abgeschlossen, um in der Fabrik zu arbeiten. Vielleicht wird ja ein großer Mensch aus dir. Ein großer russischer Schriftsteller wie Gorki oder Tolstoi. Ich fühlte mich unwohl bei diesen Gesprächen. Um Schriftsteller zu sein, braucht es eine besondere, schriftstellerische Weisheit, fuhr Vater fort, ein Schriftsteller muss alle Menschen lieben und mit ihnen mitfühlen können. Aber für den Anfang sollte er vielleicht sich selbst verstehen, wandte ich ein. Vielleicht, sagte Vater, aber am wichtigsten ist das Mitgefühl und die Liebe zu den anderen. Ich hörte ihm zu und begriff nicht, warum es ihm so leicht fiel, daran zu glauben, dass aus mir eine Schriftstellerin werden könnte. Ich glaubte ja selbst kaum daran. Mir kam es so vor, als müsse man sich im Leben wenigstens bis zum nächsten Tag über Wasser halten können. Aber um Schriftstellerin oder Schriftsteller zu sein, muss man viel im Voraus wissen und daran glauben, dass man in dieser Welt nicht fehl am Platz ist. Genau das Gefühl hatte ich nicht. Ich fühlte, dass wir – Vater und ich – in Moskau fremde Menschen waren, die niemand brauchte. Wir waren überflüssige Menschen, sogar für uns selbst und füreinander.

Ich schaute ihn an: Er saß breitbeinig da, die Ellbogen auf die Oberschenkel gestützt, in einer Hand das Bier, in der anderen die Zigarette. Nach einem Tag in Moskau sahen sein gebügeltes Hemd mitgenommen und die Schuhe staubig aus.

Der Abend schritt voran, es war einer dieser Abende, die sich bei Sonnenuntergang lange hinziehen und sich dann, in einem Augenblick, der Dunkelheit ergeben. Die Welt um uns wurde immer blauer, auf dem Boulevard gingen warme Lichter an. Ich rauche noch eine, trinke aus und mache mich auf den Weg, sagte Vater. Er sagte, bis zur Kaschirskaja würde er mit der Metro fahren, sich dort ein Schwarztaxi bis zum Autobahnring nehmen und im Kumpel schlafen, morgen früh müsse er laden. Ich hatte die ganze Zeit zu ihm geschaut und gar nicht bemerkt, dass uns, die wir in der Mitte der Bank saßen, eine Gruppe junger Frauen umstellt hatte: zwei saßen neben mir, und der Rest hatte die Bank so umzingelt, dass Vater und ich uns plötzlich im Zentrum ihres Gesprächs wiederfanden. Sie hatten Dosen mit Bier und Alkopops in der Hand und unterhielten sich, als wären wir gar nicht da. Sie lachten laut und stritten sich im Scherz. Vater hob den Blick und musterte sie.

Mir waren sie schon von Weitem aufgefallen. Es war ein Grüppchen Lesben. Ich erkannte sie an ihren fransigen Haarschnitten und den hüfttief sitzenden Jeans mit breiten Gürteln. Außerdem verriet sie, dass sie sich wie Straßenjungs benahmen: Sie redeten grob miteinander, und eine von ihnen wischte sich nach jedem Schluck Bier hastig mit dem Ärmel ihrer Trainingsjacke den Mund ab. Vater sah sie neugierig an. Es störte ihn kein bisschen, dass sie direkt neben uns so einen Lärm machten. Mich hingegen nervte ihr lautes Lachen und die

Dreistigkeit, mit der sie den gesamten Raum für sich beanspruchten. Ich sprach sie an und sagte, sie hätten mit ihrem Auftauchen unser Gespräch gestört. Auf meine Stimme hin drehten sie sich um, in ihren Gesichtern lag Verwunderung. Sie entschuldigten sich, sagten, sie hätten uns nicht bemerkt, und wechselten sofort auf die Nachbarbank.

Vater sah ihnen nach und bemerkte staunend, das seien merkwürdige Mädchen, weil sie wie Kerle wirkten. Ich erwiderte, sie seien lesbisch. An der Puschkinskaja treffen sich oft Lesben, sagte ich. Vater betrachtete sie interessiert. Ich sah, dass in diesem Interesse nichts Böses und auch keine Angst lag. Natürlich war die Kultur, der er angehörte, homophob, aber der Hass erstreckte sich nicht auf homosexuelle Frauen. Vater hatte Respekt und Hochachtung vor Frauen, die *Männerarbeit* machten, und vor Frauen, die sich ohne Bedenken maskuline Attribute aneigneten.

Als uns meine Freundin Nastja in ihrem kleinen silberfarbenen Opel von der Domodedowskaja abholte, sprang er sofort auf den Beifahrersitz, vergaß alles andere und begann, mit ihr die Vorzüge des Modells und die jährlichen Kosten für die Wartung zu besprechen. Es gefiel ihm, mit ihr über die *wichtigen* Dinge zu reden, die ihr Auto betrafen. Es gefiel ihm auch, dass ihn eine schöne Frau in ihrem teuren Auto durch Moskau fuhr. Er genoss ihr Kokettieren und drehte sich zwischendurch zu mir um, um im Scherz zu fragen, warum alle meine Freundinnen Glatze tragen. Reiner Zufall, erwiderte ich. Lisa trug schon immer Glatze, und Nastja hatte sich die Haare erst vor Kurzem aus esoterischen Überlegungen heraus abrasiert.

Nastja stand das sehr gut. Jetzt konnte man ihr Gesicht genau betrachten: Von der linken Augenbraue zum Haaransatz verlief eine feine Vene, ihre grauen Augen strahlten. Sie war eine Schönheit. Ihre Vitalität und Furchtlosigkeit bezauberten und schüchterten mich ein. Im Frühling kaufte sie sich einen Retro-Roller, wir betranken uns mit Wodka und kurvten damit nachts durch Moskau. Im Sommer trug sie grundsätzlich keine Unterwäsche, und wenn bei hohem Tempo der Wind die breiten Volants ihres Rock hochwehte, lachte sie aus vollem Herzen – entweder weil die kühle Luft ihre Scheide liebkoste oder von dem Gedanken, dass jeder, der wollte, ihre Vulva sehen konnte. Einmal versuchte sie, in einem Tequila-Rausch mit mir zu schlafen. Mir gefiel diese Idee nicht. Ich war nüchtern und ihre betrunkene Aufdringlichkeit enttäuschte mich, ich wollte die negativen Folgen nicht, die dieser Sex haben würde. Nastja mietete ein Zimmer zwischen Tschistyje prudy und Sucharewskaja, ich übernachtete oft bei ihr, und wir schliefen in einem Bett. Sie hatte einen geschmeidigen braunen Körper, ich mochte es, sie anzusehen und ihren Duft zu riechen.

Vor dem Einschlafen erzählte sie mir von ihren Männern und zeigte mir Reproduktionen der Malerei der Renaissance. Sie sprach mit mir wie eine junge Mutter mit ihrer erwachsenen Tochter. Das steigerte mein Unbehagen, etwas in mir verkeilte und verspannte sich – und gab dann alle Wärme, die ich hatte, frei. Ich widmete ihr mein ganzes Wesen, sie hätte alles von mir haben können. Sie erzählte, sie habe geträumt, ich sei ihre Tochter, und streichelte meinen Kopf. Sie sagte, ich sei schön, aber ich glaubte ihr nicht. Ich hatte den Eindruck, dass die Welt ihr schön erschien, weil sie diese Schönheit selbst erfand. Mir erschien die Welt belastend und grau. Die Zukunft machte mir Angst, und die Vergangenheit bedrückte mich. Deswegen konnte ich die Gegenwart nicht spüren.

An Tagen, wenn ich nicht bei Nastja war, lag ich im Wohnheim und starrte an die Decke. Solange meine Zimmernachbarinnen nicht da waren, schaltete ich das Licht nicht ein und beobachtete, wie die Zeit des hellen Tages verrann und sich die beißende blaue Dämmerung breitmachte. Von klein auf beobachtete ich das Licht, es ließ sich weder aufhalten noch ergründen. Es war wunderschön, mir war die Zeit noch nie zu schade, um es zu beobachten. Ich lag also im Wohnheim, betrachtete das Licht und fühlte, wie alles in mir weicher wurde, wie es sich entgrenzte, aufheizte. In meinem Bauch war eine rosa Kluft, die bereit war, alles in sich aufzunehmen. Sie verschlang mich, oder vielleicht wurde ich zu dieser Kluft. Ich fühlte, dass das, was mit mir passierte, die sogenannte Reifung, das Zur-Frau-werden war. Ich wollte so werden wie Nastja, aber ich verstand, dass das unmöglich war. Von dem Gedanken wurde mir zu eng in mir. Der dunkle Abend kam, und meine Zimmernachbarin schaltete, ohne zu fragen, das

Licht ein. Sie musste zu Abend essen und Hesiod lesen. Auch ich musste Hesiod lesen. Bei Licht und unter Menschen konnte ich keine rosa Kluft sein und an Nastja denken. Deswegen klappte ich mein Notebook auf, öffnete Lib.ru und las die »Theogonie«.

Für Vater war sie eine Frau, die geschickt Auto fährt, und damit mehr als eine Frau. Die Lesben an der Puschkinskaja waren Frauen, die sich furchtlos männliche Verhaltensmuster aneigneten und Sex mit Frauen hatten. Obwohl sie für ihn weniger anziehend waren als Nastja, verdienten sie eindeutig seinen Respekt und sein Interesse. Während er sie beobachtete, hatte er sein Bier ausgetrunken und bemerkte mit Bedauern, dass es kein Bier, sondern saure Pisse war. Er fragte, wann im Wohnheim Sperrstunde sei, ich sagte, um zwölf, aber ich würde zu Nastja fahren. Als er ihren Namen hörte, blühte er gleich auf und bat mich nachdrücklich, Nastja Melone und Trauben mitzunehmen. Ich widersprach nicht, es war sehr viel Obst, allein hätte ich es gar nicht essen können.

Im Sommer 2010 kamen wir nach Moskau. Der Rauch war tatsächlich sehr dicht, Fjodor hatte nicht gelogen. Auf einigen Streckenabschnitten konnte man die Straße kaum weiter als zwei Meter sehen, deswegen fuhr Vater mit Licht. Auf dem Stellplatz angekommen, duschten wir und zogen uns um. Vater zog ein helles T-Shirt, Shorts und Plastikschlappen an, die während der Fahrt eingestaubt waren und die er auf der Toilette unterm Wasserhahn gewaschen hatte. Ich zog meinen letzten sauberen Longsleeve an, in der Woche hatte ich alle meine Kleidung aufgetragen, jetzt lag sie in der orangenen Tüte der Wassermelone unterm Sitz. Ich schämte mich, in den Hawaii-Shorts in die Stadt zu fahren, außerdem waren sie nicht mehr frisch. Ich holte meine Jeans und Sneakers aus dem Rucksack: andere Schuhe hatte ich nicht. Weil wir spät beladen hatten und die Sicht so schlecht war, mussten wir auf einem Seitenstreifen vor Moskau übernachten, und ich war zu faul gewesen zum Zähneputzen auszusteigen, sondern hatte mich nur aus der Kabine gebeugt. Dabei muss mir eine Sandale unbemerkt vom Fuß gerutscht sein. In der Nacht hatte sie wahrscheinlich der Hund geholt, der beim Parkplatz neben den Mülltonnen hauste – ich wüsste nicht, wer es sonst gewesen sein sollte. Ich suchte die Parktasche ab, lief zwischen dem Müll und den Sträuchern herum, fand aber nichts. Der Hund beobachtete mich, die sich auf seinem Territorium bewegte, und jaulte leise. Vater lachte und sagte, der Hund hätte mir die Schuhe ausgezogen, aber mir tat es um die Sandalen leid, ich hatte sie in einem Sport-Discounter sehr lange ausgesucht und war stolz darauf, gute Schuhe zu einem günstigen Preis gefunden zu haben. Die rechte Sandale lag noch lange unter dem Beifahrersitz. Jedes Mal, wenn Vater an diesem Parkplatz hielt, rief er mich an, um mir zu sagen, dass er bei meinem Sandalendieb zu Besuch sei. Nach ein paar Jahren verschwand der Hund, vielleicht ist er an irgendeiner Hundekrankheit gestorben. Vielleicht hat er sich auch einem Rudel angeschlossen und ist auf einen Parkplatz mit mehr Futter weitergezogen.

Ich sagte Vater, ich müsse zur Jugo-Sapadnaja, dort gebe es im Gebäude der Universität der Völkerfreundschaft ein Büro von ISIC, da könne man gunstige Flugtickets kaufen. Wir fuhren mit dem Taxi bis Domodedowskaja und nahmen von dort die Metro. Im Schutzumschlag meines Passes hatte ich immer ein Liniennetz der Moskauer Metro bei mir. Der Wagen war leer, alle, die konnten, hatten die Stadt verlassen, in der Metro waren nur Arbeiter und Migranten. Ich sah vom Liniennetz auf und erblickte unsere Reflexion im Fenster. Das weiße T-Shirt ließ mich nicht gerade gepflegt wirken, und die lange Fahrt, der schlechte Schlaf in unbequemer Position und das verworrene Verhältnis zu Vater verliehen meinem Gesicht einen gequälten Ausdruck. Vater sah grimmig aus, sein von der Steppe ausgezehrtes Gesicht wirkte böse auf dem kalten Spiegelbild. Er blickte gedankenversunken geradeaus. Ein paar Meter von uns entfernt plauderten fröhlich zwei betrunkene Arbeiter. Gegenüber saß eine Frau, sie trug Strandschuhe, himbeerrote Pluderhosen und darüber ein dickes, geblümtes Kleid. Neben ihr war ein kleines, ruhiges Mädchen in einem festlichen Synthetik-Kleid und schaute mir unverhohlen ins Gesicht, auch ich betrachtete sie eingehend. Die dunklen, wimpernumkränzten Augen der Frau waren leicht geschlossen. Sie döste und behielt dabei die Schulter ihrer Tochter fest im Griff. Der braune Wagen war unansehnlich, alles darin zeugte von schwerer Last und

Armut. Auch wir gehörten zu denen, die gezwungen waren, die Metro zu nutzen und im giftigen weißen Rauch der Waldbrände durch die Stadt zu laufen.

Bevor wir losgefahren waren, hatte Vater mich gefragt, in welcher Straße die Universität der Völkerfreundschaft sei, ich sagte, in der Miklucho-Maklaija. Oh, sagte Vater gedankenvoll, ein wichtiger Gelehrter, und griff zum Handschuhfach, um den Straßenatlas herauszuholen. Er blätterte darin herum und stoppte bei der Seite mit dem Süden Moskaus, brabbelte etwas vor sich hin, fuhr mit dem Finger über die Seite, und klappte den Atlas zu. Von der Metro gehen wir zu Fuß, hatte er gesagt. Wir verließen die Metro, und Vater zeigte auf ein Einkaufszentrum auf der anderen Straßenseite. Gehen wir da rein, da gibt es ein Buchgeschäft, siehst du, da kaufen wir Zeitungen. Wir betraten einen *Tschitaj-Gorod*,* und Vater machte sich daran, in den Zeitungen herumzukramen. Ich sah zum ersten Mal so viele Bücher. In Nowosibirsk, von wo ich zu Vater gekommen war, gab es ein großes Buchgeschäft, *Kapital,* aber ich genierte mich, hineinzugehen, weil ich nicht wusste, wie ich mich da drin verhalten sollte. Solange ich im Fernstudium an der Nowosibirsker Technischen Universität eingeschrieben war, hatte ich die Möglichkeit, Bücher in der Bibliothek auszuleihen, die ich auch nutzte. Aber dann erschien ich nicht zu den obligatorischen Präsenzterminen und wurde

* Größte Buchhandelskette in Russland.

exmatrikuliert. Ich lud mir Raubkopien von E-Books auf mein Notebook und las so Limonow und Richard Bach. Die Literaturkritikerin Lena Makejenko lieh mir Bücher, die sie von Messen in Krasnojarsk und Moskau mitbrachte. Dank ihr lernte ich die Prosa Michail Jelisarows und die Lyrik Jelena Fanailowas kennen. Wenn ich an Lyrik-Lesungen teilnahm, ging ich zu der Buchauslage im Club *Brodjatschaja Sobaka* und blätterte durch die Bände. Ich hatte kein Geld, um etwas zu kaufen, aber noch viel peinlicher war mir, dass ich selbst bei diesem bescheidenen Angebot nicht gewusst hätte, was ich kaufen soll, weil ich mich nicht auskannte.

Was stehst du da rum?, fragte Vater. Such dir Bücher aus, du bist doch angehender Schriftsteller, du musst Bücher haben. Ich sah mich um, in meinen Augen flimmerte es vor lauter Buchrücken, und vor Aufregung wurde die Welt ganz weich und zähflüssig. Ich verstand nicht, wie die Buchhandlung aufgebaut war, und ich wusste nicht, was ich in dieser Überfülle wollte. Wenn man nicht weiß, wozu die Vielfalt da ist, fühlt sie sich wie Rauschen an. Vater trat mit einem Stapel Zeitungen in der Hand zu mir. Na, was stehst du hier?, fragte er, geh und such was aus. Mich verblüffte die Einfachheit, mit der er Räume betrat, die mir fremd vorkamen. Ich sah zur Kasse und merkte, dass meine Unerwünschtheit hier nicht eingebildet war.

Die Frau hatte sich von ihrem Hocker hinter dem PC erhoben und beobachtete uns aufmerksam. Sie passte auf, dass wir nichts klauten. Aber wir hatten nicht vor, etwas zu klauen, wir wollten einfach Zeitungen und Bücher kaufen. Ich fühlte ihren Blick im Nacken, trat zu einem Korb mit der Aufschrift »um 30 Prozent reduziert« und suchte mir zwei Bücher aus. Bernard Werber, weil ich von ihm einmal eine Dystopie über Ameisen auf einer illegalen Seite heruntergeladen hatte und sie während einer Sonntagsschicht heruntergelesen hatte, als weder mein Chef noch Kunden im Café gewesen waren. Das zweite Buch war von einer Britin indischen Ursprungs, deren Namen ich vergessen habe. Im Klappentext stand, dass *Die Rückkehr* ein autobiographischer Roman darüber sei, wie eine von Briten adoptierte Inderin vierzig Jahre später nach Mumbai zurückkehrt, um ihre Eltern und Geschwister zu suchen. Ich hatte die Bücher schnell gegriffen, damit sich die Kassiererin nichts dachte, und sie auf den Tresen gelegt. Vater kam nach und legte seine Zeitungen dazu. Er stand neben mir und war völlig unempfänglich für den beklemmenden Blick der Kassiererin. Er kramte lange in seinen Taschen herum und suchte Kleingeld, um es ihr passend zu geben. Er war gekommen, um Bücher und Zeitungen zu kaufen, und genau das tat er. Wir nahmen die Tüte, die uns die Verkäuferin anbot, und ich packte meine Bücher und die Zeitungen ein. Ich nutzte sie noch lange danach: Sie war robust und eignete sich gut zur Aufbewahrung von Zahnpasta, Bürste und Rasierer.

Als wir das Einkaufszentrum verlassen hatten, steckte sich Vater eine Zigarette an und sah sich um. Ich versuchte, in Moskau nicht zu rauchen: Vom Brandrauch dröhnte mir auch so der Kopf und kratzte es im Hals. Da lang, sagte Vater und zeigte mit dem Finger die Richtung an. Er warf den Zigarettenstummel in eine Tonne, und wir gingen los. Er führte mich durch Prospekte, Hinterhöfe und Gassen, aber nicht auf gut Glück, er hatte sich die Karte gemerkt. Nachdem er am Morgen einen Blick darauf geworfen hatte, war sie in seinem Kopf gespeichert, und jetzt kroch förmlich der blaue Pfeil eines Navigationssystems darüber. Wir gingen an dicht verschlossenen Fenstern und leeren Cafés vorbei. Vor einem Café bemerkte Vater eine Kreidetafel auf dem Rasen. Laut las er, was darauf geschrieben stand: Mo-ji-to. Er drehte den Kopf zu mir: Was ist das? Ich sagte, das ist ein Kaltgetränk mit Mineralwasser, Minze und Eis. Normalerweise kommt noch Rum rein, aber hier werben sie für die alkoholfreie Variante. Interessant, sagte Vater, lass uns so einen Mojito trinken, wenn wir die Tickets gekauft haben.

Ein paar Blöcke von der Universität entfernt stießen wir wieder auf ein Café, das Mojitos anbot, und beschlossen, später dort einen zu trinken. Vater gefiel es, dass dieses Café eine Veranda hatte, wo man im Schatten sitzen und rauchen konnte. Das sagte er auch. Ich erwiderte, dass in dem ganzen Rauch gar keine Sonne und dementsprechend auch kein Schatten war. Vater hob den Kopf und schaute in den Himmel. Er war grau, und in der Mitte leuchtete fahl eine weiße Scheibe. Stimmt, sagte Vater, man sieht nicht mal die Sonne, schau.

Auf dem Rückweg setzten wir uns in dieses Café, eine junge Kellnerin in einem gestärkten weißen Hemd mit einer braunen Schürze kam zu uns auf die Veranda. Als sie uns gesehen hatte, hatte sie erst gezögert, war dann aber widerwillig herausgekommen. Ich fragte nach der Speisekarte und einem Aschenbecher. Vater steckte sich sofort eine Zigarette an. Ich schlug die schwere Speisekarte im Kunstledereinband auf, blätterte darin herum und fand den Einleger mit den Sommercocktails. Die Kellnerin stand die ganze Zeit an der Bar und beobachtete uns aufmerksam. Ich winkte sie heran und bestellte zwei alkoholfreie Mojitos. Die Kellnerin verschwand, Vater bat mich, ihm eine Zeitung aus der Tüte zu geben. Eine Viertelstunde verging. Uns gegenüber saß ein steril aussehender Jüngling in schneeweißen Sneakers und mit straff gebundener Krawatte, der in sein kleines MacBook vertieft war. Auf seinem Tisch stand ein Teller mit einem nicht aufgegessenen Club-Sandwich und eine große Teekanne. Ich arbeitete seit zwei Jahren in einer Bar und wusste, dass es nicht länger als drei Minuten dauert, zwei Mojitos zuzubereiten. Offenbar hatte die Kellnerin unsere Bestellung nicht weitergegeben und wartete darauf, dass wir einfach gingen. Ich wollte Vater nichts von meinem Verdacht erzählen, ich wollte nicht, dass er verstand, was los war. Ich stand vom Tisch auf, ging zur Kellnerin und erinnerte sie an unsere Getränke. Ich weiß nicht, warum ich das Bedürfnis hatte, Vater vor der Gemeinheit und dem Misstrauen zu beschützen, das die Kellnerin uns gegenüber ganz offensichtlich empfand. Vielleicht fühlte ich mich verantwortlich, ich war es ja, die ihm die mir vertraute Welt zeigte. Ich war es ja, die wusste, was ein Mojito war. Er kannte die Welt der Straßenbistros, wo es keine Rolle spielt, wie du aussiehst, dort bedient man alle, die bezahlen können. Jetzt aber bestand die Ungerechtigkeit darin, dass wir unsere Mojitos bezahlen konnten, aber man uns nicht glaubte und über uns die Nase rümpfte. Ich war schnell wieder zurück, Vaters Aschenbecher quoll schon über, während er seelenruhig eine Nachrichtenmeldung über die Waldbrände und die Rauchbelastung in Moskau las. Drei Minuten später kam die Kellnerin aus dem Café auf die Veranda, auf ihrem Tablett standen zwei hohe Gläser voller Eis und Minze, aus jedem schauten zwei Strohhalme heraus. Mit den Getränken brachte sie auch gleich die Rechnung und legte sie demonstrativ auf den Tisch. Sie ging nicht weg, nachdem sie unsere Getränke serviert hatte, sondern blieb neben uns stehen und wartete darauf, dass wir bezahlten. Ich verstand es und bat Vater, das Geld herauszuholen. Ein Mojito kostete 250 Rubel. Vater holte einen Fünfhundertrubel-Schein heraus und legte ihn in das Pappbüchlein mit der Rechnung. Ich bat die Kellnerin, unseren Aschenbecher auszuwechseln. Nun schon beruhigt, brachte sie uns gleich zwei. Ich erklärte Vater, dass in einen Mojito zwei Strohhalme gehörten – ein dünner und ein dicker: Der dünne sei der wesentliche, und der dicke für den Fall, dass der dünne mit Eis oder Minzblättern verstopfte. Vater legte die Zeitung weg und nahm einen Schluck.

Süß, sagte er und trank die Flüssigkeit in einem Zug aus. Dann schaute er auf mein Glas und fragte, was er mit dem Eis machen sollte und ob es überhaupt fair sei, Getränke zu servieren, die fast nur aus Eis bestünden. Ich sagte, diese Frage sei berechtigt, aber ein Mojito sei für den langsamen Konsum gedacht, während man ihn trinkt, sollte das Eis schmelzen. Es sei ein Erfrischungsgetränk für den Strand. Tja, sagte Vater, 250 Rubel war das nicht wert. Wie so vieles, sagte ich. Genau darin besteht dieses verfluchte Moskau, sagte Vater nachdenklich. Komm, sagte er, rauchen wir noch eine, und dann machen wir uns zum Stellplatz auf, ich muss morgen Abend in Tambow sein.

17

Nach seiner Beerdigung fuhr ich auf die Krim, um meine
Mutter zu sehen. Ende September wüteten die Stürme,
die Halbinsel war ausgeblichen. Der Sommer hatte die Farbe
aus dem Gras gebrannt, und die kalten Winde machten das
Wasser grau. Alles war grau oder beige und wirkte wie ein un-
ansehnlicher Trauertag. Tante Mascha, Minnigel-Apa, saß im
Sessel und verfolgte die Abendnachrichten. Vor allem die Wet-
tervorhersage interessierte sie, denn der letzte Sturm hatte
mehrere Menschen getötet: Eine hohe Welle hatte sie vom Steg
gespült und ins offene Meer hinausgetragen. Tante Mascha
trauerte um sie, ihr taten die Menschen leid, die so dumm ums
Leben gekommen waren, sie wollten doch bloß das Meer fotografieren, und das Meer hatte sie verschluckt. Mit ihrer Brille
auf der Nase schaute sie den Bericht eines lokalen Senders und
murmelte immerzu: Ihr Tod war ungerecht. Und wenn ihr wieder einfiel, warum wir uns in ihrem Haus versammelt hatten,
drehte sie sich zu mir um und sah mir lange ins Gesicht. Sobald
ich ihre Aufmerksamkeit bemerkte, erwiderte ich ihren Blick
mit einer fragenden Geste. Sie brabbelte etwas vor sich hin und

sagte dann schon lauter, ich solle Vaters Angelegenheiten klären und wenn die Zeit gekommen sei, wieder nach Astrachan fahren und herausfinden, warum Vater so früh gestorben sei. Ich nickte ergeben. Ich wusste, woran er gestorben war, aber es ihr zu sagen brachte ich nicht fertig.

Mutter saß im anderen Sessel und sah ebenfalls fern. Nebeneinander sahen sie wie tatarische Matrjoschkas aus: Beide hatten matte, wie nasse Kastanienrinde braune Augen, spitze, aufwärtsgeschwungene Nasen und große quadratische Kiefer. Sie saßen unter den Portraitfotos von Minnegels Brüdern und Schwestern an der Wand. Rechts hingen die Fotos dunkeläugiger Männer und Frauen mit roten Haaren, links Dunkelhaarige mit grauen Augen. Nach dem Tod von Minnegels und Großvater Rafiks Mutter hatte ihr Vater eine Russin geheiratet. Minnegel sah fern und zwirbelte mit ihren kräftigen dunklen Fingern die Fransen an der Armlehne. Über Religion sprach sie nie, aber sie erwähnte oft, dass Mirschan ein hoch angesehener Mann in Tschistopol gewesen sei, er habe den Koran auswendig gekonnt und sehr schön gesungen. Die Kinder durften nie im Haus sein, wenn Nachbarn zu Mirschan kamen, damit er ein Lamm schlachtete oder einen Knaben beschnitt. In ihrer Kindheit hatte Minnegel vor dem Fenster gesessen und der Stimme ihres Vaters gelauscht. Nun trug sie einen weißen Baumwollturban, wie sie es zu Hause immer tat. Sie zeigte ihre Haare nie. Ich habe ihre offenen Haare nur einmal gesehen, und auch das durch einen Zufall: Sie war nachts in mein Zimmer gekommen, um die Fenster zu schließen, die ein tosender Wind aufgestoßen hatte. Ihr Haar war kastanienbraun gefärbt und reichte bis zu den Fersen. Tagsüber flocht sie es zu mehreren lockeren Zöpfen zusammen und steckte sie mit kleinen Spangen zu einem üppigen Nest fest hoch.

Minnegel war kinderlos. Sowjetische Onkologen hatten ihr die Gebärmutter und die Eileiter entfernt, aber als älteste Tochter, die es gewohnt war, sich um ihren kleinen Bruder, meinen Großvater Rafik, zu kümmern, pflegte sie ihn ihr ganzes Leben wie ein chronisch krankes Kind. Er war ja auch ein chronisch krankes Kind, weil er seit seiner Jugend unter einer Alkoholabhängigkeit und Anfällen grundlosen Zorns litt. Er schlug seine erste Frau, meine Großmutter Walentina, und später auch seine zweite Frau, die ebenfalls Walentina hieß; regelmäßig prügelte er beide halbtot. Wenn die Frauen endlich die Kraft aufbrachten und ihn rauswarfen, kehrte er zu seiner Schwester zurück. Und sie nahm ihn auf wie eine Waise. Ihre Mutter war an einer Lungenentzündung gestorben, als Rafik noch kein Jahr alt war. Von da an ersetzte ihm die neun Jahre ältere Minnegel die Mutter. Es war eine feste, erdrückende Bindung, in der sie all seinen Launen nachgab und diese gleichzeitig verurteilte. Sie liebte ihn mit einer mitleiderfüllten Liebe, sodass er bis ins hohe Alter ein dummer Junge blieb. Und doch war er ein böser Mensch. Zum ersten Mal sah ich ihn einige Jahre vor Vaters Tod. Sein vom Alkohol entstelltes Gesicht ließ immer noch die Züge eines gut aussehenden Tataren erahnen.

Er lebte auf der anderen Straßenseite von Minnegels Haus in einer Banja; wenn er nüchtern war, fütterte er die Hühner oder hackte Holz. War er betrunken, kotzte er in eine Waschschüssel neben seinem Taptschan. Sein Magengeschwür und später der Krebs erlaubten es ihm nicht ungestraft zu trinken, dennoch besoff er sich bei der erstbesten Gelegenheit.

Wenn ich mich neben Mutter und Minnegel-Apa setzte, konnte man sehen, wie das tatarische Blut Generation für Generation aus unseren Adern gespült wurde. Mein Gesicht sieht, obwohl es noch tatarische Züge hat, russifiziert aus. In Mutters Geburtsurkunde steht Rafik Mirsasjanowitsch Musafarow als Tatare, meine Großmutter Walentina Iwanowna als Russin, aber meine Mutter Andshella Rafikowna hat Großvater als Russin eintragen lassen. Wir waren Russen, und der Einfachheit halber nannte man Großvater Rafik Roman, und Minnegel Tante Mascha. Es war Großvater Rafik, der entschied, meine Mutter nach der lesbischen Feministin Angela Davis zu benennen. Mein Vater wurde nach Juri Gagarin benannt. Vater machte sich über Mutter lustig und nannte sie Tatarenbraut. Die tatarische Herkunft galt als ein unabänderlicher Makel, als ein schicksalhafter Lapsus. Mutter mochte ihre tatarischen Züge nicht, doch mit den Jahren schliff sich ihr Gesicht ab und wurde breit und quadratisch wie das von Minnegel.

Mutter besuchte Minnegel zwanzig Jahre, nachdem Großvater Rafik auf die Krim gezogen war. 1989 hatte Großmutter Walentina ihren Mut zusammengenommen und erklärt, die

Tochter müsse sich entscheiden, wen von den Eltern sie bei ihrer Hochzeit sehen wolle – Mutter bat Großvater, nicht zu kommen. Er kaufte sich ein Ticket und fuhr zu seiner Schwester. Großvater war emotional nicht zu erschüttern und fast immer betrunken. Als sie zum ersten Mal auf die Krim kam, brachte Mutter ihm ein kurzärmliges Hemd und lange Unterhosen mit. Er trug sie bis zu seinem Tod. Ich denke, das lag nicht daran, dass er sentimental gewesen wäre; es war schlicht männlicher Pragmatismus: Ein Hemd und lange Unterhosen waren dazu da, dass man sie trug, mehr nicht. Mutter und Großvater konnten nicht miteinander reden: Sie zog ihn ständig auf, und er ärgerte sich auf eine kindlich hilflose Weise über ihre Sticheleien. Auch ich sprach nicht mit ihm. Als er mich das erste Mal sah, packte er mich mit seinen knochigen Fingern und empörte sich sonderbar über meine Größe. Ich sei zu lang geraten, sagte er. Ich war nicht riesig, er war bloß ein sehniger kleiner Greis. Meine Jugend und meine Kraft wunderten und ärgerten ihn. Nachdem er mich losgelassen hatte, setzte er sich auf die Couch, ich setzte mich neben ihn. Großvater Rafik wandte mir kurz sein karges Gesicht zu, sah wieder weg und vertiefte sich in den Fernseher. Keine fünf Minuten später stand er genervt auf, befahl mir, den Überwurf auf der Couch zu richten, holte sich einen Teller frisch gebackener Piroschki aus der Küche und verschwand.

Ich hatte etwas Angst vor ihm und redete lieber mit Onkel Witja, Minnegels Mann, einem gutherzigen Agronomen, der bis zum Zerfall der Sowjetunion Tabakplantagen und Weinberge im Süden der Krim verwaltet hatte. Als Onkel Witja erfuhr, dass ich am Literaturinstitut studierte, flößte ihm das großen Respekt ein. Für ihn konnte ein Mensch, der sich mit dem Schreiben befasst, nur ein ehrlicher Reporter sein. Stolz erzählte er mir, wie einst ein junger Reporter auf seine Plantagen gekommen sei, um ihn zu interviewen, sich mit Kagor betrunken habe und nach Sewastopol statt Simferopol weitergefahren sei. Später sei sein Artikel in einer Moskauer Zeitung erschienen, er habe ihn ausgeschnitten und per Post geschickt. Ich versuchte ihm zu erklären, dass ich keine Journalistin werden wollte, aber er verstand mich nicht, weil er fast taub war. Ganze Tage verbrachte er damit, auf einem Hocker zu sitzen, mit beiden Händen den großen Fernseher festzuhalten, auf dem ein blendend weißes Zierdeckchen lag, und so, ein Ohr an den Lautsprecher gedrückt, Nachrichten oder Fußball zu schauen. Bei jedem Festessen hob er das Glas, wandte sich an mich und sagte: Na, Reporterin, trinken wir!

Als sie in den Siebzigern hierher zugewiesen wurden, bekamen sie von der Verwaltung Jaltas eine kleine Wohnung in den Bergen und ein Grundstück für einen Gemüsegarten am Steinhang. Dort pflanzte Minnegel süße Feigen und Erdbeeren an. Einmal bat sie mich, Onkel Witja einen Plastikeimer in diesen Garten zu bringen. Er war zum Beeren pflücken aufgebrochen und hatte ihn vergessen. Ich stieg eine steile, in Stein gehauene Treppe hinab und schlüpfte durch ein Loch in der

Hecke. Onkel Witja saß, seinen von der Sonne ausgeblichenen Fischerhut auf dem Kopf, am Abhang und blickte über die Bäume hinweg in die Ferne, wo hinter den Bergen das Meer begann. Er konnte mich nicht hören. Er saß dort in der Stille seines tauben Kopfes und grübelte. Mich überkam ein Gefühl der Trauer, weil ich nicht wusste, worüber dieser stille, lebensfrohe Greis nachdachte. Ich hörte das Zirpen der Grashüpfer, in Wellen rollten ihre Lieder über das verworrene Gras. Der Himmel war stechend blau. Vom grellen Licht des Südens flimmerte es in den Augen. Ich trat näher und hörte, dass er sang. Sein Lied war kläglich und kraftlos. Er war traurig, er ließ den Blick über die Bäume schweifen. Ich wusste nicht, was ich tun sollte. Den Eimer einfach stehen lassen und gehen konnte ich nicht, dann wüsste er, dass ich dagewesen war und ihn beobachtet hatte, aber sein Lied zu unterbrechen, wäre unsensibel. Ich setzte mich etwas abseits hin, um das Ende seiner einsamen Meditation abzuwarten. Ich saß da und dachte, dass das Alter wie dieser einsame Blick in die Ferne ist. Ein Blick in die Weite, die du nicht erreichen wirst. Einsame Enttäuschung, das Revue-passieren-lassen der eignen Taten und Trauer um die Welt, die du bald verlassen musst. Eine unerträgliche Trauer um die Zukunft und eine hilflose Wut auf die Welt, die ohne dich genauso sein wird. Wir saßen auf dem Steinhang, und ich sah zu, wie er den Kopf wiegte und mit der rechten Hand das welke Gras neben seiner Hüfte berührte. Er war allein, und um ihn herum präsentierte sich stolz die gnadenlose, ruhelose

Welt. Onkel Witja faszinierte mich, mir war, als sähe ich ihn nicht hier vor mir, sondern in einem guten Film. Irgendwann nahm ich ihn gar nicht mehr wahr, sondern blickte selbst über die Baumwipfel hinweg und dachte an die Welt, als einen weiten Ort, der voller Leben war, da drehte er sich plötzlich um. Vor Überraschung zuckte ich zusammen und lächelte ihn verlegen an, dann fiel mir ein, dass er nicht gut sehen konnte, und ich winkte fröhlich. Onkel Witja schaute mich an, in seinem Blick war Wut. Ich zeigte auf den Eimer, er nickte verhalten. Ich stand auf, zeigte noch mal auf den Eimer und tippelte rückwärts zur Hecke. Er nickte und drehte sich weg. Als ich eilig durch das Loch in der Hecke krabbelte, zerkratzte ich mir die Beine, die feinen rosa Linien fingen sofort an zu brennen. Ich war unangenehm berührt von seinem bedrückenden Blick. Wusste er, dass ich seine Einsamkeit gestört und die Zeit der rauschhaften Schwermut vernichtet hatte? Oder hatte er an etwas gedacht, das er inbrünstig hasste? Der bezaubernde Greis hatte mich am Steinhang so erschreckt, dass ich während des Abendessens versuchte, nicht in seine Richtung zu schauen.

Mein letzter Besuch in ihrem Haus dauerte nur ein paar Tage, ich war auf Durchreise. Damals waren alle noch am Leben. Vor der Abreise setzte ich mich auf die warme Holztreppe am Eingang, um meine Schuhe zu binden, und hörte Onkel Witja langsam, auf den Stock gestützt, herauskommen. Zu jener Zeit ging er nicht mehr zu dem Garten, seine Beine waren zu schwach. Er ging nur noch in den Hof hinaus, um den Staub von seinem gelben Saporoshez zu wischen oder auf der Bank unter dem alten Nussbaum zu sitzen. Das Gehen fiel ihm schwer, und aus Respekt vor seinen Bemühungen hörte ich auf, mich zu beeilen. Er kam heraus und ließ sich laut krächzend neben mir nieder. Ich rückte, um ihm Platz zu machen, drehte mich zu ihm und lächelte. Er sah mich aus nächster Nähe an, und doch war sein Blick wie in unbestimmte Ferne gerichtet. Er sah mich mit seinen alten Augen an und blinzelte langsam. Onkel Witja hatte etwas von einem großen Koala. Ich wollte ihn nicht hetzen, aber ich wusste immer noch nicht, wozu er herausgekommen war. Als ich meine Sachen gepackt hatte, war ich in seinem Zimmer gewesen und hatte mich so hingestellt, dass er den Rucksack sehen konnte. Er hatte mich angesehen, abgewunken und sich weggedreht. Nun hatte er mich aber eingeholt. Onkel Witja atmete heftig, und ich traute mich nicht, aufzustehen, denn ich fühlte, dass er wegen mir herausgekommen war und etwas sagen wollte. Wir schauten beide geradeaus, nach einer Weile setzte er zum Sprechen an, aber in seiner Stimme war nichts von der Freude, mit der er auf die Reporterin getrunken hatte, und auch kein Nachdruck, mit dem er sich über ruinierten Tabak entrüstet hatte. Alle aufgesetzten Schichten seiner Redeweise waren plötzlich verschwunden, mit mir sprach ein ruhiger Greis. Du bist eine seltene Frau. Ich habe wenige gesehen, sagte er, die so sind wie du. Du bist eine Streunerin, eine wie du wird nirgends Ruhe finden. Du musst immer irgendwohin fahren, vor irgendetwas weglaufen. Eine gewöhnliche Frau hat nur im Kopf, wie sie ihr Heim einrichtet, aber du brauchst etwas anderes. Du bist unbehaust und empfindest diese Unbehaustheit nicht als Makel, sondern als die einzige Daseinsmöglichkeit. Dich interessieren keine Männer, du brauchst sie nicht. Du wirst es schwer haben, schloss er. Ich hörte ihm mit meinem ganzen Körper zu. Als er fertig war, versuchte ich, zu lächeln, aber ich schaffte es nur, unentschieden mit der Schulter zu zucken. Er sah mich nicht mehr an. Auf seinen Stock gestützt, stand er laut auf, klopfte mir mit seiner breiten, trockenen Handfläche auf den Rücken und ging. Von seinen Worten fühlte ich eine Bitterkeit. Diese Bitterkeit floss mir in die Arme, die Beine, die Brust. Seine Worte waren entlarvend gewesen und hatten mir gleichzeitig eine verzweifelte Freude gemacht.

Ich kam auf die Krim, um Mutter zu sehen. Sie war nicht bei Vaters Beerdigung in Astrachan gewesen. Als ich sie fragte, warum, antwortete sie angewidert, sie habe Großmutter nicht treffen wollen. Ich machte keine Anläufe mehr, mit ihr darüber zu reden. Nachts lagen wir im kleinen Zimmer auf einem Federbett und sprachen leise über den verstrichenen Tag. Dann schlief sie ein, und ich blieb im Dunkeln liegen, betrachtete das kühle Leuchten der getünchten Decke und wie sich der dünne Wandteppich mit den zwei stolzen Hirschen von den Luftströmen bewegte. Am Tag meiner Ankunft hatte Minnegel-Apa mehrere Weinflaschen hervorgeholt, Buchweizen gekocht und einen Salat mit Mayonnaise zubereitet. Angetrunken und satt verschwanden bald alle in ihren Zimmern, nur Mutter und ich konnten noch nicht schlafen. Genüsslich rauchten wir im schwarzen Schatten eines alten Nussbaums und unterhielten uns. Die Luft roch nach abgekühltem Laub. Eine Zigarette reichte nicht, beide steckten wir uns die nächste an. Die orangefarbene Glut ihrer dünnen Zigarette leuchtete auf und erlosch wieder. Die Kippen warfen wir in ein Einmachglas mit Wasser. Das Glas hatte Mutter von Minnegel-Apa, die rauchende Frauen nicht leiden konnte, aber Mutter hatte sie in bissigem Tonfall daran erinnert, dass sie bereits vierundvierzig sei. Ich hatte den ganzen Tag auf diesen Moment gewartet und sagte Mutter nun, dass die Hirnhautentzündung ein Symptom von Vaters Aids gewesen sei. Ich sagte, ich würde mir Sorgen machen, dass sie sich vielleicht angesteckt haben könnte, und fragte, ob sie sich geschützt hätten, als sie noch zusammen waren. Mutter blies den Rauch geräuschvoll aus – sie rauchte süßliche *Glamour* – und erwiderte, Vater habe selbst auf Kondomen bestanden. Vor seinem Tod, sagte sie, war ich wegen einem Pilz beim Frauenarzt, bei der Gelegenheit haben sie gleich alle Tests gemacht, ich hab kein Aids. Mutter war ruhig, mich überraschte die kühle Überlegenheit, mit der sie über Vater sprach. Sie teilte meine Aufregung und Bestürzung nicht. Damals empfand ich ihre Gleichgültigkeit als Verrat.

18

Die Folge von all dem ist Verlassenheit.
Susan Sontag

Wenn dein Vater an Aids stirbt, ist es nicht das Gleiche, als wenn er an Herzinsuffizienz oder einem Schlaganfall gestorben wäre. Schon das Wort Aids ruft eine unbestimmte Scham hervor. Ich habe Vater ein Jahr vor seinem Tod gesehen: Sein Gesicht war zur Hälfte tot, beim Gehen zog er ein Bein nach. Auf dem Foto für einen neuen Führerschein sieht er wie ein grauer Greis aus: Die schlickgelben Augen sind erstarrt, das Blitzlicht spiegelt sich darin. Um seine Todesursache geheim zu halten, sah Ilona über den Betrug hinweg und kümmerte sich selbst um allen Papierkram und die Beerdigung. Die medizinischen Unterlagen versteckte sie. Vollkommen ratlos reiste ich nach Astrachan: Vater hatte mich drei Tage vor seinem Tod aus dem Krankenhaus angerufen, und wir hatten über die Rechtmäßigkeit der Kampfhandlungen im Donbass gestritten. Am

Ende hielt er meiner Vehemenz nicht stand und legte einfach auf.

Zwei Wochen vor seinem Tod war er mit starken Kopfschmerzen eingeliefert worden. Er war ohne Ladung von Astrachan nach Wolgograd unterwegs, hatte aber schon am Morgen gemerkt, dass mit seinem Kopf etwas nicht stimmte und Paracetamol genommen. Auf halber Strecke wurden die Schmerzen so heftig, dass er es so gerade noch bis zum nächsten Hotel schaffte, von wo aus er Fjodor anrief. Zum Glück war Fjodor gerade in Astrachan, er trommelte ein paar Männer zusammen, und sie holten ihn mit einem Pkw ab. Man legte ihn auf den Rücksitz und brachte ihn zurück nach Astrachan. Seinen Laster holten sie am nächsten Tag. Im Krankenhaus kam Vater durch die Schmerzmittel schnell wieder zu sich und verstand nicht, warum man ihn nicht entlassen wollte. Am meisten empörte ihn der Zustand seines Krankenzimmers. Es lag in einem komplett heruntergekommenen Flügel der Abteilung für Infektionskrankheiten. Vater teilte sich das Zimmer mit mehreren anderen aidskranken Männern und sah täglich, wie sie, einer nach dem andern, in schwarzen Säcken abtransportiert wurden.

Zum ersten Mal verschlechterte sich sein Zustand ein Jahr vor seinem Tod, aber Vater maß dem natürlich keine Bedeutung bei. So wie ich ihn kenne, kann ich mit Gewissheit sagen, dass seine Krankheit nirgendwo erfasst und er in keinem lokalen HIV-Zentrum gelistet war. Er wusste um die Krankheit und begegnete ihr mit Fatalismus. Für ihn war Aids eine gewöhnliche *Macke*, an der zu sterben ihm bestimmt war. Aber weil er nicht wusste, wann es passieren würde, verwandelte sich seine Zeit in eine Zeit der wiederkehrenden Momente vor dem Tod. Eines Tages würden sie ihm ausgehen – diese Tatsache nahm er grimmig und mit Schwermut hin.

Ich erfuhr durch einen Zufall, dass er an Aids gestorben war. Ich hatte mich mit Ilona unterhalten und angedeutet, dass ich vorhätte, Vaters Todesursache herauszufinden. Eine Hirnhautentzündung sei meines Wissens heilbar. Merkwürdig, dass ein erwachsener Mann daran gestorben war. Ilona wurde plötzlich blass und zog mich am Ärmel ins Schlafzimmer, wo sie mir schnell flüsternd erzählte, was passiert war. Sie starrte mich mit ihren Mandelaugen an und blinzelte fast gar nicht, das Licht im Schlafzimmer war blau wie die Nacht in der Steppe. In diesem Licht schienen Ilonas Augen perlmuttfarben. Sie hatte Angst – Angst vor dummen Vorurteilen, Angst zu sterben. Und sie schämte sich unendlich. Diese Verletzlichkeit, deren Zeugin ich wurde, war die Verletzlichkeit einer Frau, die nichts verschuldet hatte und nicht wusste, dass sie keine Schuld traf. Schweigend ließ ich sie ausreden, obwohl es mir schwerfiel, in ihrer Nähe zu sein. Vom anfänglichen hysterischen Flüstern war sie zu einem einschmeichelnden Murmeln übergegangen. Sich entschuldigend, erzählte sie mir, sie habe Vater immer gutes Essen gemacht und Vitamine gegeben. Weißt du noch?, fragte sie mich, ich hab ihm immer diese Vitaminpillen gegeben. Ich weiß, erwiderte ich in der Hoffnung, sie zu beruhigen, ich wehrte mich gegen das Gefühl, sie hätte irgendeine Schuld mir gegenüber. Hatte sie ja auch nicht. Sie hatte Vater Vitamine gegeben, aber kein Vitamin der Welt hätte ihm helfen können. Vater hatte einen zerstörerischen Lebenswandel: Er saß ständig am Steuer, schlief schlecht, rauchte zwei Schachteln starke Zigaretten täglich und betrank sich alle zwei Wochen bis zur Besinnungslosigkeit. Ein paarmal sah ich ihn zwischen den Touren oder bei längeren Ruhezeiten auch Gras rauchen.

Ich bat Ilona zu gehen und blieb im blauen Zimmer ohne Licht zurück. Als ich mich auf das große Bett setzte, das Vater gekauft hatte, fiel mir ein, wie er während einer zweiwöchigen Routenpause einmal von Truckern nach Hause gebracht wurde. Er schlief nicht, war aber auch nicht bei Bewusstsein, sondern in ebenjenem Zustand, den Ilona »sein Gemotze« nannte. Die Männer hatten ihn zu viert in den fünften Stock getragen, hinter seinem Körper zog sich eine gepunktete Linie zähen Blutes. Angeblich war er aufgestanden, um zum Wagen zu gehen, und sofort mit dem Gesicht auf eine Betonstufe gestürzt. Man legte ihn auf die Couch, sein Gesicht und seine Kleidung waren voller Blut. Es roch nach Alkohol: Ilona war mit einer Halbliterflasche Ethanol angerannt gekommen, hatte zähnefletschend die Arme ausgebreitet und allen befohlen zu verschwinden. Die vier Männer wichen zurück und verließen, ohne sich zu verabschieden, die Wohnung. Wir blieben allein, ich bot Ilona meine Hilfe an, aber sie machte eine hastige Handbewegung und sagte, ich solle Vater ja nicht anfassen. Damals deutete ich ihr Verhalten als demonstrative Fürsorge, nun aber verstand ich, dass sie befürchtet hatte, ich oder die Männer könnten mit dem Blut aus der offenen Wunde in Kontakt kommen. Sie tränkte ein Stück Mull in Alkohol und drückte es auf Vaters entstellte Nase. Er knurrte vor Schmerz wie ein wildes Tier, das in eine Falle geraten war. Vater wand sich auf der Couch, während Ilona sich in seine Schultern krallte und ihn auf das Kissen drückte, damit er nicht aufstand. Als er wegdämmerte, tränkte sie einen neues Stück Mull in Alkohol, wischte damit die Blutflecken vom Boden auf und reinigte den Teppich. Danach atmete sie erleichtert auf und warf den Mull in den Mülleimer. Ich hatte die ganze Zeit auf der Schwelle der Balkontür gesessen und zugesehen, wie mein besinnungslos betrunkener Vater auf einer geblümten Tagesdecke mit Fransen tobte. Im Zimmer war es eng und stickig geworden, der Geruch des Alkohols, des frischen Blutes und ein wabernder Malvenduft hatten sich mit dem Geruch von Schmieröl und Männerschweiß vermischt. Heißes Lampenlicht fiel auf Ilonas braune Haut. Ich fühlte Scham und unerträgliches Mitleid mit uns allen, weil wir hier gelandet waren. Und es gab keine Kraft, die hätte wiedergutmachen können, was hier geschah. Es gab kein Instrument, mit dem man dieses Stück Zeit und Raum hätte ausschneiden und, in einen Papierfetzen gewickelt, möglichst weit weg, über den Zaun, werfen können.

Während ich Vater beobachtete, dachte ich, dass ich ihn verstehen konnte. Ich fühlte, dass auch in mir etwas war, das man nicht satt bekam; es war wie eine Dunkelheit, die einzig und allein danach verlangte, dass man sie vernichtete. Wo lag die Grenze zwischen dieser Dunkelheit und mir? Ich wusste es nicht. Ich kannte das Gefühl, das Vater antrieb: Es war der Wunsch, aus sich herauszukommen. Nach einer harten Siebzehnstunden-Schicht im Café kam ich nach Hause, zog die Hose bis zu den Knöcheln herunter und saß, ein klein wenig erleichtert, lange da. Der Jeansstoff war schwer, er roch nach Kaffeeölen und Küche, nach meiner Vulva und Schweiß, an der Innenseite waren kleine Hautschuppen zu sehen. Ich betrachtete die Jeans und roch an ihr. Ich wollte oft aus mir heraus, so wie aus meiner Arbeitsjeans. Ich wollte mein ganzes Ich ausziehen. Genauso war es mit Vater: Er ertrug es nicht, mit sich allein und nicht unterwegs zu sein. In ihm war eine Dunkelheit, aber diese Dunkelheit machte aus ihm keinen romantischen Helden oder jemanden, den man bemitleiden oder retten musste. Diese Dunkelheit entstellte ihn und verwandelte den Raum um uns – um mich, ihn und Ilona – in einen erdrückenden Ort, an dem alle unglücklich waren.

Von seinem Tod erfuhr ich früh am Morgen.

Zwei Wochen vorher hatte ich einen Wohnheimausweis für meine Freundin Weronika gefälscht. Kurz vor der Sperrstunde ging sie damit am Wachmann vorbei und kam zu mir in den dritten Stock. Wir schliefen in meinem schmalen Bett ohne

Kissen und mit einem dünnen Laken als Decke. Damals glaubte ich, eine asketische Lebensweise würde mich verstehen lassen, wie die Welt beschaffen ist, und mir helfen, die Panikattacken in den Griff zu bekommen. Aber es lief nicht, wie ich es wollte. Nachdem ich den Tag über streng gefastet hatte, stopfte ich mir nachts den Bauch voll und betrank mich mit billigem Sekt und Bier. Dann konnte ich nicht einschlafen, weil es kalt und unbequem war. Weronika schlief am Rand, die Jacke zu einem Kissen zusammengeknüllt. Während sie schlief, betrachtete ich ihren kahlrasierten Kopf. Mir gefielen ihre Augen mit den festen Lidern, die von dunklen Wimpern umkränzt waren. Ihre schmollenden Lippen formten eine Art Schleife. Im morgendlichen Septemberlicht wirkte alles groß, klar umrissen und grell. Sogar die Hässlichkeit des Zimmers mit seiner Kunststofftapete und dem braunen Linoleum wirkte sinnerfüllt. Ich wollte nicht aufstehen. Ich verschlief wie immer die Wirtschaftsvorlesung und die Theorie der Literaturkritik, aber zur Kunstgeschichte hätte ich es noch schaffen können, die versuchte ich nämlich, nicht zu versäumen. Ich krabbelte über die schlafende Weronika, sie hatte eine leichte Weinfahne und roch nach erdigem Schweiß, und ging zum Kühlschrank, auf dem mein weißes Nokia lag. Es waren sieben entgangene Anrufe von Ilona und drei von Mutter drauf. Der erste war um halb sechs gewesen, sie versuchten, mich seit fünf Stunden zu erreichen. In der Liste der eingehenden Anrufe wählte ich Mutter aus und drückte den Anrufknopf. Sie ging sofort ran und sagte dumpf, als spräche sie aus einem tiefen Brunnen, dass Vater in der Nacht gestorben war. Ich schwieg, sie fragte, was ich tun will. Ich steige noch heute in den Zug und fahre zur Beerdigung. Ich fragte, ob sie auch fährt. Sie schwieg eine Weile und sagte dann, sie habe sich noch nicht entschieden

Ich kaufte ein Ticket für den Nachtzug. Weronika brachte mich zum Bahnhof, sie wusste nicht, wie sie sich verhalten sollte, deswegen lächelte sie die ganze Zeit unbeholfen. Ich wusste auch nicht, wie ich mich verhalten sollte. Mein Vater war ganz jung gestorben, siebenundvierzig war er gewesen. Vor drei Tagen hatte er mir noch in den Hörer geschrien, die russischen Soldaten würden so lange im Donbass herumschießen, wie es nötig wäre. Und jetzt lag er in einem schwarzen Sack in einer Kühlkammer des Krankenhauses. Als er aus der Notaufnahme in die Abteilung für Infektionskrankheiten verlegt worden war, empörte er sich darüber, wie heruntergekommen alles war: Menschen seien in Zimmern untergebracht, wo der Putz in großen Streifen von der Decke hing, die Matratzen auf den Gitternetzen seien feucht und verklumpt. Er hatte mit seinem Samsung ein kleines Video darüber gemacht, was man den Kranken zumutet. Die gesamten dreißig Sekunden, die er mit zitternder Hand das gelbe Zimmer mit den durchgemoderten Wänden und den bloß liegenden Metallstreben filmt, hört man ihn derb fluchen. Er hatte Ilona angerufen und von ihr verlangt, dass sie das Video ins Internet stellt, damit alle erfahren, unter welchen Verhältnissen Menschen im städtischen Krankenhaus liegen. Seine Forderung rührte mich: Sie basierte auf der Vorstellung vom Internet als einer großen Wandzeitung.

Er verstand nicht, dass dieses Video, wie so viele andere, die ins Netz gelangen, untergehen und von niemandem gesehen würde. Genauso wenig wie er verstand, dass der Zustand seines Krankenzimmers mit den russischen Soldaten im Donbass zusammenhing. Bei unserem letzten Gespräch hatte ich ihn darauf hingewiesen, das hatte ihn noch wütender gemacht. Ihm gingen die Argumente aus, und er drückte einfach auf den roten Knopf. Ich saß auf dem Boden neben meinem Bett, und als ich die Stille im Hörer vernahm, sagte ich: Na, dann fick dich doch.

Jetzt ärgerte und empörte ihn nichts mehr. Er lag im Dunkeln, sein Schädel war von einem Ohr zum anderen aufgesägt. Ich reichte der Schaffnerin das Geld für die Bettwäsche, holte sie aus der Plastiktüte, bezog die verklumpte Matratze und kletterte auf die obere Liege. Es war ein schöner Tag, ich betrachtete ihn durch eine schalldichte, transparente Wand. Die schneeweiße Bettwäsche meiner Wagennachbarin türmte sich wie ein Eisberg auf, sie saß auf der Decke, trank langsam Tee und weinte. Als sie ihren Teeglashalter auf den Tisch stellte, begann das Glas leise zu klirren. Sie bemerkte es und stellte ihn sich auf den Schoß. Die ganze Zeit wurde sie angerufen, sie sprach leise, kurze Botschaften in den Hörer: Mutter ist tot, ich fahre zur Beerdigung. Wir hatten einen Trauerwagen.

Als ich es leid war, sie zu beobachten, legte ich mich auf den Rücken und fing auch an zu weinen. Von dem Gefühl banaler Ratlosigkeit und aus Angst kamen mir die Tränen. Ich hatte Angst vor Beerdigungen und vor Toten. Als ich in der Oberstufe war, waren einige Bekannte gestorben. Es waren plötzliche und unsinnige Tode: Selbstmord, Leukämie, ein junger Mann war beim Schwimmen an einem Baumstamm hängen geblieben und ertrunken. Ich war bei den Beerdigungen dieser Menschen, versuchte aber, nicht in die Särge zu schauen. Ich roch die süßlichen Blumen, die feuchten toten Körper und die Kutja. Ich ekelte mich vor allem, was mit Bestattungen zu tun hatte. Bei den Trauerfeiern bemühte ich mich, die Speisen nicht anzurühren. Es kam mir so vor, als wäre alles auf dem Tisch ein Teil des Toten und hätte sich mit Todessäften vollgesogen. Anstandshalber befeuchtete ich meine Lippen mit Kompott und versuchte, nicht auf das kalte Hähnchen auf dem Teller zu schauen. Jetzt musste ich zur Beerdigung meines Vaters fahren, und ich würde ihn küssen müssen, weil ich seine Tochter war.

Vaters Tod war, wie der Tod meiner Bekannten, seltsam und unsinnig. Es tat mir leid für ihn und es schmerzte mich, dass er so plötzlich gestorben war. Und gleichzeitig fühlte ich eine hässliche Erleichterung. Vater war eine Belastung für mich gewesen. Ich versuchte, so selten wie möglich mit ihm zu telefonieren, aber er rief mich ständig aus Langeweile nach dem Entladen an. Es waren sinnlose, quälende Gespräche. Manchmal rief er mich betrunken an und brüllte in den Hörer, dass er mich liebte. Beim Gedanken an meinen Vater wollte ich verschwinden.

Ich bemerkte, wie schnell er alterte, und wusste, dass er nicht mehr lange als Fernfahrer würde arbeiten können. Er hatte es zwischenzeitlich schon als Fahrer eines Lebensmitteltransporters in der Stadt versucht. Diese Veränderung hatte er damit erklärt, dass er die Fernfahrerei leid sei, außerdem konnte er einen Arm und ein Bein kaum noch bewegen. In dieser Verfassung Fernfahrer zu sein war gefährlich, das wusste er. Aber nach einem Monat mit den Lebensmitteln rief er Raissa an und sagte, er würde wieder landesweite Touren machen. In der Stadt, wo lästige Kleinwagen umherschwirrten und auf allen Straßen Staus waren, war es ihm zu eng. Überall waren Häuser, man sah die Steppe nicht. Schon ab der zweiten Arbeitswoche vermisste er die Weite und kündigte.

Ich hatte Angst vor dem Tag, an dem er nicht mehr fahren könnte. Denn das hieße, dass Ilona und meine Mutter ihn nicht mehr gebrauchen konnten. Außerdem deckte er mit einem Viertel seiner Einnahmen den Lebensunterhalt seiner alten Mutter, plötzlich wären also beide pflegebedürftig und bitterarm. Das wenige Geld, das bei mir landete, ein paar Tausender pro Tour, gab ich für Bücher und Kleidung aus. Aber obwohl seine Hilfe eine spürbare Ergänzung zu meinem Stipendium und meinen Nebenjobs war, hatte ich keine Angst, dass dieses Geld ausbleibt; ich konnte es mir selbst verdienen. Wenn er nicht mehr als Fernfahrer arbeiten könnte, würde es sich zweifellos auf seinen Gemütszustand auswirken, davor hatte ich Angst: Vielleicht würde sich sein ganzes Leben in einen grenzenlosen Suff verwandeln? Und was, wenn seine Arme und Beine endgültig versagten? Dann könnte er sich gar nicht mehr bewegen und wäre bis zu seinem Tod ans Bett gefesselt. Mir schauderte bei all diesen Gedanken. Ich hatte auch darüber nachgedacht, dass, wenn ihm etwas zustößt, ich die Uni aufgeben und mir einen festen Job suchen müsste, um meinen Vater zu ernähren und zu pflegen. Ich dachte immer an das Schlimmste, rechnete mit negativen Konsequenzen, weil ich wusste, dass es selten gut läuft, und selbst wenn mal etwas Gutes passiert, wird es von der Dunkelheit und dem Alltagstrott verschlungen. Ich stellte mir vor, wie Vater querschnittsgelähmt vor dem Fernseher liegt: Sein Gesicht erinnert an ein böses Totem. Er liegt da, und durch seinen Kopf ziehen düstere Gedanken.

Nun hatte sich diese wirre Zukunft in nichts aufgelöst. Sie war verschwunden. Und ich fühlte eine Erleichterung, für die ich mich schämte. Ich weinte, starrte auf die Gepäckablage über mir und dachte, dass Mutter sowieso nicht kommen würde, auch wenn sie versprochen hatte, darüber nachzudenken. Sie könnte mit dem Zug in fünf Stunden in Astrachan sein, aber sie hatte gar nicht vor, dort hinzufahren. Ich lag da in vollkommener Stille. Die Nachricht von Vaters Tod hatte mich taub gemacht.

Großmutter wusste, woran Vater gestorben war. Er hatte es ihr erzählt, als sie ihn im Krankenhaus besucht hatte. Sie saßen auf der Treppe vor dem Krankenhaus, weiter war er nicht gekommen, er hatte keine Kraft. Der Arzt hatte ihm gesagt, es könnte sein letztes Gespräch mit der Mutter werden. So war es auch. Großmutter glaubte nicht daran, dass Vater sich das Aids selbst zugezogen und Ilona angesteckt haben könnte. Sie nahm ihn immer in Schutz, sogar als er in der Schule einmal einen anderen Jungen verprügelt hatte, glaubte sie dem Schulleiter nicht und beschuldigte ihn der üblen Nachrede. Sie war eine richtige Mutter aus einem Ganovensong und gab Ilona an allem die Schuld. Großmutter wusste Details aus Ilonas Leben vor der Zeit mit meinem Vater. Vielleicht hatte Ilona sie ihr sogar selbst erzählt: Zwei ihrer Expartner waren einer nach dem anderen gestorben. Großmutter durchschaute Ilonas unlautere Absichten und deutete sie als weibliche Habgier.

Am siebten Tag nach Vaters Tod wischte ich auf ihre Bitte zum dritten Mal den Fußboden in ihrer Wohnung. Aus dem Fernseher plärrten die Abendnachrichten. Ich ärgerte mich über sie, weil ich Hausarbeit hasste und nun mehrmals täglich mit Putzlappen herumrannte. Aber neben dem Ärger hatte ich auch das Bedürfnis, es ihr recht zu machen, immerhin hatte sie ihren geliebten Sohn verloren. Ich kannte sie fast gar nicht. Als ich fünf war, hatte man mich für einen Sommer nach Astrachan gebracht; aus ihren Erzählungen weiß ich, dass ich die ganze Zeit geweint habe, weil ich Mutter vermisste. Sie sagte, ich hätte mich auf die Treppe vor Urgroßvaters Haus gesetzt und mit Tränen in den Augen den alten streunenden Kater Waska gestreichelt – der Kater durfte nicht ins Haus – und gemurmelt, Waska sei das einzige Wesen auf der Welt, das mich verstünde. Waska hätte weder Mutter noch Vater und sei ganz auf sich allein gestellt, genau wie ich ohne meine Mutter. Sie und der Urgroßvater hätten mit allen Mitteln versucht, meine kindliche Traurigkeit zu lindern, aber vergeblich. Ich erinnere mich nicht an diesen Schmerz, ich erinnere mich nur an Urgroßvaters Schuppen und die Gartenküche, in der ich Bärenfamilie spielte und Großmutters Kleid in einer Schüssel mit Sand, Wasser und Hühnermist einweichte. Ich hatte Spaß; das nasse Kleid über der Schüssel haltend, sang ich mein Lied darüber, dass ich eine Bärenmutter sei, die das Kleid ihrer kleinen Bärentochter wäscht. Das Kleid würde sauber wie Flusssand und meine Tochter schön wie eine Königin sein. In meiner Kindheit schien mir, ein Ort, an dem es Wasser gibt, könne nicht schmutzig sein. Deswegen wunderte es mich, dass Mutter immer so inbrünstig den Fußboden im Badezimmer schrubbte und wieso Großmutters Kleid nach meiner Wäsche ruiniert sein sollte.

Großmutter hatte auf meiner Taufe bestanden, und als Vater kam, um mich abzuholen, taufte man uns beide am selben Tag. Danach erkrankte Vater an einer Angina, und wir besuchten ihn jeden Tag im Krankenhaus. Wir hatten kein

Geld für den Bus, deswegen standen wir früh auf und gingen zu Fuß über den alten Friedhof von Astrachan. Jedes Mal nahmen wir eine andere Route, um uns die teuren Grabmäler anzuschauen: die Alabaster-Engel und die trauernden Frauen. Wir erkundeten den Friedhof wie ein großes Freilichtmuseum, und ich hatte keine Angst vor dem Tod: Der Friedhof erschien mir wie ein Ort, der nichts mit dem Tod zu tun hatte. Großmutter sagte, nach der Taufe wäre ich gerettet.

Nach der Scheidung meiner Eltern rief sie nicht mehr an, und ich erfuhr nichts mehr aus ihrem Leben. Ich wusste nicht, wie man mit alten Menschen umgeht. Die Großmutter mütterlicherseits mochte mich nicht, deswegen sahen wir uns kaum, ansonsten gab es keine älteren Menschen in meinem Umfeld. Unmittelbar nach Vaters Tod war ich gezwungen, in einer Wohnung mit einem praktisch fremden Menschen zu sein. Ich hörte ihr geduldig zu, und wenn ich nichts zu erwidern wusste, setzte ich ein Lächeln auf und nickte. Das Einzige, was ich wollte, war allein sein. Es gelang mir ein paarmal, in einem Erlebnispark nahe ihres Hauses spazieren zu gehen. Ich lief über die Asphaltwege und mein ganzer Körper brannte vor Panik, Großmutter alleingelassen zu haben. Ich drehte ein paar Runden, ohne etwas zu sehen oder zu hören, und kehrte mit einem bitteren Schuldgefühl in die Wohnung zurück, weil ich eine halbe Stunde nicht bei ihr gewesen war. Ich verfluchte mich dafür, dass ich ihr versprochen hatte, bis zum neunten Tag zu bleiben.* Großmutter stöhnte, rief Vaters Namen oder bat mich mit sanfter Stimme, den Boden zu wischen.

Nachts schlief sie fast gar nicht: Kaum war sie eine halbe Stunde eingenickt, wachte sie wieder auf und begann in der Wohnung auf und ab zu gehen, wobei sie leise jaulte. Wenn sie nicht schlief, konnte auch ich nicht schlafen. Es wurde früh hell und ich stand auf, um mit ihr fernzusehen und die Ratschläge der TV-Ärztin Jelena Malyschewa zu diskutieren, der Großmutter blind vertraute. Bei einer Fahrt zum Friedhof hatte ich, ausgelaugt von Schlafmangel und Hitze, auf irgendeine Laune von ihr scharf reagiert, da gingen sie mit ihr durch: Sie tat, als hätte sie die Orientierung verloren, und marschierte auf eine vierspurige befahrene Straße. Ich hastete zu ihr, packte sie am dürren Arm und schleifte sie zum Fußgängerübergang. Zu Hause gab sie vor, plötzlich ihre Sehkraft verloren zu haben, und kam, sich an der Wand entlangtastend, nur in Unterhose ins Zimmer. Das alles – der wacklige Gang, die dünne graue Haut und die am alten Hintern schlackernde Baumwollunterhose – sollte mir heftige Schuldgefühle einflößen. Ich schämte mich wirklich, dass ich Großmutter verletzt hatte. Ich kannte sie nicht, deswegen siezte ich sie. Vater war an sie gefesselt gewesen, er hatte sich vollständig ihrem Willen unterworfen,

* In der orthodoxen Kirche ist es üblich, der Verstorbenen am 3., 9. und 40. Tag nach ihrem Tod zu gedenken.

229

aber bei ihm gab es einen einfachen Grund dafür: die Liebe eines Sohnes. Mit mir funktionierte das schlechter. Ich liebte sie nicht, und nach dem ersten dieser Anfälle hörte ich auf, ihr zu glauben. Es ärgerte mich auch, dass sie gar nicht gefragt hatte, wie ich mich nach Vaters Tod fühlte. Unsere gemeinsame Zeit war ausschließlich ihrem Verlust gewidmet, der meine Trauer verdrängte und mich zu einer Projektionsfläche für ihre Emotionen degradierte. Ich bemitleidete sie, hasste sie, fürchtete sie. Nachdem ich all diese Gefühle unterdrückt hatte, stand ich jeden Morgen auf und machte mich ans Staubwischen und Auswechseln der Zeitungen auf allen Oberflächen: dem Tisch, der Kommode im Flur, der Fernsehkommode. Auch die Stühle mussten mit frischer Zeitung ausgelegt werden. Dann füllte ich den Eimer mit Wasser und Putzmittel und wischte den Boden, anschließend rieb ich ihn mit einem sauberen Lappen trocken. Sie saß auf dem Bett. Als ich bei ihr ankam, um neben ihren Füßen zu wischen, hob sie die Füße an und sagte, den Blick starr zur Wand, leise und deutlich: Ich weiß, woran Jura gestorben ist.

Sie kombinierte Fakten mit mütterlicher Intuition und verkündete mir: Ilona wollte Vater umbringen und hat es geschafft. Ich war überfordert von Vaters Tod und ausgelaugt vom Zusammenwohnen mit der manipulativen Alten und fiel darauf rein. Es gelang ihr, mich in ihre Intrige hineinzuziehen. Sie war der festen Überzeugung, Ilona hätte aus Vaters Beerdigung Profit geschlagen, und bat mich, die Bestattungsfirma anzurufen, um herauszufinden, wie viel ein Grab auf dem Trussowski-Friedhof kostet, und danach Ilona anzurufen und unauffällig herauszufinden, wie viel sie bezahlt hatte. Nach Großmutters Rechnung hatte Ilona zwanzigtausend von dem Beerdigungsbudget geklaut. Die habe sie sich mit der Bestattungsfirma geteilt. Weißt du, heute wird mir ganz mulmig davon, dass ich mir erlaubt habe, ihr zu glauben. Ilona hatte zwar wirklich einen schwierigen Charakter, aber selbst wenn sie diese zwanzigtausend genommen hätte, wäre es eine angemessene moralische Entschädigung, scheint mir. Doch damals drängte mich Vaters Tod dazu, die Schuld auf jemanden abzuwälzen. Ich hasste Ilona, weil Vater, wie alle Toten, unschuldig war. Es war meine Pflicht, ihn zu verteidigen, denn selbst konnte er es nicht mehr. Er konnte gar nichts mehr.

Am Morgen nach dem Gespräch im blauen Zimmer war die Beerdigung. Es war viel zu tun: Die Grabkränze mussten abgeholt, irgendwelche Bescheinigungen von A nach B gebracht, Großmutter zur Bank begleitet werden. Ilona sagte, sie würden mich um sechs wecken und ich müsste sie und Großmutter bei allen Angelegenheiten begleiten. Dass ich dabei war, nützte niemandem, aber ich ahnte, dass Großmutter Ilona bei allem kontrollierte und ich sie ablenken sollte. Ich konnte lange nicht einschlafen, weil aus dem Nachbarzimmer Großmutters lautes Stöhnen zu mir drang. Ein Steppenwind war aufgezogen und in die Stadt gelangt, vor meinem Fenster rauschten die Bäume.

Es schien, als würde bei dem Haus kein Stein auf dem andern bleiben. Als ich kurz wegdämmerte, hatte ich einen Traum: Den Kopf leicht nach hinten geworfen und die Beine angezogen, lag Vater im Steppensand. Er schlief nicht, er war tot. Er trug die übliche baumwollene Pluderhose und ein sorgfältig gebügeltes, sandfarbenes Hemd mit kurzen Ärmeln und einer Tasche an der Brust. Der Wind toste und ließ das Gras wogen, aber Vaters Körper war für ihn gleichsam unerreichbar. Ich hörte Lärm, das Rauschen des Windes vermischte sich mit Marktgeschrei. Ich hörte genauer hin: Die Stimmen, die zu mir drangen, riefen Vaters Namen. Es waren Frauen- und Kinderstimmen, sie riefen: Jura, Jura, Jura. Ich sah genauer hin: Die Brusttasche und die Hosentaschen waren vollgestopft mit Geld. Die Stimmen kamen immer näher, wurden lauter bis zur Unerträglichkeit, die Steppe wirbelte den Sand auf und zerrte am ausgeblichenen Gras. Vaters Körper, der von den Stimmen weit weg gewesen war, wurde für sie plötzlich erreichbar, schon sah ich, wie sich einige Dutzend hastiger, nervöser Hände nach ihm ausstreckten. Die längsten von ihnen griffen nach seinen Taschen und schaufelten zerknitterte Geldscheine heraus. Sie wollten Vater in Stücke reißen. Ich versuchte, sie aufzuhalten. Mir tat seine Leiche leid, sie wollten sie verunglimpfen und er konnte sich nicht wehren. Ich konzentrierte mich, versuchte, die Distanz zu überwinden, um die bösartigen Hände zu verscheuchen, aber meine Kraft reichte nicht aus; da fing ich an zu schreien. Erst leise, wie in ein Kissen, dann durchbrach der Schrei die dicke Schicht des Schlafs und drang ins blaue Zimmer. Ich schlug die Augen auf, in meinen Ohren tönten noch die Schreie aus dem Traum. Ilona kam ins Zimmer und fragte, ob alles in Ordnung sei, ich sagte, ich hätte schlecht geträumt. Sie brachte mir ein Glas Wasser und hängte bei der Gelegenheit mein am Abend gebügeltes schwarzes Leinenkleid an den Schrank. Sie sagte, Großmutter könne den Anblick meines Trauerkleides nicht ertragen.

Auf dem Friedhof stand ich da und sah zu, wie andere zu Vaters Leiche gingen und Abschied nahmen. Nach dem Brauch musste es anders sein: Zuerst sollten die nächsten Angehörigen Abschied nehmen, dann alle anderen: entfernte Verwandte, Freunde und zum Schluss die Kollegen. Aber in Vaters Leben war es schon immer so gewesen, dass die Freunde an erster Stelle kamen, die auch seine Kollegen waren. Mutter verachtete ihn dafür. Diejenigen, die er nach einer Tour als Erstes sah, bekamen alle Mitbringsel. Als Ilona diese Angewohnheit durchschaut hatte, holte sie ihn immer gleich nach dem Entladen ab. Andernfalls käme zu Hause nur die lebensnotwendige Summe an. Einmal kaufte Vater mir eine Melone und traf auf dem Heimweg von der Garage einen alten Bekannten. Als er erfuhr, dass der gerade Vater geworden war, und auch noch dessen ärmliches Aussehen bemerkte, schenkte er ihm die Melone *für die Tochter.* Zu Hause angekommen, hatte er längst vergessen, dass er sie eigentlich für mich gekauft hatte, aber ich wusste, dass er auf dem Weg nach Astrachan an einer Plantage gehalten hatte, und fragte, wo meine Melone sei. Vater zuckte nur mit den Schultern. Mutter bemerkte hilflos und verärgert, dass seine Kumpels immer Vorrang hätten. Nach Vaters Tod machte Fjodor es sich zur Pflicht, für Großmutter zu sorgen. Einmal im Monat fuhr er sie zum Friedhof, und während der Saison versorgte er sie mit Kartoffeln, Tomaten und Auberginen. Die Ökonomie der sorglosen Großzügigkeit trug ihre bescheidenen Früchte.

Als alle Abschied genommen hatten, trat Fjodor zu mir. Er fasste mich am Arm und sagte leise, ich müsse auch Abschied nehmen. Langsam trat ich an den lila Sarg, der auf den frisch gehauenen Böcken stand, und sah in das erdige Gesicht meines toten Vaters. Winzige kalte Regentropfen fielen auf mein Gesicht, sie erinnerten an Eisenspäne. Ich hatte sein totes Profil bereits auf dem Weg zum Friedhof gesehen. Ich war im Leichenwagen mitgefahren, der ein gewöhnlicher Transporter war, dessen Innenraum man umgebaut hatte: Alle Sitze bis auf die äußeren waren herausgenommen worden, und in der Mitte hatte das Bestattungsunternehmen ein mit Blechplatten verkleidetes Holzgestell montiert. Im Wagen hing ein furchtbarer Gestank. Über Vaters Bein krabbelte eine glänzende schwarze Fliege, Ilona scheuchte sie auf und sie kreiste summend über unseren Köpfen. Als der Leichenwagen auf die Brücke fuhr, fing Großmutter an zu wimmern, dass Jura über diese Brücke zu seinen Touren gefahren sei. Jetzt, klagte sie, fährt er zu seiner letzten Tour.

Ich hörte Ilona weinen und Großmutter stöhnen und dachte: Merkwürdig, bevor ich mich neben dem toten Vater befunden hatte, hatte ich einen schmerzlichen Verlust empfunden. Und jetzt, direkt neben ihm, fühlte ich gar nichts. Ich betrachtete die Beschaffenheit seiner toten Haut, die unnatürlich breitgezogenen, gräulichen Lippen. Die Visagistinnen in der Leichenhalle hatten dunkle geschwungene Augenbrauen auf Vaters Gesicht gemalt, jetzt sah er aus wie ein tatarischer Khan. Das pfirsichfarbene Papierhemd wölbte sich am Revers des billigen Anzugs mit metallischem Schimmer. Plötzlich bemerkte ich, wie groß Vaters Hände waren, das war mir nie aufgefallen. Meine gesamte Aufmerksamkeit galt dem Bestattungskitsch. Da war kein Schmerz, da war Ärger. Mich ärgerte, dass die ganze Ausstattung an Einweg-Gegenstände aus einem billigen Kiosk erinnerte. Im Sarginneren entdeckte ich zwischen den weißen Falten der Verkleidung die Klammer eines Tackers, und als ich meine Hand danach ausstreckte und den Stoff auseinanderschob, sah ich, wie nachlässig man den Synthetiksamt und den weißen Atlasstoff an das Holz gehämmert hatte. Der Sarg fühlte sich wie eine harte Kiste an. Ich verstand nicht, warum sich Großmutter und Ilona die ganze Zeit daran festhielten, als wäre es Vaters Hand oder etwas Lebendiges, an dem sich festzuhalten Sinn ergab. Nachdem ich den Sarg angefasst hatte, legte ich meine Hand auf meinen Oberschenkel und fühlte, wie warm mein Bein war. Das hieß lebendig sein, und wenn du stirbst, verwandelst du dich in einen leeren, kalten Gegenstand.

Fjodor führte mich an den herumstehenden Menschen vorbei zu Vaters Sarg. Jetzt sah ich sein totes Gesicht von oben: die eingefallenen Augen wirkten ganz klein, die Haare waren nach der Kahlrasur kaum nachgewachsen. Die Luft roch nach frischer Erde, Nieselregen fiel auf das Gesicht und das Hemd. Fjodor sagte, ich könne Vater auf die Stirn küssen; ich hielt die Luft an, beugte mich hinunter und drückte meine Lippen an das Transparentpapier. Während ich mich ihm näherte, konnte ich die Silhouetten von Jesus und Maria ausmachen, die mit schwarzer Farbe dort aufgedruckt waren. Als ich mich aus der Dunkelheit dieses letzten Kusses aufrichtete, bemerkte ich das schneeweiße Innere des Sargdeckels. Kaum hatte ich den Kopf wieder angehoben, schloss man den Sarg und begann, ihn zuzunageln. Der weiße Steppenhimmel absorbierte das Echo der dumpfen Hammerschläge schnell. Nach jedem Schlag schluchzten die Frauen leise auf. Ich warf eine Handvoll Erde auf den Sarg und trat zur Seite. Ein paar Meter von Vaters Grab entfernt, hockte ich mich hin, steckte den Rockschoß zwischen meine Oberschenkel und zündete mir eine Zigarette an. Es regnete, und die Steppe war aufgerissen und hässlich.

Die Totengräber arbeiteten schnell. Auf dem Tisch des Nachbargrabes breiteten die Frauen der Trucker eine Wachstuchdecke aus und stellten herzhaften Kuchen, eingelegte Gurken und Tomaten und einige Wodkaflaschen darauf. Die Leute traten in Vierergrüppchen an den Tisch und tranken, während die Frauen, sobald sie den einen eingeschenkt hatten, die nächsten heranriefen. Trinkt auf den Toten, schrien sie. Ich ging auch hin und trank einen Wodka. Man hatte ihn in einen kleinen Plastikbecher eingegossen und mir eine saure Gurke dazugegeben, an der ein großer feuchter Kuchenkrümel klebte. Nachdem sie allen einmal eingeschenkt hatten, schenkten die Frauen auch den Totengräbern ein. Damit war die erste Trauerfeier beendet, und Fjodor mahnte uns zur Eile: Die Bestatter wurden stundenweise bezahlt, man musste sie schnell entlassen, vorher aber noch klären, ob jemand im Leichenwagen mitfahren würde.

Als Mutter Fjodor sagte, Vater sei an Aids gestorben, wollte er es nicht glauben. Sein Argument war, sie hätten doch immer von demselben Geschirr gegessen und ein Handtuch benutzt. Mutter erklärte ihm, dass HIV so nicht übertragen wird, aber Fjodor hatte trotzdem große Zweifel. Wo hätte Jurka sich das einfangen sollen?, fragte er. Fjodor redete wie ein echter Astrachaner – mit einem Singsang und langgedehnten Endsilben. Besonders gut hörte man es, wenn er etwas fragte oder bedauerte. Mutter machte sich oft über den Astrachaner Dialekt lustig. Und auch Vater scherzte, dass man am Flughafen gar nicht erst auf die Anzeige schauen müsste, beim Gate nach Astrachan gurrten sie schon alle wie auf dem Vogelmarkt. Wenn ich eine Weile in der Gegend war, fing ich auch an, so zu sprechen. Aber sobald ich wegfuhr, verlor sich das wieder, auf meinen abgehackten, sibirischen Dialekt konnte sich diese Redeweise nicht lange legen. In Fjodors Frage schwangen weder Ekel noch Angst mit, bloß Unverständnis. Vaters Tod war für ihn ein großes Unglück, aber was es verursacht hatte, beschäftigte ihn wenig, es war ja schon geschehen. Vielleicht sprach er abends, wenn die Kinder schliefen und die Hektik des Alltags abgeklungen war, mit seiner Frau darüber. Vielleicht wunderte er sich über Vater oder war gar böse auf ihn. Für Fjodor, der auf dem Dorf aufgewachsen, ein strenger Familienmensch war und patriarchale Sitten schätzte, war Vater zwar ein guter Freund gewesen, aber auch immer ein Rätsel. Für Fjodor war die Arbeit als Fernfahrer eine Möglichkeit, seine große Familie durchzubringen, für Vater eine Lebensweise. Vaters Dunkelheit zog Menschen an, sie hatten Mitleid mit ihm und bewunderten seinen Freiheitsdrang.

Ich konnte Ilonas Angst nachvollziehen; in den dreißig Jahren, die es in Russland Aids gab, hatte sich der Mythos einer *peinlichen* tödlichen Krankheit entwickelt. Plötzlich sah ich ihren Alltag und ihre Beziehung in einem anderen Licht. Unter dem Tisch hatte Ilona immer ein paar Flaschen Ethanol stehen, mit dem sie regelmäßig Oberflächen und spitze Gegenstände desinfizierte. Ich sagte bereits, dass ich nicht weiß, ob Vater je in einem Aids-Zentrum war, aber aus den Gesprächen mit Ilona wurde mir klar, dass auch sie nicht in Behandlung war. HIV bedeutete für sie den unausweichlichen Tod. Ihr Wehklagen an Vaters Grab war auch ein Klagen über die eigene Ausweglosigkeit. Es waren bereits Gerüchte im Umlauf, Vater sei eines qualvollen Todes gestorben, aber niemand wusste, woher sie kamen.

Im blauen Zimmer sitzend, versuchte ich, mich daran zu erinnern, was ich über Aids wusste. Mir fiel der Slogan ein: Aids ist die Pest des 21. Jahrhunderts. Ich dachte an die Zeitschrift »Speed-Info«*, die stapelweise bei uns auf der Toilette lag, als ich ein Kind war. Ich saß auf der Toilette, betrachtete die Fotos halbnackter Promis und las die Überschriften über Kinder auf dem Straßenstrich, Homosexualität und die sexuellen Vorlieben von Aliens. Ich kannte die Bedeutung einiger Wörter nicht, deswegen übersprang ich Beiträge mit Überschriften wie »Krebs geheilt durch Sperma«. Aber ein Artikel fesselte doch mein Interesse: Die Besonderheiten des weiblichen Orgasmus. Damals dachte ich, den Redakteuren sei ein Tippfehler unterlaufen, und es müsse Organismus heißen. Ich las den kurzen Text über den weiblichen Orgasmus und verstand überhaupt nichts. Es ging um *Lust* und *Partner*, und der Tippfehler zog sich durch den gesamten Text. Ich blätterte sehr vorsichtig in der Zeitschrift, war sie doch, wie mir schien, nach der schrecklichen Krankheit benannt, von der man mir draußen auf dem Hof erzählte. Eine Freundin sagte, wenn man die Treppe hinuntergeht, dürfe man niemals das Geländer anfassen, dort machten Aidskranke näm-

---

* 1989 gegründete Zeitschrift, die ursprünglich über AIDS (russische Abbreviatur: SPEED) aufklären sollte, de facto aber eines der ersten Klatschblätter mit pornographischen Inhalten in der Sowjetunion war.

lich ansteckende Nadeln dran. Von solchen Gesprächen wurde mir ganz mulmig. Mir war, als sei alles, was das Wort Aids enthielt, per se schon ansteckend, deswegen blätterte ich mit einem beklemmenden Gefühl in der Zeitschrift. Bei den Nadeln im Geländer beschäftigte mich aber eher die Frage der technischen Umsetzung: Wie konnte man eine Nadel so befestigen, dass sie stecken blieb und nicht herunterfiel? Und was trieb diese Menschen an? War es wirklich Hass? Oder der Ärger darüber, dass sie zum Tode verurteilt waren?

Ich dachte an einen Traum, den ich im Frühling gehabt und aufgeschrieben hatte – ich musste festhalten, was sich jeglicher Erklärung entzog. Vater war in dem Traum, er lächelte und hielt mir zwei Tüten mit Eis hin. Dann verschwamm alles im Dunkeln, und plötzlich fand ich mich im Treppenhaus vor unserer Wohnung in Sibirien wieder. Ich saß auf der Treppe, öffnete eine Tüte und nahm ein angetautes Eis heraus. Der weiche Becher gab zwischen meinen Fingern nach, und ich fühlte einen Stich: eine lange, dicke Nadel schaute heraus. Eine Stimme im Traum sagte mir, dass die Nadel ansteckend sei. Kalte Angst breitete sich in meinem Körper aus, ich schrie im Traum, das sei unfair von Vater.

Bei der Erinnerung an diesen Traum wollte ich rauchen. Ich ging leise aus dem Haus, lief über den Holzpfad Richtung Toilette, hockte mich neben die Himbeeren und steckte mir eine

Zigarette an. Mein Vater war an Aids gestorben, dachte ich, und sah zu, wie sich der weiße Rauch im Blau der Steppennacht entfaltete. Im Kopf spulte ich Aufklärungskampagnen ab, die ich aus der Metro kannte. Dort hieß es, vor Aids schütze nur die Treue zu einem Sexualpartner. Von Drogenspritzen war keine Rede. Auf den Flyern waren heterosexuelle Familien abgebildet. In den Nullern war Mutter mal wegen eines schweren Schubs ihrer Schuppenflechte im Krankenhaus, weil aber in der Dermatologie keine freien Betten waren, brachte man sie in einem Zimmer mit mehreren aidskranken Frauen unter. Zunächst machte Mutter einen Aufstand, doch dann erklärte man ihr, dass Aids ein Virus ist, dass das Immunsystem zerstört, aber nur durch Geschlechtsverkehr, Nadeln oder von der Mutter zum Kind übertragen wird. Ich besuchte sie im Krankenhaus, und sie erzählte mir, sie habe sich mit einer ganz bezaubernden Drogenabhängigen angefreundet.

Ich dachte über die Scham nach, die ich empfand, als ich erfuhr, dass Vater an Aids gestorben war. Es fiel mir sogar schwer, es auszusprechen: Mein Vater ist an Aids gestorben. Das lag vor allem daran, dass mein Vater die Krankheit auf die »schmutzige Weise« bekommen hatte – durch eine Nadel oder durch Geschlechtsverkehr, so wie er auch Ilona angesteckt hatte. Verdammt, dachte ich, er hätte das Virus im ganzen Land verteilen können. Er war Fernfahrer, wer weiß, mit wem und unter welchen Umständen er Sex hatte. Später, als ich mich über HIV und Aids informierte, erfuhr ich, dass sich am häufigsten Frauen in langjährigen, monogamen Beziehungen anstecken. Susan Sontag schrieb, dass Aids in der Wahrnehmung der Gesellschaft eine Krankheit der Ausgegrenzten, der Schwachen und der Menschen mit zweifelhafter Moral ist. Ich las ihren Essay zwei Jahre nach Vaters Tod. Mir war bereits übel vom Rauchen, aber ich steckte mir noch eine an.

Mein Vater war an Aids gestorben, darüber nachzudenken war unangenehm. Sontag schrieb, Aids sei eine Krankheit der Paria und der »Risikogruppen«, denen auch mein Vater angehörte. Von diesem Gedanken fühlte ich mich unbehaglich. Damals in den Himbeeren sitzend, wusste ich noch nicht, dass er gute Überlebenschancen gehabt hätte. Erst als ich wieder in Moskau war, durchforstete ich das Internet und fand heraus, dass es mittlerweile Medikamente gegen Aids gab. Vater erfuhr von seiner Krankheit, als sie zum ersten Ausbruch kam. Wahrscheinlich hatte man ihn damals in ein Aids-Zentrum überwiesen, in das er nicht gegangen war, weil er dachte, es sei sinnlos. Ein Leben mit einer antiretroviralen Therapie erfordert Disziplin und einen verantwortungsvollen Umgang mit der eigenen Gesundheit. Das war von Vater nicht zu erwarten. Erinnerst du dich an den jungen Mann, mit dem ich über seine Hirnhautentzündung reden wollte, aber nicht konnte, weil er gestorben ist? Er ist gestorben, weil er die Einnahme seiner Medikamente mehrfach abgebrochen hatte. Und dann landete er mit einer Hirnhautentzündung im Krankenhaus. Mittlerweile weiß ich, dass die Aids-Hilfe in Russland so funktioniert, dass man erst Medikamente bekommt, wenn eine gewisse Viruslast erreicht ist. Vorher müssen unzählige Untersuchungen durchlaufen und die Wartezeiten beim Virologen überstanden werden. Mein Vater hätte das alles nicht gemacht.

Die Todesursache meines Vaters ist eine Kombination des Mythos von Aids, des schwerfälligen Gesundheitssystems und seiner Nachlässigkeit.

Mein Handy vibrierte: Weronika fragte, ob ich gut angekommen sei. Ich wollte nicht antworten. Ich war nicht in der Lage, darüber nachzudenken, dass es jenseits dieses Grundstücks, auf dem ich mich befand, noch etwas anderes gab. Vielleicht hatte ja die Steppe, während ich mit dem Zug gefahren war, die ganze Welt verschluckt, und es gab nichts mehr außer diesem kleinen Haus mit Außentoilette. Außerdem gab es irgendwo in der Steppe noch eine Kühlkammer mit einer Zelle, in der der Körper meines Vaters lag. Weronikas Nachricht kam mir unwirklich vor. Ich berührte das aufgeploppte Fenster, drückte die Zigarette aus und antwortete: Alles scheiße, ich erzähle es dir, wenn ich zurück bin. Ich wollte nicht zurück, ich liebte Weronika nicht. Neben den Himbeeren sitzend, spürte ich, dass ich überhaupt nichts und niemanden liebte. Die dunkelblaue Nacht war unendlich und blind. Sie brauchte gar nichts, um zu sein. Ich wollte diejenige sein, die nichts braucht, um zu sein. Ich wollte keine Scham empfinden, keinen Ärger, kein unaufrichtiges Mitleid – nichts, was sich in mir zusammenballte und mich quälte.

Ich war müde, ich ging wieder ins blaue Zimmer, zog meine Hose aus und legte mich unter die Polyesterdecke. Im blauen Licht leuchteten die Blumen auf dem Bettlaken, es roch stark nach dem Waschmittel Tide. Ilona verwendete immer sehr viel Waschpulver, deswegen stand dieser Geruch die ersten drei, vier Tage einer Tour in Vaters Kabine. Dann wurde er langsam vom Diesel und Schmieröl verdrängt.

Vaters Tod schien zufällig. Herausgerissen aus der Welt. Aber in Wirklichkeit war alles anders. Sein toter Körper hatte alles aufgesogen. Er war nicht leer, er war angefüllt mit Bedeutungen. In ihm hat sich die Geschichte der meisten russischen Männer seiner Generation materialisiert. Wenn du glaubst, dass etwas einfach so passiert, dann irrst du dich. Alles hat seine Ursachen und Folgen. Die Welt ist ein zusammenhängendes Ding, und sogar die Verlassenheit hat einen Ursprung. Sogar ich hatte einen Vater.

19

Manchmal hält sich ein kleiner Fetzen Wolke über der Steppe. Bei Windstille hängt er dort etwa eine Stunde und bewegt sich nicht. Mir gefällt es, über solche Verdichtungen von Wasserdampf nachzudenken. Sie scheinen dünn und schutzlos, wie fragiles Transparentpapier, aber zuweilen geht von ihnen eine gewisse Schwermut aus, weil der erstarrte weiße Fleck über der flachen Erde ein Gefühl absoluter Sprachlosigkeit erzeugt.

Als ich ein Kind war, träumte ich oft vom Wüstenhorizont, der die Welt in einen fahlen Himmel und eine gelbe Erde unterteilte. In meinem Traum näherte sich mein Blick dem Horizont, und ganz allmählich entdeckte ich an der Linie des Übergangs einen winzigen Pfahl, der davon erbebte, dass in der Ferne Wind den Sand aufwirbelte. Mir schien, ich würde etwas Wichtiges begreifen, wenn ich nur diesen Pfahl erreichte. Ich wusste, dass es in der Welt ein Mysterium gab, ich wollte es nicht ergründen, um mich der Welt zu bemächtigen. Ich wollte es bloß berühren, denn im Kontakt mit dem Mysterium barg sich Erleichterung, Befreiung von allen finsteren Gedanken. Im Traum strebte ich zum Horizont und fühlte meinen Körper nicht. Ich flog dahin, weil ich mich ganz in den Blick verwandelt hatte, der zum Pfahl strebte. Entsprechend meiner Annäherung wirkte auch das Horizontalgesetz. Mein Ziel entfernte sich um die gleiche Distanz, die ich ihm näher kam. Mein Flug wurde von einer beklemmenden Stummheit begleitet, die nicht von dieser Welt war. In der Wüste wehte Wind, aber ich konnte ihn nicht hören, und auch meine Stimme, mit der ich den Raum zu durchschneiden versuchte, brach, bevor sie erklang. Beim letzten verzweifelten Versuch wachte ich schweißgebadet auf und weinte vor Enttäuschung. Ich mochte diesen Traum nicht, aber ich träumte ihn immer wieder. Jedes Mal, wenn ich mich in diesem Traum wiederfand, erkannte ich ihn sofort. Und obwohl ich wusste, wie er ausgeht, strebte ich doch zum Horizont.

Die ruhige Steppe ähnelt dem Alptraum aus meiner Kindheit.

Ich habe dir erzählt, dass ich gern eine rastlose Zunge wäre, die die Welt wie einen dunklen, feuchten Mund ertastet und Splitter, Risse, Wunden in ihr ausmacht. Beim Betrachten der Steppe wollte ich sie erfassen. Aber der Steppe reicht eine Zunge nicht. Der Steppe reicht nie etwas. Es gibt kein Ding, das die Steppe mit sich selbst bedecken könnte. Die Steppe braucht ein Lied aus Worten, die so exakt sind wie ein Gerät für die Betrachtung ferner Sterne. Aber ich hatte keine Worte, und auch ich selbst schien nicht zu existieren. Es gab Vater, es gab die Steppe. Aber mich und Worte gab es nicht.

Wir hielten in der Steppe und warteten darauf, dass ein Kran kommt, um die Rohre zu verladen. Vater hatte eine Decke ausgebreitet und sich mit einer Zeitung draufgelegt. Ihn beunruhigte und nervte nichts. Er war an seinem Platz, er wartete. Er atmete laut, spielte unwillkurlich an seinen Bauchhärchen herum und zerdrückte mit den Zähnen einen Zahnstocher, der an einem Ende schon ausgefranst war wie ein kleiner Besen. Als Vater das auffiel, schob er den Zahnstocher tiefer in den Mund und kaute weiter darauf herum.

Ich saß neben ihm. Es gab kein Netz. Der Himmel war orange wie Steppensand, dann wurde er unbemerkt blaugrau, bis er sich lila färbte. Die Sonne musste jeden Moment untergehen. Als wir in einem Café in Wladimir gesessen hatten, hatte Vater mich gefragt, ob ich mich an die Steppe erinnerte. Ich hatte gesagt, ich erinnerte mich an die weißen Ölweidensträucher und an das bräunliche Grün der Pojma in Wolschski. Daraufhin hatte er erwidert, wenn ich die Steppe sehe, würde ich ein Gedicht über sie schreiben wollen. Ich saß eine Weile neben ihm, dann stand ich auf, um mir die Beine zu vertreten. Nach dem zweiwöchigen Geruckel im MAZ war ich ein wenig seekrank. Ich ging in die Steppe, die mir keine Luft ließ und alles einnahm. Die Steppe erstaunte mich, ich hatte Angst vor ihr.

Ich ging durch die Steppe, der Wind heulte und bewegte die Härchen an meinen Armen und Beinen. Der langsame Wind trug den Geruch von Schafsmist und ihr Geblöke heran, ich drehte mich um: Eine schwarze Herde war zum Laster unterwegs, hinter ihr ritt auf einem stämmigen Braunen ein Hirte in einer blauen Sportjacke. Der Hirte kam zu meinem liegenden Vater und sagte etwas. Der erhob sich träge und kletterte in die Kabine. Anhand der Gesten verstand ich, dass Vater ihm Zigaretten schenkte. Der Hirte nahm sie entgegen, Vater setzte sich auf die Decke und steckte sich eine an. Der Wind trug den Geruch von Rauch heran.

Die Steppe hatte die Zeit gefressen, und nun sah ich zu, wie sich einige Schafe, ihre Beine ungelenk knickend, neben die planenüberzogene Ladefläche von Vaters MAZ legten. Die Männer unterhielten sich, es war ein ganz gewöhnliches Gespräch, wie man es auf Reisen immer führt. Ich hörte nicht, worüber sie sprachen, aber ich konnte mir denken, dass es um die Mücken ging, die dieses Jahr sehr lange da waren, was bedeutete, dass es ein gutes Jahr für den Fischfang würde, Vater erzählte von den Waldbränden in Zentralrussland und dem undurchdringlichen weißen Rauch, durch den wir gefahren waren. Sie sprachen über die Spritpreise und den Winter, der noch fern war, aber zweifellos kommen würde. Aber in Wirklichkeit war der Inhalt ihres Gesprächs ein anderer. Indem sie über Insekten oder Rauch sprachen, gaben sie einander zu verstehen: Ich rühre dich nicht an. Vater war ein Zugereister, der Hirte auf seinem Territorium. Vater gab ihm zu verstehen, dass er, obwohl er mit einem Auto gekommen war, die Gegend kannte und nichts Böses wollte. Die Zigaretten waren eine Art Gabe

an den Mann, dessen Weg Vater mit seinem Zwischenhalt gekreuzt hatte.

Nachdem sie zwei, drei Zigaretten geraucht hatten, verab-
schiedeten sie sich, als würden sie sich ewig kennen und unbedingt wiedersehen. Ich saß auf einem Steppenhügel, rauchte
und beobachtete sie aus der Entfernung von ein paar Hundert
Metern.

Von hier aus zeigte sich, wie winzig Vaters Laster war. Er
wirkte wie ein Modellauto im Sandkasten. Ich streckte den
Arm aus und der Wagen fand sich zwischen meinem Daumen
und dem Zeigefinger wieder. Das war der einzige Spaß in der
Steppe. Die Steppe spielte mit mir, ihr Werkzeug war der Maß-
stab.

Auf einmal blökten die Schafe aufgeregt und standen auf,
ich hörte den Lärm eines hinterm Horizont hervorkommenden
KAMAZ. Der Hirte drehte sich mit dem Pferd ein paarmal auf
der Stelle, rief etwas und trieb seine Herde weg. Aus dem roten
Laster sprang ein halbnackter dickwanstiger Mann heraus,
Vater und er gaben sich die Hand. Vater kletterte kurz in die
Kabine, dann machten sie es sich beide auf der Decke bequem.
An ihren Bewegungen konnte ich erkennen, dass sie Wasser
für Tee kochten.

Es wurde Nacht, und ich begriff, dass wir im Dunklen nirgends mehr hinfahren würden. Wir würden die Nacht hier verbringen, am Morgen würde der rote Laster hinter dem Horizont verschwinden, und wir würden weiter warten. Die Nacht

brach an, in der Nacht standen zwei stumpfnasige Laster mit den Gesichtern zueinander, und neben deren Reifen saßen zwei behäbige Männer und blickten rauchend in die Steppe. Sie redeten leise miteinander, ich existierte für sie gar nicht, ich war mir selbst überlassen wie das Steppengras.

20

Dein Vater ruht, erdrückt von dem Gewicht der See,
Er ist die Wellenmasse, er ist die Koralle.

Polina Barskowa

Ich hörte meinen betrunkenen Vater reden und war enttäuscht. Als er mir am Telefon gesagt hatte, er arbeite als Fernfahrer, hatte ich mir ein aufregendes Leben vorgestellt, aber das Truckerleben war langweilig und eintönig. Ich hatte gehofft, ich könnte mit ihm über die Dinge sprechen, die mich umtrieben. Aber ich wusste selbst nicht, was es war. Er sagte, er fühle sich schuldig, weil er nicht alles getan hatte, um die Familie zusammenzuhalten. Aber diese Worte waren Platzpatronen. Er brüllte sie heraus, als wären sie von einem schweren Gewicht heruntergedrückt worden, das nur der Wodka hochwuchten konnte, um den kümmerlichen Ausdruck innerlichen Aufruhrs herauszulassen. Von diesen Worten fühlte ich mich nur noch schlechter. Seine Schuldgefühle brachten mich ihm kein bisschen näher. Im Gegenteil. Sie entfremdeten mich von ihm.

Seine Aufregung erschien mir rein formal. Es hatte mir nicht wehgetan, dass Mutter und er sich scheiden ließen. Ich dachte über Vater nach und kam zum Schluss, dass er den Grund für die Zerstörung seines Lebens suchte. Es war ihm wichtig, irgendein Ereignis in der Vergangenheit zu finden, dem er die Schuld für seine Unbehaustheit geben konnte. Als ließe sich sein Leben in ein Vorher und ein Nachher trennen. Aber ich glaubte nicht an sein Vorher. Mutter hatte ein paarmal versucht, ihn zu verlassen. Einmal hatte sie sogar schon eine Wohnung gemietet und unsere Sachen dorthin gebracht. Kaum hatten wir das Geschirr ausgepackt und die Betten bezogen, klopfte es an der Tür, Mutter öffnete, und da stand Vater. Schweigend warf er unsere mitgebrachten Sachen und Mutters Kristall in eine Tüte. Mutter sagte nichts, sie saß in einem Sessel, ihr Gesicht war erstarrt. Damals fühlte ich ihre Angst und ihren Ekel. Ihr machte die Enge dieser Kleinstadt Angst, in der ihr Mann zwei Stunden brauchte, um herauszufinden, wohin sie geflohen war.

Ein paar Monate bevor Vater endgültig verschwand, besuchten mich die beiden bei meiner Großmutter mütterlicherseits, weil mich ein Hund gebissen hatte. Graf war ein böser schwarzer Schäferhund, vor dem alle Angst hatten. Großmutter ging oft in das Haus, wo Graf lebte, um mit Mutter zu telefonieren, weil sie selbst kein Telefon hatte. Die Enkelkinder von Grafs Besitzern ärgerten mich ständig, und an diesem verhängnisvollen

Tag hatte ich mich gegen ihre Gemeinheiten gewehrt. Daraufhin drohten sie mir, den Hund auf mich zu hetzen. Ich nahm die Drohungen nicht ernst, weil ich wusste, dass Graf mir ohne zu zögern die Kehle durchbeißen würde, das wussten auch die Jungs und wollten mich bloß einschüchtern.

Plötzlich hörte ich den Karabinerhaken am Halsband aufschnappen und ein kurzes: Graf, fass! Der schwarze Köter tauchte wie ein großer Fisch vom Schuppendach, sprang über den Zaun auf einen Stapel Feuerholz und von dort auf einen Haufen feuchter Späne. Ich stand mitten auf der Straße und dachte noch, dass ich schnell durch das angelehnte Gartentor sollte. Als ich beim Zaun ankam, hörte ich die Jungs rufen. Sie sahen, dass der Hund ihrem Befehl gehorcht und mich fast eingeholt hatte, und schrien: Graf, aus! Da fühlte ich einen dumpfen Schmerz in meiner linken Pobacke. Graf hatte es geschafft, mich zu beißen, und auf den Befehl hin sofort losgelassen. Ich huschte durch das Tor und verschloss es mit dem dicken rostigen Riegel und der Windmühle aus Holz.

Der perlmuttfarbene Stoff meiner Radler saugte sich sofort mit dunklem Blut voll. Ich schaute durch ein Fenster ins Haus. Es war niemand da. Über der kleinen Banja schlängelte sich trockener Birkenrauch. Es war Samstag, Großmutter wusch sich. Langsam ging ich zu der Banja, betrachtete den Himmel. Wie immer wusch sie sich vor Sonnenuntergang, um sich dann auf die Bank vor dem Haus zu setzen und aus einem Facettenglas Tee zu trinken. Ich wollte sie bei diesem Vergnügen nicht stören und blieb vor der Banja stehen, um abzuwarten, bis sie mit dem Waschen fertig war. Das nach Eisen riechende, zähe Blut lief mir die Kniekehle herunter und tropfte schon auf den Holzpfad. Die linke Pobacke tat weh. Aus der Banja hörte ich die Aluminiumkelle scheppern, mit der Großmutter das kalte Wasser in einen großen Eimer schöpfte, um das kochend heiße zu verdünnen. Ich zog die Radlerhose hoch und sah mir die Biss-stelle an: drei Löcher mit zerfledderten Rändern. Um die Hose tat es mir mehr leid als um meinen Hintern, den sieht niemand und der heilt wieder, aber die Löcher in der Hose konnten alle sehen. Die Radler waren hin. Großmutter öffnete langsam die Tür, in der Hand eine Schüssel mit ihrem frisch gewaschenen BH und einer großen Baumwollunterhose. Sie sah mich mit ihren braunen Augen fragend an. Was stehst du hier rum?, warf sie mir hin, nicht weil sie den Grund erfahren wollte, sondern um etwas zu sagen. Sie ging mit ihrer Schüssel an mir vorbei, da sagte ich leise, der Nachbarshund Graf hat mich ge-bissen. Schlagartig änderte sich ihr Gesichtsausdruck, sie stellte schnell die Schüssel unter einen Klettenstrauch, drehte mich um und begann, mich auszufragen.

Am nächsten Tag ließ mich Großmutter nicht draußen spielen, ich sollte ihr beim Jäten des Radieschenbeets helfen. Ich hockte da und versuchte, zwischen Unkraut und jungen Radieschen-pflanzen zu unterscheiden. Zog ich ein gerade erst entstehen-des Radieschen heraus, linste ich vorsichtig zu Großmutter, ob sie es auch nicht bemerkt hatte, dass ich ihre Aussaat ruinierte, und buddelte die kleine rosa Wurzel wieder ein. Plötzlich ging das Gartentor auf, und ich sah Vater. Er hielt eine große dunkelblaue Tüte in den Händen, auf der Weihnachtskugeln abgebildet waren. Er stellte sie neben dem Zaun ab und sagte zu Großmutter, er habe Leckereien mitgebracht. Sie schaute ihn nervös an, ich konnte ihren Blick nicht deuten. Eigentlich mochte sie ihren Schwiegersohn und freute sich über ihn, aber heute schaute sie misstrauisch. Nach ihm kam Mutter mit einer großen Sonnenbrille in den Garten, ihr ganzes Gesicht bedeckten hässliche himbeerfarbene und grüne Blutergüsse. Es war ein grauer Junitag, Regenwolken zogen auf. Als Mutter versuchte, mir zuzulächeln, sah ich, dass einer ihrer Schneidezähne abgebrochen war. Die zarte Haut an ihrer Lippe war noch nicht verheilt und legte einen tiefen roten Riss frei. Mutter sagte schnell, Vater und sie hätten letzte Woche einen Unfall gehabt, und sie habe sich den Kopf gestoßen. Ich sah zu Vater, er lächelte breit, die Hände in den Hosentaschen. Sie hatten vorgehabt, zu warten, bis die blauen Flecken weggehen, und mich erst danach abzuholen. Aber Graf hatte ihnen einen Strich durch die Rechnung gemacht, und sie mussten sich die Geschichte mit dem Unfall einfallen lassen.

Es gab gar keinen Unfall, dachte ich, als ich beim Tee den Sandkuchen mit dem harten rosa Zuckerguss aß, den Vater in der blauen Tüte mitgebracht hatte. Der Kuchen schmeckte unangenehm süß, und der Zuckerguss war zerkrümelt, als Großmutter ihn geschnitten und auf einem Kristallschiffchen angerichtet hatte. Ich wusste, dass es keinen Unfall gegeben hatte, aber ich konnte mir nicht erklären, was passiert war, dass sie mich anlügen mussten. Warum, fragte ich mich, verhält sich Großmutter so kühl? Vater ging immerzu zum Rauchen vor die Tür, und Mutter lachte angespannt gekünstelt über alles. Sie und Großmutter zogen mir die gleich gestern geflickte Radlerhose herunter und kontrollierten, ob der Biss nicht eiterte. Er eiterte nicht, und das verbrannte Fell von Graf, das Großmutter mir gestern gegen Tollwut auf die Wunde gelegt hatte, hatte alle Feuchtigkeit aufgesaugt, und die drei Löcher hatten sich mit hartem Schorf verschlossen. Halb so schlimm, sagte Mutter, er hat dich nicht gebissen, nur ein bisschen angeknabbert, bis zur Hochzeit ist alles wieder gut. Mit tat der Hintern weh, ich saß schief auf dem Stuhl, die eine Pobacke in der Luft.

Zehn Jahre später erzählte Mutter mir, als sie betrunken war, wie Vater sie mit dem Kopf gegen die Heizung geschlagen hatte, bis sie das Bewusstsein verlor. Mutter sprach mit einer merkwürdigen Schadenfreude über diese Nacht. Sie redete mit zusammengebissenen Zähnen, und ich verstand nicht, wem dieses Gift galt – Vater, der seinen Zorn nicht zügeln konnte und seine Frau fast umbrachte, nachdem er von ihrem Betrug erfahren hatte, oder mir. Sie war sich dessen bewusst, dass sie mit ihrer Erzählung davon, wie er sie in der Küche in einer Pfütze aus Blut vergewaltigte, eine schwere Enttäuschung von ihm in mir sät. All die Jahre hatte sie ihn gehasst und sich diese Geschichte für mich aufgehoben. Ich konnte es fühlen. Es war mir unangenehm, ihr zuzuhören, aber ich musste es tun. Ich wusste, dass Vater ein brutaler Mensch war.

Ich möchte auch jetzt nicht darüber sprechen. Aber Vaters blinde Grausamkeit zu verschweigen, hieße, ihn in ein geheimnisvolles Festland unfassbarer Schwermut und welpenhafter Naivität zu verwandeln. Lange Zeit war es mir tatsächlich so erschienen, als wäre Vater im Gegensatz zu Mutter unschuldig. Er war ständig auf der Arbeit oder bei den Garagen. Ich hatte das Gefühl, ich könne mich auf ihn verlassen. Im Kindergarten konnte ich behaupten, ich hätte Bauchschmerzen, und die Erzieherin würde meinen Vater auf seinem Funktelefon anrufen, damit er mich abholt. Einmal hat er mir eine echte Schildkröte in der Kiste von einem Kassettenrekorder mitgebracht.

Im Winter 1995 hatte ich Windpocken und steckte ihn an. Wenn ich morgens aufwachte und in den Flur ging, stellte ich fest, dass Mutter schon zur Fabrik gegangen war. Im Zimmer, das Wohn- und Schlafzimmer in einem war, lag Vater auf der ausgeklappten Couch und las Zeitung. Auf seinen Armen und seinem Gesicht waren lauter grüne Punkte. Ich legte mich neben ihn, schaltete den Fernseher ein, und wir schauten Morgensendungen. Die Wintertage in Sibirien sind manchmal grau und manchmal blendend blau, aber sie sind immer kurz. Um vier Uhr nachmittags färbte sich draußen alles blauschwarz.

Bevor Mutter von der Arbeit kam, musste aufgeräumt und das Geschirr gespült werden. Vater sagte, ich sollte die Sesselschoner richten, während er für mich Geschirr spült. Beim nach Hause Kommen würde Mutter fragen, was wir den ganzen Tag gegessen hätten, und wir würden etwas erfinden wie: Wir haben die Suppe von gestern warm gemacht. Aber Mutter würde in den Kühlschrank schauen und mit uns schimpfen, weil wir alle Eier aufgegessen hatten.

Vater sagte: Das heißt Gogol-Mogol. Er nahm zwei Facettengläser, schlug je ein Ei hinein und mixte sie kräftig mit einer Gabel, dann bröselte er Brot hinein und salzte alles. Das Wichtigste ist, sagte Vater, dass sich das Brot mit dem Ei vollsaugt, dann wird es lecker. Du musst warten, sagte er. Aber ich konnte nicht warten, ich aß das Brot und trank das flüssige Ei. Ich mochte den leicht bitteren Geschmack vom braunen Teil der Brotkruste. Sie war hart und roch nach Feuer. Im Laufe des Tages aßen wir jeder drei Gogol-Mogols, die Suppe rührten wir nicht an.

Alle Bettlaken und Handtücher hatten bläuliche Schlieren vom Brillantgrün, das gefiel mir sogar. Es gefiel mir, dass meine Krankheit echt war und ich existierte. Wir lagen in der Dunkelheit des Abends auf der Couch und warteten darauf, dass Mutter von der Arbeit kam. Mit ihrer Heimkehr lebte alles auf und bekam Sinn, ohne sie war alles hässlich und leer. Mutter kam und machte sich daran, das Geschirr noch mal zu spülen, das Vater gespült hatte. Dann richtete sie die Sesselschoner. Während wir zu Hause gewesen waren und sie nicht, hatten wir ihre Ordnung durcheinandergebracht, das nervte sie. Wir waren krank, und wir waren ihre Kinder.

Mein Vater war ein geheimnisvolles Festland, aber Mutter sagte mit Abscheu, ich käme ganz nach ihm. Er erschien mir wie ein Bruder, ein Freund im Unglück, ein Feind im Kampf um Mutters Aufmerksamkeit. Er war mein Vater, und wenn ich an ihn dachte, vermisste ich ihn bitterlich. Er war ein geheimnisvolles Festland und meine dunkle Seite.

Einmal weckte mich Mutter in den Winterferien und sagte, wir würden jemanden besuchen fahren. Man brachte mich in ein Haus und setzte mich an einen Tisch mit Erwachsenen. Das gelbe Licht einer Glühbirne beleuchtete die Einrichtung eines Zimmers, das mich irgendwie an Großmutters erinnerte. In der Mitte des Tisches stand ein Tablett mit Füßen, auf dem haufenweise bunte Süßigkeiten lagen, von denen mich am meisten die weißen Rechtecke »Choko Pie« interessierten. Ich hatte sie bis dahin nur ein paarmal gegessen, als Mädchen aus meiner Klasse Geburtstag hatten und sie zur Feier des Tages mitbrachten. An meinem Geburtstag gab mir Mutter die gängigen »Maska« oder »Burewestnik« mit. »Choko Pie« schmeckte interessanter, ich mochte den trockenen Biskuit mit Schokoüberzug und die gummiartige weiße Füllung. Ich fragte nach »Choko Pie«, und aß vier Stück. Ich war müde, im gelben Zimmer liefen Erwachsene mit vom Alkohol geröteten Gesichtern herum. Ich kannte niemanden davon.

Ich lugte in das Zimmer nebenan, dort war es dunkel, und aus einer großen Anlage mit roten und blauen Lampen kam laute Musik. In diesem Discolicht tanzten ein paar Leute. Mutter sagte, ich könnte mir so viele Süßigkeiten nehmen, wie ich wollte, ich nahm noch einige »Choko Pie« und zwei Riegel mit Verpackungen, die ich nicht kannte. Dann brachte sie mich in ein abgelegenes Zimmer, in dem es ruhig war. Sie sagte, morgen früh würden wir in die Banja gehen und danach von einem Berg hinunterrodeln. Sie zog mir die Winterhose und den warmen Pulli aus, ich machte mir Sorgen, dass meine Süßigkeiten verschwinden könnten, während ich schlafe, deswegen legte ich sie unters Kissen. Mutter fuhr mir durchs Haar, die Goldringe an ihren kalten, langen Fingern klimperten, sie richtete den Kragen ihres Wollpullovers und verschwand. Im Zimmer war es dunkel, es roch nach feuchten Daunen und auch irgendwie sauer. Ich übernachtete nicht gern in fremden Häusern, ich fühlte mich unwohl, umgeben von unbekannten Gerüchen und Gegenständen. Ich tastete nach meinen Süßigkeiten unterm Kissen und drehte mich mit dem Gesicht zur Wand, an der ein Teppich hing. Der Wandteppich kam mir bekannt vor, das beruhigte mich. Ich fuhr mit den Fingern über das cremefarbene Muster, da übermannte mich der Schlaf.

In meinen Traum hinein drangen Kälte und Licht. Jemand rüttelte an meiner Schulter, mit Mühe schlug ich die Augen auf und sah Vaters wütenden Mund. Als er merkte, dass ich wach war, zischte er, ich sei eine elende, kleine Verräterin, und schleuderte mir meine Kleidung hin. Die Kälte war überall, über Nacht war das Haus ausgekühlt, und das letzte bisschen Wärme war entwichen, als Vater die Tür aufgerissen hatte. Schnell stopfte ich die Hosentaschen mit meinen Süßigkeiten voll und zog mich an. Im selben Augenblick kam Mutter angerannt, sie warf mir meinen Pelz über, setzte mir die Zobelmütze auf und trug mich hinaus. Im Hof drückte sie meinen Kopf fest gegen ihre Schulter, ich roch ihren Lammfellmantel, draußen in der Kälte roch er nach Wärme. Mutter trug mich über den Hof und setzte mich in Vaters Auto auf den Rücksitz. Sie schlug die Tür zu und ging auf den Beifahrersitz. Der Motor lief, aber im Auto war es kalt, weil Vater es offen gelassen hatte. Der Geruch des Frostes vermischte sich mit den Abgasen und dem künstlichen Aroma vom Duftspender.

Mutter sagte nichts, sie griff zum Rädchen am Armaturenbrett und drehte die Heizung hoch. Es wurde etwas wärmer, ich sah sie an, ihr Gesicht wirkte erschöpft. Sie hatte sich nicht abgeschminkt, ihre Wimpern waren verklebt, und an den Wangen glitzerte Lidschatten. Es passierte irgendetwas, aber ihr Gesicht war ausdruckslos. Es passierte etwas Unangenehmes oder sogar Schreckliches, aber ich verstand nicht, was.

Sie starrte geradeaus, aus ihren feinen Nasenlöchern kam weißer Dampf. Es vergingen sicher fünf Minuten, bis sie sich rührte und das Handschuhfach öffnete, um Zigaretten herauszuholen und aus dem Fensterspalt zu rauchen. Ich hatte Angst zu fragen, worauf wir warteten. Mir war klar, dass wir auf Vater warteten. Aber was machte er in diesem ausgekühlten Haus? Gestern wurde dort gefeiert und getanzt, jetzt war dort Vater. Als Mutter mich hinausgetragen hatte, war mir aufgefallen, dass der gestrige Tisch voll leerer Flaschen war, und auf den Tellern waren festgetrocknete Reste von Salaten und Brathähnchen. Das Tablett mit den Süßigkeiten war unangetastet geblieben. Über dem Tisch hing der Geruch von verdunstetem Alkohol und Dosenerbsen. Überall war Unordnung. Ich kannte diese Unordnung, sie zu sehen war traurig. Sie zerstörte den Zauber eines jeden Festes. Was macht Vater da drin?, fragte ich mich, während ich die Eisblumen auf der Scheibe betrachtete.

Endlich sah ich Vaters Silhouette. Er lief schnell über den Pfad zwischen den Schneewehen. Sein Gang war wie immer tollpatschig. Er stieg ein und legte etwas Schwarzes zwischen Sitz und Schaltknüppel. Ich sah genauer hin, es war ein Gewehr mit abgesägtem Lauf. Deswegen also der Lärm, er war am frühen Morgen, als die Gäste satt und betrunken schliefen, in das Haus gestürmt. Er war mit einer Waffe eingedrungen und hatte den Männern und Frauen Angst gemacht. Was hatte er getan, während wir hier im Auto saßen? Er trat aufs Gaspedal, und das Auto rollte über die Landstraße. Ich sah aus dem Fenster, wo sich Häuser und Schneewehen abwechselten. Hunde bellten uns hinterher. Mutter rauchte auf und warf die Kippe aus dem Fenster. Vater streckte den Arm zum Kassettenrekorder, drückte *play*, und es ertönte Michail Krugs Romanze »Rosa«. Aus Wut drehte er die Lautstärke voll auf und drückte das Gaspedal durch. Der kirschrote Neunundneuziger raste heulend an Schneewehen vorbei. Manchmal kam Vater mit dem rechten Arm an das Gewehr, und es klirrte leise. Mutter sah geradeaus. Ich wusste nicht, was in ihr vorging. Ich wusste nicht, warum Vater so wütend war. Aus Gewohnheit legte ich die Hände auf den Sitz neben seinen Schultern. Er bemerkte die Nähe meines Körpers, drehte sich schlagartig um und sagte zähneknirschend: Du bist nicht meine Tochter. Die Luft wurde zäh, ich fühlte, dass ich meinen Körper nicht mehr unter Kontrolle hatte. Ich saß genauso wie vor einer Sekunde da, beide Hände in den Sitz ge-krallt. Meine Gesichtsmuskeln waren versteinert, ich wollte etwas erwidern, ihn fragen, was ich falsch gemacht hatte, aber ich bekam den Mund nicht auf. Ich war in meinem gelähmten Körper und konnte nicht hinaus.

Am Rybinsker Stausee erzählte er mir in der Kabine seines Lasters von diesem Morgen. Ich hörte zu, wollte aber nichts dazu sagen. Er war betrunken und hätte mich sowieso nicht gehört. Vater erzählte stolz, wie aufgebracht alle gewesen seien, als sie das Gewehr gesehen hätten. Er gab zu, dass er bereit gewesen war, Mutter und ihren *Hurenbock* umzubringen, zu dem sie heimlich in der Nacht gefahren war und auch noch mich mitgenommen hatte. Aber er hatte niemanden ge-tötet. Es wäre zu schade gewesen, sich das Leben wegen dieses Arschlochs zu versauen, sagte er. Im Hof stellte sich ihm ein

Wachhund in den Weg, Vater erschoss ihn nicht, um nicht die ganze Nachbarschaft zu wecken. Er hatte schon angelegt, aber als der Hund kurz davor war, anzugreifen, packte er ihn am Halsband und hängte ihn an den Zaun. Als Mutter mich heraustrug, lebte der Hund noch. Doch in der Aufregung befreite ihn niemand, und er erstickte. Über den Hund sprach Vater mit gehässiger Überlegenheit. Ich hörte ihm zu und sah unverwandt in seine leeren, glasigen Augen, der Gedanke an den Hund war bitter. Er war gestorben, weil Menschen einander hassten, einander verrieten, Menschen, deren Geruch er nicht einmal kannte. Ich hörte Vater zu, und ein bitterer Kloß kam mir bis zur Zungenwurzel hoch, ich konnte nicht atmen. Ich hörte den Wachhund hecheln, den Schnee knirschen, das Gartentor quietschen. Ich war selbst wie dieser Hund.

Ich fühlte mich unwohl bei der gemeinen Überlegenheit, mit der Vater verkündete, er habe meiner Mutter und ihrem Hurenbock das Leben geschenkt, und mit der er erzählte, wie der Hund, den er am Zaun erhängt hat, röchelte. Ich wollte das nicht wissen. Ich wollte nichts von dem wissen, was mein Vater getan hatte. Ich fühlte mich verantwortlich für all das Böse, das er angerichtet hatte. All seine Verbrechen waren ein dunkler Fleck, den ich an mir spürte und der sich nicht abwaschen ließ. Er engte mich ein, wie meine vor Schreck verkrampften Gesichtsmuskeln.

Ich spreche mit dir, aber ich bin immer noch dort, in Vaters Auto, und will überhaupt nicht darüber sprechen. Als mir Mutter erzählte, wie Vater sie mehrere Male hintereinander vergewaltigte, nachdem er sie halb totgeprügelt hatte, wollte ich ihn hassen. Aber ich konnte ihn nicht hassen. Ich hatte Angst vor ihm bis zur Gefühllosigkeit.

Ich sehe sein Gesicht nicht. Vater sitzt immer mit dem Rücken zu mir, schaut auf die Straße. Die Welt ähnelt einem grenzenlosen Schwarm unruhiger Insekten. Schwarze Wälder, verschlungen von den Mooren der Taiga, und fahle Lichtschimmer zwischen vereinzelten Espen. Gelbe Wellblechplatten, Leuchtreklame und verlassene Dörfer. Der schwerfällige Moskauer Autobahnring, der Busen von Mutter Heimat wölbt sich über dem Mamajew-Hügel, giftiger weißer Rauch hat Zentralrussland eingehüllt. Am Straßenrand das schmutzige Fell eines toten Hundes, der nachts auf die Straße gerannt ist.

An einem klaren Maitag pflückten wir Schlafgras – so nennt man in Sibirien die Kuhschellen. Die großen blassen Knospen mit dem schneeweißen Flaum tauchten als allererstes an einem steilen Steinhang am Ufer der Angara auf. Sie waren gelb, aber selbst diese karge Farbe machte Freude. Sie blühten, und die dottergelbe Mitte jeder Blüte roch zart nach Blütenstaub. Ich wollte so viele wie möglich pflücken, jede Blume war wichtiger und schöner als die vorhergegangene. Die Kuhschellen kamen mir wie Schätze vor, die jeden Moment zu verschwinden drohten, man musste sie schnell mit Ehrgeiz pflücken. Besonders spannend war es, jene mitzunehmen, die noch nicht aufgegangen waren, damit sie sich in der Wärme zu Hause entfalteten und sich lange in dem Mayonnaiseglas hielten.

Vater hängt über der Schlucht, sich mit einer Hand an einer Tannenwurzel festhaltend, die Beine gegen den Felsen gestemmt. Mit der anderen Hand reicht er mir die Blumen, aber ich habe Angst vor diesen Blumen, weil er es riskiert, wegen ihnen abzustürzen. Eilig nehme ich sie ihm ab und bitte ihn, hochzukommen, an dem Abhang gibt es doch genug Stellen, wo man leicht an die Kuhschellen herankommt. Doch er sagt, unter den Felsen über der Angara sind sie schöner, aber hier sieht ihre Schönheit niemand, deswegen sind sie dazu verdammt zu verblühen und zu sterben. Es gibt viele Dinge auf der Welt, die der Mensch nicht sehen kann: das Schlafgras in der Schlucht über dem Fluss, den Grund des gelben Bachtemir, die weißen Muscheln der Steppe. Ohne den Blick und die Fürsorge des Menschen hören sie nicht auf, sie selbst zu sein. Sie hören nicht auf, zu sein. Ich habe lange über die Muscheln in der Steppe nachgedacht. Sie liegen dort seit jener Zeit, als die Steppe noch ein Meer war. Das Meer ist verschwunden, aber die Muscheln sind geblieben, und jetzt werden sie von Wind und Wasser zerrieben. Irgendwo, an einem anderen Ort, gibt es ein Körnchen von ebenjener Muschel des alten Kaspischen Meeres. Genauso liegt mein Vater seit nun sieben Jahren in einem Grab der Steppe und nährt mit sich das Salzkraut und das Grundwasser. Sein toter Körper wird noch lange nicht verschwinden. Die Muschel in dem Steppensand ist weiß und trocken. Sein weißer und trockener Schädel, in zwei Teile aufgesägt, wird in der Steppe liegen, solange das langsame Meer stirbt und sich zusammenzieht.

Simon Elson
Geschichte der Unordnung
Roman
189 Seiten. Gebunden
ISBN 978-3-351-05124-2
Auch als E-Book lieferbar

Vom Verlust und vom Verlorengehen, von Müttern und Söhnen, von der Suche nach der eigenen Ordnung

Als der Vater bei einem Unfall stirbt, findet die idyllische Waldorf-Kindheit des Erzählers ein jähes Ende. Nun regiert Unordnung, auch in ihm. Er versteckt seine Trauer und seine Angst. Die Mutter zieht sich zurück und er wohnt ständig bei Freunden, entwickelt ein begnadetes Gespür dafür, was er tun muss, um gemocht zu werden. Und das will er. Er will geliebt und bewundert werden, will Schriftsteller sein und dazugehören: zur coolen kulturellen Haute Volée Berlins, wohin er nach der Schule zieht. Doch wie eine verborgene Strömung lauern die Angstgefühle in ihm, die ihn lähmen, immer mehr, bis er sich kaum noch bewegen kann.

Regelmäßige Informationen erhalten Sie über unseren Newsletter.
Jetzt anmelden unter: www.aufbau-verlage.de/newsletter

Szilvia Molnar
Milchbar
Roman
Aus dem Amerikanischen von Julia Wolf
240 Seiten. Gebunden
ISBN 978-3-351-05106-8
Auch als E-Book lieferbar

Ein kraftvoller und komischer Roman über Mutterschaft

Als das Baby auf die Welt kommt, ist alles anders. In »Milchbar« erzählt Szilvia Molnar die Geschichte einer jungen Frau, die Mutter wird. Sie verbringt viel Zeit allein in ihrer Wohnung. Mutterschaft ist für sie eine komplizierte Erfahrung, zärtlich und brutal, erfüllend und banal. Immer wieder Stillen, Tragen, Wickeln – der eigene Körper nur noch ein Wrack. Tage und Nächte strecken sich ins Unendliche. Der einzige Besuch, den sie bekommt, ist von einem merkwürdigen alten Witwer, der im selben Haus wohnt wie sie, und mit dem sie sich anfreundet. In emotionalen Bildern erzählt Szilvia Molnar vom Zustand der ersten Wochen als Mutter zwischen Überwältigung, Isolation, Angst und Neubeginn. Das lebendige Porträt einer jungen Frau in ihren körperlichsten und ursprünglichsten Momenten, und ein Must-Read für alle Leser:innen von Charlotte Roche, Rachel Cusk und Mareice Kaiser.

Regelmäßige Informationen erhalten Sie über unseren Newsletter.
Jetzt anmelden unter: www.aufbau-verlage.de/newsletter

Oxana Wassjakina
Die Wunde
Roman
Aus dem Russischen von Maria Rajer
300 Seiten. Gebunden
ISBN 978-3-351-05113-6
Auch als E-Book lieferbar

Die neue feministische Stimme in der russischen Literatur

Eine junge Frau bringt die Asche ihrer Mutter nach Sibirien, um sie in ihrer Heimatstadt Ust-Ilimsk zu bestatten. Von Wolgograd nach Moskau, von Moskau nach Nowosibirsk und Irkutsk mit dem Flugzeug und dann mit dem Bus durch die Taiga. Es ist eine Reise durch die harte postsowjetische Realität und zugleich eine Suche nach der Herkunft und Identität der Ich-Erzählerin. Sie nimmt Abschied von ihrer Mutter und versucht sie zugleich im Schreiben festzuhalten, bevor sie ihr zu entgleiten droht. Am Ende findet sie eine eigene Sprache, durch die sie bei sich selbst ankommt.

Oxana Wassjakina erzählt vom Tod, aber auch vom selbstbestimmten Leben und feministischen Schreiben, lakonisch und mit einer Offenheit, die geradezu wehtut.

Regelmäßige Informationen erhalten Sie über unseren Newsletter.
Jetzt anmelden unter: www.aufbau-verlage.de/newsletter